안녕, 내 모든 것

안녕, 내 모든 것

초판 1쇄 발행 • 2013년 7월 5일
초판 3쇄 발행 • 2013년 7월 20일

지은이/정이현
펴낸이/강일우
책임편집/이상술
펴낸곳/(주)창비
등록/1986년 8월 5일 제85호
주소/413-120 경기도 파주시 회동길 184
전화/031-955-3333
팩시밀리/영업 031-955-3399 • 편집 031-955-3400
홈페이지/www.changbi.com
전자우편/lit@changbi.com

ⓒ 정이현 2013
ISBN 978-89-364-3405-2 03810

* 이 책 내용의 전부 또는 일부를 재사용하려면
　반드시 저작권자와 창비 양측의 동의를 받아야 합니다.
* 책값은 뒤표지에 표시되어 있습니다.

안녕, 내 모든 것

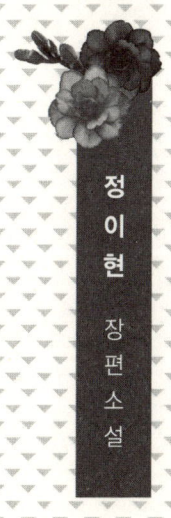

정이현 장편소설

창비

차례

프롤로그 ✦ 007
노란 뚜껑의 작은 유리병 속에 ✦ 011
바람이 불어오는 방향 ✦ 061
네가 소년이었을 때 ✦ 107
잘려나간 것들 ✦ 153
세상의 모든 비밀처럼 ✦ 187
달에서 온 편지 ✦ 231

작가의 말 ✦ 250

• '노란 뚜껑의 작은 유리병 속에' '네가 소년이었을 때'는
  진은영 시집 『우리는 매일매일』의 시 제목에서 따왔다.

프롤로그

　김정일이 죽었다. 2011년 12월 19일 정오, 나는 혼자 점심을 먹고 있었다. 밥 한 공기와 그저께 끓인 감잣국, 멸치볶음과 김치에 도시락용 김을 곁들인 간소한 식사였다. 습관적으로 켜둔 스마트폰의 FM라디오 애플리케이션에서 그 소식이 흘러나왔을 때 나는 창문 너머의 하늘을 바라보았다. 새털구름이 걸린 자리는 공기가 희박할 것 같았다. 아닐지도 모른다. 안에서 밖의 세계에 대하여 함부로 말해서는 안된다. 나는 이어폰을 빼고 자리에서 일어섰다. 감잣국 국물을 개수대에 따라 버리고 남은 찌꺼기를 음식물 쓰레기통에 쏟아부었다. 침묵 속에서 세제 거품을 많이 내어 천천히 설거지를 했다.
　집을 나서면서 썬글라스를 쓰는 것은 비 오는 날이나 눈 내리는 날이나 변함없는 나만의 작은 의식이다. 진갈색 렌즈 너머의 거리는 침침하고 적막했다. 나는 털목도리를 칭칭 감고서 정직한 보폭으로 걸었다. 건조하고 쌀쌀한 날씨였다. 나는 정면만 바라보며 걸어갔다. 아무 데도 두리번거리지 않았다는 뜻이다. 요새는 가끔 내 인생의 목표가 오로지 하나뿐이라는 생각이 든다. 조용히 닳아가는 것.

도봉산행 7호선 전철은 오후 1시 39분에 도착했다. 어제보다 2분 느렸다. 빈자리에 앉는 것과 동시에 눈을 감았다. 곧 노원역에 도착한다는 안내방송이 나올 때까지 눈을 뜨지 않았다. 지하철로 오가는 동안 신문이나 책을 보는 것은 남의 얘기일 뿐이다. 어쩔 수 없이 필요한 학습교재를 제외하곤 나는 신문도 책도 읽지 않는다. 영화를 안 본 지도 아주 오래되었다. 뇌 속에 새로운 것을 단 한톨도 집어넣고 싶지 않다. 나는 다만 퍼내고 또 퍼내고 싶다. 쩍쩍 갈라진 밑바닥이 다 드러날 때까지.

돌이켜보면 지난 삶은 내가 아무것도 아니라는 사실을 거듭 확인받는 과정이었다. 비효율적인 인생이다. 절망스럽지는 않다. 대부분의 인간은 아무것도 아니니까. 세상에는 기어이 무엇인가가 되고자 안간힘 쓰는 사람들도 있을 것이다. 지구 위의 모든 산 이름을 외우거나 스와힐리어 공부를 하거나 꿀벌을 치거나 인공수정을 하거나 시를 쓰거나. 그래봐야 달라지는 건 없다.

열아홉살 이후 나는 생에 대해 어떤 기대도 품지 않아왔다. 그때의 나는 가끔이라도 꿈속에 나타나지 않는다. 잠에서 깨어나면 찬물로 오래 세수를 하고 이를 닦는다. 텅 빈 위장에 뜨거운 인스턴

트커피를 들이부으면서, 누구하고도 대화를 나눌 필요가 없다는 것에 안도한다.

일층엔 편의점과 헤어숍, 치킨집, 안경원이 다닥다닥 붙어 있고 이층엔 교회와 피시방이 나란히 들어선 오래된 건물이 일년째 내가 출근하는 곳이다. 나는 삼층으로 오르는 계단참에서 썬글라스를 벗었다. 잠시 숨을 고른 후 하버드보습학원의 유리문을 열고 안으로 들어섰다. 후덥지근한 기운이 이마에 훅 끼쳐왔다.

책상 위에 놓인 시간표를 확인했다. 오늘도 다섯시간이다. 중학교 1학년부터 고등학교 2학년까지의 아이들을 앉혀놓고 하루 네시간이나 다섯시간씩 강의를 하는 것이 내 직업이다. 그만큼을 내리 떠들다보면 말하기 전에 뇌에서 한번 거르는 과정이 자동으로 생략되어버리곤 했다. 그 순간만이 나를 견딜 수 있게 했다. 아직도 뱉어지지 못한 말들이 활화산처럼 부글부글 끓었다. 영원히 뱉을 수 없을 말들을 혀끝으로 짓이겼다.

"사회쌤, 일찍 오셨네."

부원장이자 중등부 국어강사인 김이 턱짓으로 인사를 대신했다. 제가 몇살 위라는 걸 알고부터 은근슬쩍 존대어미를 잘라먹는 사내였다.

"좀 전에 이상한 전화 왔었는데."

"네?"

"웬 여자가, 이지혜씨 좀 바꿔달라는 거야. 처음엔 학부모인 줄 알았지. 안 계시다고 했더니 전화번호를 묻네? 개인 연락처는 알려

드리지 않는 게 원칙이라고 했더니, 쌤이 혹시 78년생 맞는지 확인해달래."

"그래서요?"

"아마 그럴 거라고 했지. 그랬더니 머뭇대다가 또 묻더라고. 혹시 집이 반포 아니냐고. 사회쌤 집, 그쪽 아니잖아. 그치?"

"네."

"낌새가 좀 이상해서 잘 모르겠다고 하고 끊었어."

몇초간, 눈앞의 풍경이 노랗게 탈색되어 멈춰버린 것 같았다.

노란 뚜껑의 작은 유리병 속에

1

 김일성이 죽었다. 1994년 7월 9일 정오 북한의 조선중앙방송과 평양방송은 김일성 주석이 7월 8일 새벽 2시 사망했다는 사실을 공식 발표했다. 남한의 방송 3사는 모든 정규방송을 중단하고 일제히 김일성 사망과 관련된 특집 프로그램을 내보내기 시작했다. 대부분의 시민들은 얼떨떨한 표정으로 화면을 지켜보았다. 미리 준비해두다니 지들끼리는 이미 다 알고 있던 게 분명하다며 수군거리는 사람들도 있었고, 또 어떤 사람들은 이 모든 것이 치밀하게 짜인 한편의 드라마에 불과하다고 믿기도 했다. 1학기 기말고사가 끝나는 토요일이었으며, 교실을 나와 교문까지 걸었을 뿐인데도 겨드랑이가 축축하게 젖어올 정도로 무더운 날이었다.

"거대한 찜통 속에 들어 있는 것 같아."

나는 중얼거렸다. 준모가 또 쿵쿵거리기 시작했다.

"쿵, 쿵, 씨팔, 다 죽어버려. 미친년."

평소보다 큰 소리였다. 앞에서 팔짱을 끼고 가던 여자애 둘이 흘끔 뒤를 돌아다보았다. 준모의 얼굴이 벌겋게 달아올랐다.

"죄송합니다. 쿵, 쿵."

"죄송해요."

내가 정중하게 사과했다.

"그쪽 보고 그런 게 아니라 얘가 아파서 그래요. 뚜렛 장애라는 병이거든요."

진지한 표정으로 최대한 정성을 다해, 그러나 한편으론 우리에게는 별 대수로울 것 없는 일상적인 일임을 이해시키는 게 중요했다. 이런 식의 사과라면 중학교 때부터 천번은 더 했을 것이다.

"1학년 2반 김미진, 아빠는 사당동 행복치과 원장. 8반 오현정, 쌍둥이 동생 있음. 둘 다 반포국, 세화여중 출신. 두달 전부터 경남 독서실 다님."

눈살을 찡그리던 여자애들이 저만치 앞서 가버리자 지혜가 속사포처럼 읊었다. 늘 그렇듯 사실임이 분명하지만 별 의미는 없는 정보들이었다.

"아우, 들리겠다."

나는 소곤거리면서 지혜의 팔뚝을 꼬집었다.

"씨팔, 다 좆같아, 쿵, 쿵."

준모가 욕설을 마구 쏟아냈다.
"쿵, 쿵, 아, 오늘 왜 자꾸 이러지. 쿵, 미안해."
매일 그러는데도 착한 준모는 매일 미안해했다. 우리는 이마의 땀을 훔치며 천천히 학교에서 멀어졌다. 시험 잘 봤느냐, 그런 문제를 내다니 수학 선생은 미친 게 틀림없다, 같은 대화는 나누지 않았다. 시험이 끝났으니 이제부터 뭘 하며 놀 건지 같은 얘기도 나누지 않았다. 평소처럼 어슬렁어슬렁 그저 걸었다.
"그럼 이제 전쟁 나는 건가?"
내가 침묵을 깼다. 아까부터 마음에 걸리던 질문이었다.
"쿵, 쿵, 내 생각엔 그렇게 단순하지는 않을 것 같은데. 쿵, 쿵."
준모가 또박또박 대답했다.
"미국하고 중국이, 쿵, 어떻게 나오는지가 중요하겠지. 쿵, 쿵, 워낙 차근차근 후계구도를 준비해놔서, 쿵, 그렇게 쉽게 흔들리진 않을 거야. 쿵, 불안하긴 하겠지만. 씨팔, 좆같아, 쿵, 쿵, 김정일이 어떤 리더십의 소유자인지는 더, 쿵, 쿵, 지켜봐야지. 쿵."
준모의 의견은 역시나 차분하고 논리적이었다. 지혜가 앵무새처럼 빠르게 중얼거렸다.
"김정일, 현직 북한 국방위원회 위원장, 1942년 2월 16일생, 아버지는 김일성, 어머니는 김정숙."
"그리고?"
"응?"
"그래서 김정일이 어떤 사람이냐고."

"그야 나도 모르지."

지혜가 혀를 쏙 내밀었다.

"작년 6월 25일 저녁 7시 30분, 독서실 가다가 배고파서 분식집 들렀거든. 독서실 아래 짱구네분식 있잖아. 떡볶이 천원, 김밥 천원. 거기서 우연히 탁자에 있는 신문을 봤는데, 6·25 특집이더라. 거기까지만 읽고 덮어버렸어."

지혜는 한번 듣거나 본 것은 잊어버리지 않았다. 단순히 암기력이 뛰어난 수준이 아니었다. 말도, 글도, 이미지도 그애의 뇌에 잠깐이라도 머물렀던 것은 모두 밖으로 흘러나가지 않는 것 같았다. 스위치 하나만 누르면, 특정한 정보와 그것을 습득한 시간과 장소, 주위 풍경까지 폭포수처럼 쏟아져나왔다.

그렇지만 지혜가 타고난 이 특별한 능력은 다른 사람들에게는 일급비밀이었다. 세상에 그 비밀을 아는 이라곤 나와 준모 단둘뿐이었다. 세상은 지혜를 다만 '말 없는 아이'로 알고 있었다. 그애를 한번이라도 본 적 있는 사람이라면 누구나 그 표현에 동의할 터였다. 지혜는 일상생활에서 먼저 입을 떼는 법이 없었다. 누가 묻는 말에도 개미만한 목소리로 겨우 '네' '아니요'만 할 뿐이었다.

나는 평균 이하의 기억력을 보유한 인간이지만, 생애 최초로 우리에게 그 은밀한 사실을 고백하던 중학교 1학년 이맘때의 지혜 모습만은 어제 일인 듯 생생히 기억한다. 마흔살쯤 되면, 열네살이나 열일곱살이나 다 똑같았다고 말할 수 있게 될까? 까마득하지만 삼년 전에 우리는 열네살이었고 지혜와 준모와 나는 주공 3단지

놀이터의 벤치에 앉아 있었다. 서쪽 하늘 너머로 주홍빛 해가 지고 있었다.

"잊어버리고 싶어 죽겠는데 잊어버려지지가 않아. 1985년 크리스마스이브, 아빠가 엄마를 죽도록 때렸어. 머리 여섯대, 얼굴 열두대, 갈비뼈 스무대. 그때 아빠는 아놀드 파마 짝퉁 검정 스웨터를 입고 있었어. 가슴에 우산 로고가 빨강 노랑 초록 하양이었어. 진통은 빨강 노랑 하양 초록인데. 엄마는 하늘색 티셔츠를 입고 있었어. 왼쪽 겨드랑이부터 팔까지 다 찢어져서 다음 날 내가 갖다버렸지."

지혜 아버지의 너무도 평범하고 선량해 보이던 얼굴을 떠올리자 말문이 턱 막혔다. 그애는 한참을 꺽꺽 울었고, 내가 건네준 휴대용 크리넥스 티슈를 절반이나 쓰며 오래도록 코를 풀었다.

"1989년 8월 5일, 수영 코치가 나 구해준다면서 물속에서 오른쪽 가슴을 꽉 움켜쥐었던 거, 그것도 잊어버렸으면 좋겠어."

"야, 뭘 그 정도 가지고 그래. 난 자기 팬티 속으로 손 넣어보라던 놈도 만났는데."

그놈이 외사촌오빠였다는 말은 하지 않았다.

"그 얼굴에 점 위치, 갯수까지 다 기억난다고. 왼쪽 뺨에 다섯개, 오른쪽에 일곱개. 내 귀에 불어넣던 거친 숨소리, 그때 나던 담배 냄새도. 그러곤 탈의실에 갔는데 다른 애들은 아무렇지도 않게 옷 갈아입고 있는 거야. 너무나 평화롭게. 탈의실에서 나오던 노래가 뭐였냐면, 집시 집시 집시 집시 여인."

"그러면 넌 수업시간에 배운 것도 하나도 안 잊어버린단 말이야?"

"응, 선생님이 한번 얘기했던 건. 휴……"

지혜는 아주 길게 한숨을 내쉬었다.

"그런데 왜, 성적은."

준모가 무슨 그런 실례되는 말을 하느냐는 눈빛으로 나를 바라봤다.

"너희가 보기엔 이상하겠지. 하지만 들키지 않으려면 어쩔 수가 없어."

중간 정도의 성적을 유지하기 위해 지혜는 일부러 답안지에 정답과 오답을 적당히 섞어 쓴다고 했다.

"한 번호로만 찍으면 편하겠지만 나중에 의심받을 수도 있잖아."

그 존재론적 고충을 어렴풋이 알 것 같기도 했지만, 여러모로 평범한 두뇌를 타고난 나로서는 아무래도 깊이 공감하기가 불가능했다. 나는 아까부터 정말로 궁금했던 질문을 입 밖에 냈다.

"근데 말이야, 꼭 그렇게 숨겨야 돼?"

"응?"

"왜 그래야 되는지 잘 모르겠어. 딴 사람들이 알아도 나쁠 것 없잖아."

지혜가 다시 울음을 터뜨렸다.

"야, 정말이지 나는 조용히 살고 싶거든!"

그애는 티슈의 나머지 절반을 소모하며 울었다. 나와 준모는 친

안녕, 내 모든 것 17

구의 눈물이 그치기만을 잠자코 기다렸다. 그때였다.

"음, 음, 음, 음!"

옆에서 내내 침묵을 지키고 있던 준모 입에서 갑자기 그 소리가 터져나왔다.

"음(0.1초 쉬고), 음(0.2초 쉬고), 음(0.1초 쉬고), 음(0.2초 쉬고)……"

스타카토처럼 높고 짧은, 딸꾹질도 아니고 신음도 아닌, 영원히 반복될 것만 같던 그 소리. 준모가 '악마'라고 표현하던 그 소리가 또 그의 영혼을 무단 침범한 것이다.

"음, 음, 음, 음, 미안해, 지혜야. 음, 음, 음, 음."

"뭐가 미안해, 바보야."

"너 우는데, 음, 음, 음, 음, 음."

"박준모, 너 짜증나."

이윽고 눈물을 멈춘 지혜가 나지막하게 말했다.

"미안하다는 말 좀 그만해. 그거 꼭 듣는 사람 미안하라고 하는 말 같거든."

"알았어. 미안. 아니다, 고마워. 음, 음, 음, 음, 음."

생각해보면 그래도 그때가 좋은 시절이었다. 준모에게는 아직 함부로 쌍욕을 내뱉는 욕설 틱이 찾아오기 전이었으며, 지혜의 기억중추가 감당해야 하는 정보량도 지금보다 적었다. 나, 나에게도, 어쨌거나. 지나고 보니 그랬다는 말이다.

이제 우리는 고등학교 교복을 입고 있다. 아직도 셋이 같은 학교의 교복을 입고 있다니 이거야말로 기적일지도 모른다는 생각이 문득 들었다.

"한강 갈까?"

내 제안에 지혜와 준모가 심드렁하게, 그러든지,라고 대답했다.

"배고프니까 뭐 먹고 가자."

"가서 먹자."

우리는 710번 버스를 타고 잠원동으로 갔다. 우리가 가장 좋아하는 곳은 한강시민공원 잠원지구였다. 이유? 그런 건 없었다. 셋 중에 하나라도 '거긴 싫어'라고 말하지 않는 유일한 장소라고 할까. 굴다리 앞 구멍가게에서 캔디바 세개를 샀다. 우리는 하드 하나씩을 입에 물고 앞서거니 뒤서거니 걸어서 굴다리 밑을 통과했다. 시민공원도 부글거리는 태양 아래 있긴 마찬가지였다. 벌겋게 익은 얼굴로 연방 목의 땀을 닦아내는 준모를 쓱 쳐다보다 지혜가 중얼거렸다.

"준모야, 긴 바지 진짜 덥지? 내가 남는 교복 치마 한벌 가져다줄까?"

우리는 함께 픽 웃었다. 자주 있는 순간은 아닌데, 내가 꽤 좋아하는 순간이다. 완전히 똑같지는 않더라도 다 같이 엇비슷한 어떤 느낌에 도달한 것 같은 착각 때문이다. 한강 역시 펄펄 끓고 있었다. 이열치열이라는 한자성어를 실천할 의도는 없었지만 마땅히 배를 채울 만한 건 사발면뿐이었다. 매점 주인이 용기에 뜨거운 물을 부어 건네주었다.

"설마 강물을 퍼다 끓인 건 아니겠지?"

"끓이면, 쿵, 쿵, 살균돼서 괜찮아. *씨팔, 쿵.*"

라면은 기막히게 맛이 없었다. 아무도 먼저 일어나자고 하지 않았으므로 우리는 일사병으로 쓰러지기 일보 직전까지 제일 전망 좋은 곳에 앉아 강을 바라봤다. 정수리에 직사광선이 정통으로 내리꽂혔다. 어디선가 목청껏 매미가 울었다. 주차된 자동차 지붕이 지글지글 익어가는 냄새가 먼지에 뒤섞여 풍겨왔다. 강물은 눈부시게 반짝였다. 눈을 감고서 나는 여름을 콧속으로 흠뻑 들이켰다.

"갈까?"

내가 말하자 지혜와 준모가 그럴까, 라고 아까보다는 조금 절박하게 대답했다. 우리는 다시 앞서거니 뒤서거니 굴다리를 지나 바깥 세계로 나왔다. 친구들과는 잠원역 사거리에서 헤어졌다. 지혜와 준모는 같은 버스를 탔지만 나는 다른 버스를 타야 했다. 나도 작년까지는 친구들과 같은 동네에 살았다. 이제는 아니다. 먼저 버스에 올라탄 친구들이 손을 흔들었다. 정류장에 서서 나도 손을 흔들었다.

차가 떠나자 거짓말처럼 순식간에 나는 혼자가 되었다. 괜찮았다. 나는 이어폰을 귓속 깊숙이 찔러넣었다. 투투의 「일과 이분의 일」이 흘러나왔다. 둘이 되어버린 날 잊은 것 같은 너의 모습에 하나일 때보다 난 외롭고 허전해. 메탈리카, 많이 양보해도 서태지와 아이들 같은 음악만 음악이라고 믿는 준모가 이 사실을 알면 슬픈 표정으로 어떻게든 나를 설득하려 들겠지. 하지만 지금은 이런 노래가 듣고 싶다. 네가 가져간 나의 반쪽 때문인가. 그래서 넌 둘이 될 수 있었던 거야.

이제 한남동으로 가야 했다.

2

유년 시절에 누구나 한번은 상상해보았을 것이다. 나의 탄생이, 설명하기 어려운 어떤 위태로운 비밀에 연루되어 있을지 모른다고. 지금은 진흙으로 지은 집에 살지만 언젠가 고귀한 혈통을 되찾는다면 뾰족한 지붕의 유리성에 넓고 아름다운 방과 광장이 내려다보이는 나만의 큰 창을 가지게 될 거라고. 택시가 가파르고 꼬불꼬불한 언덕길을 한참 달려 마침내 어딘가에 멈춰 섰을 때, 아빠와 내가 장미 덩굴이 늘어진 벽돌 담장을 지나 육중한 검은 대문 앞에서 초인종을 눌렀을 때 나는 그날이 왔음을 직감했다. 잠시 후 덜컹 문 열리는 소리가 났다. 나는 아빠의 손을 꼭 쥐었다. 아빠는 다른 손으로 사자 머리 모양의 황동 주물 손잡이를 세게 밀었다.

신경질적으로 미간을 찌푸리고 있는 말라깽이 중년 여자와, 배가 많이 나오고 얼굴이 네모난 중년 남자가 정원에 서 있었다. 그들은 나를 어떻게 대해야 하는지 몰라 안절부절못하는 것처럼 보였다.

"할아버지 할머니한테 인사드려야지."

할머니라고 불린 여자가 각목처럼 빳빳한 팔을 내게 뻗었다. 나는 본능적으로 어깨를 웅송그리고 엉덩이를 뒤로 뺐다. 똥을 싼 것이다. 기저귀를 뗀 지 여러해 지나도록 한 적 없는 실수였다. 똥을 쌌다고 내 입으로는 차마 말할 수 없었으므로, 그로부터 몇분 뒤 더이상 숨기기 어려운 괴이쩍은 냄새에 의해 발각될 때까지 내 엉덩이와 팬티 사이에는 뭉글뭉글한 똥 덩어리가 매달려 있었다.

내 상태를 확인하고서 아빠의 얼굴은 하얗게 질렸다. 나는 울음을 터뜨렸고, 여기서는 절대 아랫도리를 씻지 않겠노라고 고집을 피웠다.

"엄마 엄마 엄마 엄마."

뻐꾸기 새끼처럼 나는 엄마만 찾았다. 처음엔 당황해 어쩔 줄을 모르던 할머니와 할아버지의 얼굴이 급속히 짜증스럽게 변해갔다. 그럴수록 나는 믿을 수 없을 만큼 거세게 울었다.

"얘가 원래 이러지 않는데. 착한데."

아빠가 변명을 늘어놓았다. 아빠는 내가 그들의 마음에 들지 않을까봐 노심초사했다. 나는 그 중년 남녀가 나의 숨겨진 친부모라고 확신했다. 아빠가 여기에 날 두고 혼자 가버릴 거라는 예감이 너무도 구체적으로 들이닥쳐서, 그래서, 가만히 있을 수가 없었다. 나는 바닥에 주저앉아 발버둥쳤다.

"안돼! 세미야. 앉지 마. 앉지 마."

아빠가 절규했다. 고체 형태이던 배변물이 엉덩이의 압력으로 짓뭉개졌다. 여섯살 인생 처음으로 맞는 절체절명의 위기였다. 이것이 그 집에 관련된 내 최초의 기억이다. 그뒤로 이만큼 잊지 못할 만한 사건은 없었다. 아빠를 따라 일년에 한두번씩 그 집에 갔다. 엄마는 늘 집에 혼자 남겨두고 갔다. 짧으면 두시간 길면 네시간쯤 머물렀는데, 그 집에서는 소변조차 마렵지 않았다. 꼬박꼬박 그랬다. 한살 한살 나이를 먹으면서 나는 환상을 믿지 않게 되었다.

 노인네들의 말처럼, 사람 일은 정말로 한치 앞을 모르는 것이다. 내가, 내 발로 기어들어가 그 집에 살게 되다니.

 그 집에 가려면 버스에서 내려서 좀 걸어야 했고, 유엔빌리지라고 쓴 푯말을 지나 담장 높은 단독주택과 값비싼 빌라가 늘어선 언덕길을 한참 올라가야 했다. 평소에도 인적 드문 동네이긴 하지만 이런 날씨에 걸어다니는 사람은 역시 나 하나밖에 없었다. 언덕 중턱에 위치한 집에 도착할 때까지 행인은커녕 개미 새끼 한마리 만나지 못했다. 할머니는 당연히 내가 택시를 타고 다니는 줄로 알고 있었다.

 "김기사 팽팽 논다. 뭐하러 사서 고생인데?"

 할머니는 길에서 직접 택시를 잡아타는 행동을 고생이라고 표현하는 사람이었다. 손녀딸이 버스를 두번 갈아타고 언덕을 등산하듯 기어올라 귀가하는 걸 알면 이맛살을 잔뜩 찌푸릴 것이다. 물론 그건 나를 사랑한다는 뜻과는 거리가 멀었다. 들킬 염려는 없었다. 할머니와 내가 버스에서 우연히 마주치는 일은 백번 기절했다 깨어나도 현실에서는 일어나지 않을 테니까. 확신컨대, 할머니는 지난 이십년 동안 시내버스나 좌석버스를 단 한번도 타지 않았을 것이다. 비난하려는 건 아니다. 부자 할머니를 두었다고 자랑하려는 것도 아니다. 할아버지와 할머니를 생각하면 잇몸이, 콧날이, 손가락 끝이, 일제히 시렸다.

할아버지와 보내는 시간은 거의 없었다. 이 집에서 나의 새로운 보호자 역할을 공식적으로 담당하는 사람은 할머니였다. 할머니가 용돈을 주었고, 할머니에게 성적표를 보여주어야 했다. 할머니가 나를 미워한다고는 생각하지 않는다. 나는 그녀의 큰아들이 낳은 아이이고, 그녀의 유일한 손녀이니까. 그 앞에서 주눅 들고 싶지 않지만, 그렇지만, 나는 종종 비겁해진다. 기사 아저씨가 모는 검은 그랜저 뒷자리에 앉아 등하교하는 것이 죽어도 싫다고 할머니에게 대놓고 말할 수가 없었다. 대신 고모를 통해 간접적으로 간곡한 거절의 의사를 전달했다. 할머니는 혀를 끌끌 차면서 그 계집애 고집 한번 대단하다고 중얼거렸다고 한다. 고모가 나중에 전해준 얘기다. 고모가 많이 순화한 내용임이 분명했다. 할머니가 그뒤에 한마디 덧붙이지 않았을 리가 없단 걸 나는 잘 알았다.

"그 피가 어디 가겠나."

자주는 아니지만 잊을 만하면 한번씩 할머니는 그렇게 말했다. 처음 듣고서는 몹시 당혹스러웠다. 그 짧고 냉랭한 혼잣말 속에 도사린 기묘한 저주의 기운 탓이었다. 이제는 아니다. 할머니 앞에서 갑자기 날아온 야구공에 뒤통수를 가격당한 어수룩한 여자아이 같은 표정을 무방비로 드러내는 일은 없을 것이다. 나는 매일 다짐하고 또 다짐했다. 표현하지 말자. 엎드리지도 말고 서지도 말고 꼿꼿이 앉은 채로 견디자. 부디. 아무려나 할머니는 간단명료한 결론을 내렸고 나는 울며 겨자 먹기로 그 절충안을 수용할 수밖에 없었다.

"그럼 등교할 때는 타고, 올 땐 맘대로 해라."

다행히 김기사는 마음이 약한 사람이었다. 교문과 한 정거장 떨어진 곳에, 그것도 대로변이 아닌 골목길에 세워달라는 내 부탁을 거절하지 못했다.

"걷는 게 좋아서요. 다이어트도 할 겸."

나는 내릴 때마다 굳이 안해도 될 변명을 차비 대신 지불하곤 했다. 김기사가 책임을 다하지 못했다고 찜찜해할까봐서였다. 지혜가 자주 하는 말대로, 미친 천사병이 틈만 나면 도지는지도 모른다. 나는 누가 볼세라 아주 조심조심 차 문을 열고, 재빨리 밖으로 내려서고, 그보다 더 빨리 차 문을 닫았다. 삼초 전까지 저 대형 쎄단 뒷자리의 번들번들한 가죽 시트를 홀로 점유한 부잣집 손녀는 결코 내가 아니라는 듯이.

내가 조부모 댁에 살고 있다는 사실을 아는 건 지혜와 준모뿐이었다. 그애들도 우리 엄마 아빠의 사업이 또다시 망했다는 정도로만 알았다. 대놓고 물어온 적은 없지만 아마도 내가 당분간만 할머니한테 맡겨졌다고 추측하는 것 같았다. 부모의 이혼에 대해서도, 엄마 이름으로 되어 있는 어마어마한 빚과 그녀의 밤도망에 대해서도, 그 와중에 재빨리 호적 정리를 끝내고 혼자만 슬쩍 어디론가 몸을 숨긴 아빠에 대해서도 나는 털어놓지 않았다. 털어놓는다 해도 달라지는 게 없기 때문이다.

굳게 닫힌 검은색 철문 앞에서 검정이 얼마나 위압적인 색깔인지 새삼 깨닫는다. 덜컹, 나를 위해 문이 열렸다. 이름 모를 나무들이 피워올린 이파리들로 정원이 푸르렀다. 할아버지와 할머니는 일주일에 두번 방문하는 정원사에게 적지 않은 비용을 지불하고 있었다. 엄마가 LA의 한국 식료품점 계산대에서 신라면과 초코파이에 바코드를 찍어주며 받는 시급은 얼마나 될까. 널따란 정원을 가로질러 안으로 향할 때마다 나는 숨을 후루룩 들이마신다. 어릴 적 예방주사를 맞을 때 주삿바늘의 통증을 잊기 위해 그랬던 것처럼, 검지손톱 끝으로 엄지손가락을 꽉 누르고 싶어진다.

현관에 들어서자마자 변함없이 나를 맞아주는 것은 벽 위에 걸린 물소 머리통이다. 아프리카 케냐인지 어딘지의 토착민 마을에서 공수해왔다는 청동 조각품이었다. 처음, 무심코 들어서다 물소와 눈이 마주쳤을 때 나는 깜짝 놀라 그 자리에 주저앉았다.

"부적 같은 거야. 입구에 붙여놓으면 액운을 막아준대."

고모의 설명을 들은 할머니가 단호히 정정했다.

"복을 불러오는 거야. 액운이라니, 넌 말조심 좀 해라."

고모에게 화내는 할머니의 목소리가 지나치게 단호해서 나는 어깨를 움츠려야 했다. 하루에도 몇번씩 오가며 만나는 물소는 이젠 무섭지 않다. 어쩌면 말이 안 통해서 더 좋은 친구처럼 여겨질 때도 있다. 저나 나나 어쩌다보니 태어난 곳을 떠나 이 집으로 옮겨져 살게 되었다는 면에서 나는 물소에게 일종의 연대감을 느끼는지도 몰랐다. 평소에 물소는 반쯤은 어리어리하고 반쯤은 억울해하는 표정을 짓고 있는데, 무방비 상태로 있다가, 이를테면 막 밥을 먹고 나서 물 한모금 마시기 직전이라든가 연모하는 물소 처녀를 상상하며 멍때리던 순간에 갑작스레 기습을 받아 모가지가 잘린 게 분명했다. 진짜 물소의 얼굴이 아닌 줄 번연히 알면서도 나는 그런 상상을 즐겨 했다. 오늘따라 물소는 어쩐지 조금 우울해 보였다.

할머니는 나뽈리의 가구 장인이 만들었다는 초콜릿색 가죽 소파에 엉덩이를 파묻은 채 텔레비전을 보고 있었다. 화면에서는 수백 명의 평양 시민들이 광장에 모여 오열하는 장면이 나오는 중이었다. 음소거가 된 것도 아닌데 마치 무성영화의 한 장면처럼 보였다.

"빨갱이들은 아무튼."

할머니가 중얼거렸다. 나는 조용히 인사를 하고 방으로 올라갔다. 방. 내 방이라기엔 어색하기만 한 공간, 그러나 혼자 있을 수 있게 해주는 고마운 공간이다. 십년 동안 내 방이었던, 반포 아파트의 문간방과는 비교할 수 없을 만큼 넓었다. 그러나 아늑한가 묻는다면 그렇다고 당당히 말하기는 어려웠다. 공간은 넓고 휑했다. 아빠가 결혼하기 전에 쓰던 가구로 추정되는 낡은 침대와 책상, 책꽂이가 전부였다. 아무리 비싼 물건이라도 낡지 않는 건 아니다. 처음 여기 도착한 날에 책상 서랍은 텅 비어 있었다. 서랍 속에 머리카락 한 올 남아 있지 않았다. 누군가 일부러 깨끗이 비워놓은 것 같았다. 나를 위한 배려일까, 아니면 무슨 마음이었을까. 다음 날 나는 소형 자물통을 하나 사서 서랍에 채웠다.

전화가 걸려온 건 오후 늦게였다.

"오여사님 계신가요?"

여자는 높은 톤의 간드러진 목소리로 할머니를 찾았다.
"네, 잠시만요."
"아, 잠깐만, 잠깐만."
방끼리 연결되는 키폰을 누르려는데 여자가 급히 부르는 소리가 들렸다.
"네?"
"아영씨죠? 나 지난번에 신라에서 인사한 적 있는."
"저, 저는 아영씨가 아닌데요."
"어머나, 큰 실례 했네."
"누구시라고 전해드릴까요?"
저쪽에서, 그러면 너는 누구냐고 캐물어올까 두려워서 나는 허겁지겁 말을 잘랐다.
"이촌동 송여사라고 전해주세요."
자기가 자기더러 '여사'라고 부르는 사람은 처음 보았다. 나는 할머니 방의 내선번호를 눌러 전화를 연결해주었다. 내 방 수화기를 그대로 귀에 대고 오여사와 송여사의 통화를 훔쳐들었다.
"사모님, 지난번 말씀드렸던 그 총각, 내일 시간을 내보겠다고 하네요."
"갑자기 그러면 되나. 우리 애도 워낙 바빠서 어떨지 모르겠네."
역시 할머니다운 고압적인 자세였다. 집에서는 고모를 폐기처분 직전의 솜 터진 헝겊인형 취급하면서 밖에다 하는 말은 이토록 달랐다. 고모를 위해서라기보다는 당신의 자존심 때문일 터였다.

"아유, 사모님, 이쪽은 평일에는 꼼짝없이 검찰청에 붙잡혀 있는 신세니까 드리는 말씀이죠."

할머니는 대답이 없었다.

"사모님, 어째 맘에 안 드세요?"

"알잖아. 우리는 판사 임용된 사람으로 찾는걸."

"아유, 잘 알죠. 그런데 판사들 은근히 좀생이라. 집안에 검사 하나 두시면 두루두루 괜찮아요. 급할 때 아주 든든하실 거예요."

"흠."

"이 사람은 조직 내에서도 평판이 좋아서 앞으로 승승장구할 거고요."

"전공은?"

"상경대예요."

"성골은 못되네."

"법학 석사를 했대요."

"그깟 석사는 무슨."

할머니가 코웃음을 치며 일축했다. 그들은 남자의 출신 대학에 관해서는 한마디도 하지 않았다. 서울대 출신이라는 전제가 지극히 당연했기 때문이다.

"부친은?"

할머니는 심드렁한 척 다시 물었다. 감이 왔다. 할머니는 이 찌를 덥석 물고 싶지 않은 거였다. 다만 우아하게 물고 싶은 거였다.

"고등학교 교감 하다 퇴임했고요. 가진 거는 크게 없어도 집안이 두루 얌전해요."

"개천 용, 영 별론데. 부모님 고향은 어디고?"

"양가가 다 대구예요. 어머니가 김옥숙 여사랑 경북여고 동기고."

"그래?"

할머니가 처음으로 솔깃해하는 기미를 노출하더니, '특별히 한 번 나가주기는 하겠으나 썩 탐탁지는 않으니 곧바로 다음 타자를 대기시켜두라'는 선에서 대화를 마무리지었다. 할머니는 그런 사람이었다.

"2시, 조선호텔로 할게요. 터가 좋아서 성사가 잘된다잖아요."

"그거야 서로간에 만나봐야 알지."

저녁 식탁에서 그 얘기를 하면서 할머니는 짜증부터 냈다.

"미친년, 그렇게 잘 알면 진즉에 그리로 잡든지."

지금껏 고모의 맞선이 성공하지 못한 까닭을 영험하지 못한 장소 탓, 아니 영험한 장소를 미리 섭외하지 못한 주선자 탓으로 돌리고 싶은가보았다.

"사람이 진중하지가 못해. 말도 자주 바꾸고."

입으로는 송여사를 불만스러워하면서도 이번에 구해온 혼처에 대해서는 은근히 흡족한 눈치였다.

"참, 넌 이번에도 그런 옷 입고 나가면 죽을 줄 알아라."

할머니가 고모에게 쏴붙였다.

"무슨 옷?"

국을 떠먹고 있던 고모가 천진하게 물었다. 그녀는 벌써 까맣게 잊어버린 듯했다. 지혜의 기억력과 반대의 의미에서, 고모의 기억력도 진정 알아줄 만했다.

"까마귀 새끼처럼 시커멓고 마녀 같은 옷 말이다."

할머니가 딱 집어 말했다. 고모가 한때 집착하던 고스 패션을 가리키는 거였다. 고모가 언젠가 한번 머리끝부터 발끝까지 검은색으로 휘감아 치렁치렁한 치마를 발목까지 늘어뜨리고 목에는 해골바가지 모양의 목걸이, 팔에는 금속 팔찌를 주렁주렁 낀 차림으로 맞선 자리에 나갔던 것이다. 입술에는 펄이 번쩍이는 은색 립스틱을 발랐을 게 분명했다. 이비인후과 개업의였던 상대방은 이십여 분 만에 자리를 떴으며, 이후 고모에 대해 더이상 코멘트하기를 거부했다고 한다.

"아, 그때 옷 때문이 아니라 구두 때문이라니까. 의자에서 딱 일어났는데 그 남자 키가 내 눈썹까지밖에 안 왔어."

할머니의 콧등이 일그러졌다.

"그러니까 벽돌 같은 그놈의 굽 좀 신지 말라고!"

"내가 큰 게 아니라 지가 작은 거지."

나는 묵묵히 밥을 먹었다. 모시조개를 넣어 끓인 된장쑥국, 표고버섯과 두부가 듬뿍 들어간 쇠고기전골, 통째로 구운 큼지막한 굴비 두마리, 새콤달콤하게 무친 배추겉절이, 천일염을 뿌려 구운 광양 김, 나물은 두 종류였는데 시금치나물과 호박나물이었다. 자주 바뀌는 가정부들 중 요리 실력이 제일 나은 순천댁 아줌마의 솜씨였다. 이런 소담한 밥상 앞에서 할머니와 고모, 두 모녀의 대화를 듣고 있으니 나도 모르게 엄마 얼굴이 떠올랐다. 어쩔 수가 없었다. 식욕이 급작스레 사그라졌다.

"2시라고? 약속 있는데!"

고모가 뒤늦게 난색을 표했으나 할머니는 뉘 집 개가 떠드느냐는 표정으로 무시했다.

"취소해."

"아, 안되는데."

"백점 만점은 아니어도 총점이 팔십오는 넘는다. 집이 좀 빠지는 감이 있지만 너무 유복하게 자란 놈들은 이기적이고 책임감이 없어서 나중에 지 자식 입에 뭐가 들어가는지도 모르고. 차라리 이만한 게 딱 좋아, 잘난 척 못할 만큼."

지나치게 유복하게 자란 아빠를 가진 나는 눈을 내리깔았다. 아빠를 키운 게 할머니 당신이면서도 그에 대해서는 일언반구도 없었다.

"몇살이야?"

"알아서 뭐하게?"

"머리숱은?"

할머니가 고모를 향해 주먹을 흔드는 시늉을 했다.

"아이구, 잘되면 열쇠 세개 준비해야겠네."

순천댁 아줌마가 갑자기 눈치 없이 끼어들었다. 할머니가 이맛살을 와락 찌푸렸다.

"하여간 드라마 탓이야. 요즘 판검사가 무슨 대수라고. 품위 없게."

할머니가 품위를 따질 때마다 나는 혹시 내가 그 단어의 뜻을 잘못 알고 있는 건가 싶어 혼란스러워지곤 했다.

"말이야 바른 말이지 열쇠를 가져오려면 지들이 가져와야지. 아영이가 빠지는 데가 어디 있어?"

"풋."

고모가 먹던 밥풀이 튀어나올 만큼 웃었다. 자기 귀로 듣기에도 가당치 않았나보았다. 이런 면이 내가 그녀를 좋아하는 이유였다. 고모는 이 집 사람 같지 않았다. 단순하고 맑고 악의가 없었다. 겉으론 밝아 보여도 속이 복잡하고 자주 우울해지는 나하고는 근본이 달랐다. 지난 어린이날에는 방문을 쑥 열고 들어오더니 난데없이 수표 두장을 내밀기도 했다. 어린이날 선물이라고 했다.

"나 어린이 아닌데."

"오오, 그러셔. 내 눈에는 꼬맹이거든. 줄 때 받아놔. 돈은 그런 거야."

고모는 손가락으로 내 코를 움켜쥐고 톡 잡아당겼더랬다.

"엄마, 인정할 건 인정해요."

고모가 지겨워 죽겠다는 목소리로 말하고 있었다.

"말이야 바른 말이지 내가 남들보다 잘난 게 뭐 있어. 걔네들이 뭐 내가 마음에 들어서 주말에 양복 떨쳐입고 나오는 줄 알아? 뭐 좀 안 떨어지나 싶어서 그러지."

참거나 속에 담아두는 게 없으니 이 집 식구들은 평생 화병 따위엔 걸리지 않을 것이다.

"흥, 그런 놈 우리도 필요 없다. 신성한 결혼에 어디 콩고물만 노리고."

할머니가 단칼에 말을 잘랐다. 나는 또 괜스레 기가 죽었다. 나는 애먼 생선살만 발랐다. 쿰쿰하고 고릿한 굴비 맛이 입속에 퍼졌다.

저녁 숟가락을 놓자마자 고모는 외출 채비를 서둘렀다. 나를 방으로 불러 인조 속눈썹이 짝짝이로 붙지는 않았는지 점검하게 했고, 겨드랑이를 쳐들고는 엊그제 깎은 털이 혹시 삐져나오지 않았는지도 확인시켰다. 8시 반에 친구들과 어디 가기로 했단다. 그 어디가 어디인지는, 고모가 갈아입은 옷이 이미 소상히 알려주고 있었다. 그녀가 '전투복'이라 부르는, 몸에 꼭 붙는 슬리브리스 원피스는 흰색에 엉덩이를 간신히 가릴 만한 길이였다.

"잘 봐. 화이트라고 다 똑같은 게 아니야. 이렇게 조금 톡톡하면서 은은하게 펄 도는 거 있잖아."

고모는 이런 면에서는 최고의 스승일 것이다.

"대놓고 팍 쏘는 형광은 천박해 보이니까 안되고 나이트 조명엔 이거 하나면 끝이야. 또 입었을 때 라인도 중요한데, 너무 적나라하게 드러나면 엔지야. 쓸데없는 노출도 에러. 그럼 쉽게 보고 덤비는 놈들 천지거든. 어머머, 내가 애 앞에서 무슨 소릴 하는 거니."

고모가 황급히 입을 가리는 시늉을 했다. 우리는 큭큭 웃었다.

"아, 그렇다고 또 이거는 포기하면 안되지."

그녀는 가슴께를 가리키며 눈을 찡긋했다. 볼륨업 브래지어였다.

"복잡하지? 세상에 쉬운 건 없다, 너. 이 바닥에서 나름대로 버티고 살아남기도 어려워."

세상에 쉬운 건 없다는 고모의 말은 백번 옳다. 그렇지만 이 불안한 기분은 왜일까.

"고모, 언제 올 건데?"

"많이는 안 늦을 거야. 이제 체력 달려서 오래도 못 놀아."

부킹할 때는 스물서넛이라고 뻥을 친다지만, 고모는 나와 열한살 차이였다. 내후년이면 서른이었고 그것이 할머니가 요즘 들어 부쩍 장안의 내로라하는 마담뚜들을 들들 볶는 결정적 이유였다.

"할아버지 오시면?"

"지방 내려갔잖아. 내일이나 오셔."

나는 할 말을 잃었다. 그 사달이 터진 게 불과 일주일 전이었다. 한달에 열흘은 만취해 새벽녘에 기어들어오는 딸내미의 행태에 대해 그녀의 아버지이자 나의 할아버지인 윤기봉 회장은 그다지 신경을 쓰지 않았다. 잘 모르기 때문이었다. 엔간한 일은 할머니가 원천 차단한 덕분이다. 소소한 가정사에 일일이 참견을 하기에 할아버지는 공사가 두루 다망했다. 할아버지가 하는 사업이 건설업이며 회사 몇개를 가지고 있다는 것 말고 그분에 대해 내가 아는 바는 많지 않았다.

지난 일요일 새벽. 일찌감치 골프를 나가던 할아버지와, (본인의 주장에 의하면) 그날따라 평소보다 약간 더 진하게, 새벽 2시 나이트가 끝나고 2차 가라오케, 3차 실내포장마차 코스로 놀다 들어오던 고모가 정원 한가운데 목련나무 밑에서 딱 마주치고 만 것이다. 여름 해는 주책없이 일찌감치 떠올라 있었고 세상은 이미 환했다. 간밤 그녀의 얼굴을 반짝이게 했던 값비싼 화장품 잔여물이 죄다 얼룩져 엉망으로 번져 있는 뺨을 향해 할아버지는 다짜고짜 솥뚜껑만한 손바닥을 휘둘렀다. 맞은 사람도 때린 사람도 함께 놀랐을, 0.5초 만에 일어난 사고였다. 고모는 그 자리에 고꾸라졌고, 사고를 목격한 운전기사에 의해 거실로 옮겨졌다. 응급실이라도 가야 하는 거 아니냐며 순천댁 아줌마가 호들갑을 떨었지만, 할머니는 단호했다.

"창피하게 어딜."

고모는 냉장고에서 꺼낸 생고기를 랩으로 둘둘 말아 눈가에 붙이고는, 입덧하는 임신부처럼 연신 웩웩댔다. 나는 약국이 문 열기를 기다려 멍이 빨리 빠지는 연고와 숙취에 잘 듣는 약을 사왔다. 동네 약국 말고 저기 길 건너로 갔다 오라고, 약을 사러 나서는 내 등 뒤에다 할머니가 여러번 신신당부했다. 눈을 가늘게 뜨고 잘 들여다보면 고모의 왼쪽 뺨에는 아직도 그날의 흔적이 희미하게 남아 있다.

"조카님, 잘 부탁해."

고모는 내 앞머리를 슥슥 쓰다듬고는 제 삐삐를 손에 쥐여주었다. 그러곤 지갑에서 수표 한장을 꺼냈다.

"괜찮아."

"바보야, 챙길 거는 분명하게 챙기는 거라고 했잖아."

이럴 때야말로 고모가 할머니 딸이라는 실감이 났다. 고모가 덧붙였다.

"사고 싶은 거 있으면 망설이지 말고 다 사. 네 나이 때는 갖고 싶은 거 다 가져야 된다. 그래야 성격이 좋아져."

고모는 몰랐다. 사고 싶은 것도 갖고 싶은 것도 없는 사람이 있다는 걸. 아니다. 사고 싶고 갖고 싶은 게 있어도 돈이 생기면 모아야 한다는 걸. 나는 이 집에 와서 돈이 생기면 될 수 있는 대로 차곡차곡 모아두고 있었다. 통장은 제법 두둑이 불어났다. 아직 용도는 정하지 않았다. 엄마를 보러 가기 위한 항공료가 될 수도 있고, 엄마가 돌아오기 위한 항공료가 될 수도 있을 것이다. 엄마가 오면 여기 머물 수는 없을 테니 같이 살 집을 얻을 때 보탤 수 있으면 좋겠다고 나는 내심 바라고 있었다. 고모 같은 사람은 무슨 뜻인지 평생 모를 말이었다.

고모는 어느새 바람처럼 나가버렸다. 나는 하이텔 단말기를 품에 안고 고모 방으로 갔다. 고모가 올 때까지 이 방에 있다가, 새벽녘 고모가 집 앞에서 삐삐를 치면 얼른 내려가 문을 열어주는 것이 우리의 계약 내용이었다. 고모 방에는 화장품과 옷과 향수가 그득했지만 책은 거의 없었다. 몇년째 적만 걸어두고 있다지만 명색이 대학원생인데 믿기지 않을 정도였다. 고모는 공공연하게 "난 공부가 제일 싫어"라고 떠들고 다녔다. 나 역시 공부를 잘한 적은 없었다. 아무리 노력해도 성적은 15등과 25등 사이를 왕복했다. 그쪽 머

안녕, 내 모든 것 37

리를 타고나지 못한 게 집안 내력이라고 생각하면 급격히 우울해 졌다. 오늘 기말고사가 끝났는데 아무한테서도 '시험은 어땠니?' 라는 질문을 받지 못했다. 아니, 이 집에서는 내가 시험이 끝났다는 걸 염두에 두는 사람이 아무도 없을 것이다.

나는 방 안의 불을 끄고 책상 위의 작은 스탠드를 켰다. 단말기와 전화선을 연결하고 전원 버튼을 눌렀다. 01410으로 한번 만에 접속이 되었다. 하이텔에서 나는 고모의 이름을 사용했다. 어쩔 수 없었다. 미성년자는 부모의 동의를 얻어야만 가입할 수 있는데 내게는 동의를 얻을 부모가 없었으므로.

접속하자마자 대화방에서 초대 신청이 왔다. ID: romantiger, 낭만호랑. 그는 스물여덟살이었고, 영화과를 졸업하곤 충무로에서 조감독 일을 하고 있다고 했다. 힘든 작업이라 이렇게라도 숨통을 트지 않으면 돌연사할지도 모른다고 엄살을 떨기도 했다. 몇달 전 내가 영화동호회 게시판에 올린 「피아노」의 감상평을 읽은 다음 쪽지를 보내와 아는 사이로 지내게 되었다. 그는 그 글의 마지막 문장이 특히 좋았다고 했다. '그 여자는 거기 바다 속에 영원히 살아 있다'라는 문장이었다.

―아영님, 오랜만이네요. 그동안 통 안 보이시던데 무슨 일 있어요?

―아니요. 그냥, 좀, 바빠서.

기말고사 때문에 바빴노라고 할 수는 없으므로 얼버무렸다.

―그러시구나. 바쁜 거 좋죠. 저는 요새 하루 서너시간도 못 자요.

우리는 몇 마디 잡담을 나누었다. 그는 뭐 이렇게 더운 여름이 다 있느냐고 했고, 나는 덥기는 하지만 원래 여름은 더운 게 아니냐고 했다. 그는 여름휴가 계획은 잡았느냐 물었고, 나는 아직 모르겠다고 대답했다. 그와 대화를 나눌 때는 신분을 들키지 않기 위해 조심해야 했다. 아슬아슬한 긴장감이 나쁘지만은 않았다.

―참, 아영님은 전공이 뭐예요?

고모의 전공은 도예였다. 찌그러진 밥공기 하나 만드는 걸 보지 못했지만 아무튼 그랬다.

―그건, 왜요?

―그냥 궁금해서요.

―음, 비밀이에요.

―후후. 아영님은 늘 뿌연 안개에 가려진 분 같아요. 아, 그게 매력적이라는 뜻입니다.

감사하다고 해야 할지 놀리지 말라고 해야 할지 알 수 없었다. 어른들의 세계도 과연 고모 말대로 쉽지만은 않았다. 그때 쪽지가 도착했다. 지혜였다.

―뭐 해?

그애에게 별생각 없이 고모의 아이디를 알려주는 게 아니었다. 나는 낭만호랑님에게 대충 둘러대곤 대화방을 빠져나왔다. 지혜는 절대로 다른 사람과의 채팅방에 들어오는 일이 없었다. 그러지 않아도 괴로워 죽겠는데 괜히 잘 알지도 못하는 새로운 사람들의 새로운 정보를 머릿속에 자동입력하는 짓을 하고 싶지 않다고 했다.

"모든 대화가 낱낱이 다 기억날 거 아니야. 오 마이 갓, 그건 자살 행위야."

그래서 항상 우리만의 비밀대화방을 따로 열어야 했다.

―둘이 또 한판 붙었어.

비밀방에 들어서자 지혜가 다짜고짜 말했다.

―디가 먼저 시비를 걸었는데 엠이 안 참은 거야. 디는 전화기를 박살내고 엠은 침실 스탠드를 깼어. 소리는 요란한데 그래봐야 스탠드지 뭐. 비싼 건 아무도 안 건드려. 지겨워. 정말 지겨워 죽겠어.

스크롤이 정신없이 올라갔다. 디(D)는 대디, 즉 아빠를 의미하고 엠(M)은 맘, 즉 엄마를 의미했다. 지혜는 부모를 그렇게 부르면서 무언가 비밀스러운 희열을 느끼는 것 같았다. 나는 대답했다.

―어머, 웬일이야?

어차피 지혜가 나에게 바라는 건 적당히 수동적인 관객의 역할이었다. 충실하게 들어주다가, 아니 또 그랬단 말이야? 못 살아, 따위의 맞장구를 적재적소에 쳐주면 되는 것이다. 실제로 나는 거의 늘 그렇게 했다. 지혜 부모의 부부싸움 때문에 내가 못 살 이유는 없었다. 우리 부모님이 이혼한 뒤에도 나는 꼬박꼬박 하루 세끼 밥을 챙겨먹으며 살아가고 있지 않은가.

―참 힘들다. 사는 건 원래 이 모양인 걸까.

또 시작이었다. 지혜는 언제고 제가 떠들고 싶은 순간에는 기다리지 않았다. 푸념을 하고 싶을 때는 더했다. 피시통신에서도 현실에서와 마찬가지였다. 말수 적고 부끄럼 많이 타고 내성적인 성격으로 전교생에게 각인된 지혜가 실은 이렇게 심각한 수다쟁이일 거라고는 아무도 짐작하지 못할 것이다.

예닐곱살 무렵, 지혜의 부모는 딸이 다른 아이들과 달리 주어, 목적어, 서술어를 갖춘 완전한 문장을 구사하지 않는다는 사실을 깨달았다. 부랴부랴 병원을 찾았으나 청각능력과 인지능력에는 아무 이상이 없다는 진단을 받았을 뿐이었다. 다그쳐도 보고 웅변학원에도 보내보았지만 소용없었다. 초등학교 입학 후 담임교사에게 "지혜는 수줍음 많고 내성적인 성격이지만, 세상엔 조용한 아이도 시끄러운 아이도 있는 거니까요"라는 말을 듣고 나서야 비로소 안심했다. 지혜는 당시를 이렇게 술회했다.

"엄마는 정말 감사하다는 말을 세번이나 반복했어. 담임 손이라도 덥석 잡을까봐 걱정했는데 그러지는 않았어. 평소에 집에서는, 까짓 초등학교 선생 하면서 큰 벼슬 하는 줄 안다고 비웃더니 그런 기색은 전혀 찾아볼 수 없었지. 엄마는 가방에서 누리끼리한 시집 한권을 꺼냈어. 담임이 제목을 또박또박 읽었어. 새들도, 세상을, 뜨는, 구나. 엄마가 입을 가리고 웃었어. 난 알고 있었지. 교무실에 들어가기 바로 전에 엄마가 그 책갈피에 돈봉투를 끼워넣었다는 걸. 봉투 속에 수표 한장을 넣을까 두장을 넣을까 한참 망설였다는 걸. 내가 옆에 있든 말든 아랑곳없이."

어른들은 원래 그런 일을 할 때 애들이 있든 말든 아랑곳하지 않는다. 그런 일이 어떤 일인지 애들은 당연히 모르리라고 생각하기 때문이다. 그렇게 믿고 싶은지도 모르겠다. 덕분에 애들은 그럴 때는 서로서로 짐짓 모르는 척해주어야 한다는 삶의 지혜를 자연스레 습득하게 된다.

—내가 이런 얘기 한 적 없지? 남들하고 다르다는 걸 눈치챈 건 네살 때였어. 내가 돌 무렵에 아빠가 털이 새까만 강아지 한마리를 얻어왔었거든. 근데 금방 죽어서 뒷산에 묻었어. 어른들은 내가 그걸 기억하리라곤 꿈에도 생각 못하고 몇해 뒤 그 얘길 꺼낸 거지. 그런데 어른들 기억이 엉망진창인 거야. 이름도 못 지어줬다는 둥, 갈색 강아지였다는 둥, 이틀 만에 죽었다는 둥, 상처 하나 없었다는 둥. 나는 다 기억하는데. 이름은 코코였고, 우리 집에 도착한 지 정확히 쉰여섯시간 만에 죽었고 털이 반드르르한 검은 개였고 왼쪽 귀 안에 빨간 상처 딱지가 있었어. 죽기 직전에 희끄무레한 쌀가루가 섞인 설사를 세번 했다는 것도, 땅에 묻을 때 얼굴에 파리 세마리가 앉았다가 날아갔다는 것도 나는 다 기억나는걸. 모두가 잊은 사실을. 지금도 생생하게.

눈이 아플 만큼 스크롤이 휙휙 넘어갔다. 사실은 진짜로 눈이 아팠다. 생생한 죽음에 대해 듣는 일은 나를 고통스럽게 했다. 나에게 가장 인상적인 죽음은 강아지의 죽음은 아니었다. 외할머니의 죽음이었다.

태어나면서부터 엄마는 늘 바빴고 친가와는 오랫동안 의절하다시피 살았으므로 나는 외할머니 손에서 자라다시피 했다. 외할머니는 친할머니와는 딱 정반대인 사람이었다. 체중이 95킬로그램이 넘는 날엔 절망하고, 90킬로그램 아래로 떨어진 날엔 동네잔치를 벌여 먹고 마셨다. 평생을 뚱뚱하고 부유하지 않은 여성으로 살아온 그녀는 자신과 달리 아름답게 태어나 부잣집 아들과 연애결혼을 했음에도 늘 분주하고 고생스럽게 사는 딸에 대해 이루 말할 수 없이 복잡한 심경을 지니고 있었다. 남들 앞에서는 잘생긴 남편, 토끼 같은 딸애와 강남 한가운데의 버젓한 아파트에 살고 있는 딸을 치켜세우느라 바쁘면서도, 정작 딸이 사는 꼴을 보면 화가 치솟나 보았다. 그 점에서는 서로 한번도 만난 적 없는 안사돈, 즉 나의 친할머니와 엄청나게 말이 잘 통할 것 같았다.

친할머니가 엄마와 나의 존재를 무시하는 것으로 자신의 마음을 표현한 데 비해, 외할머니는 아빠와 나의 존재를 과도하게 사랑하는 것으로 자신의 마음을 다스렸다. 어쩌면 똑같은 마음임에도 그들은 그렇게 달랐다.

나는 외할머니의 죽음이 나와 전혀 무관하다고 말할 수가 없다. 도무지 그럴 수가 없다. 아무도 내 앞에서 그 얘기를 꺼내지는 않았지만 입 밖에 내지 않는다고 해서 있었던 사실이 없어지지는 않는다. 온 세상이 꽝꽝 얼어붙은 것만 같은 한겨울이었고, 나는 유치원 졸업을 코앞에 둔 일곱살이었다.

여느 때처럼 유치원 통학버스에 실려 귀가하는 길이었다. 빙판이 채 녹지 않은 이면도로는 미끄러웠을 것이다. 미니버스가 평소 정차하던 곳에 멈추려는데 바퀴가 그만 스륵 미끄러졌다. 자리에서 막 일어나려던 나는 그 반동으로 의자에 다시 주저앉았다. 버스 바퀴는 가까스로 중심을 잡았고, 차는 평소 정차하는 약국 앞보다 삼십 미터가량 먼 빵집 앞에 섰다. 출입문이 열리고, 나는 조심조심 몸을 일으켰다. 차창 너머로 외할머니가 뒤뚱뒤뚱 걸어오는 모습이 보였다. 나를 데리러 오는 거였다. 바로 그때 뒤에서 오토바이 한대가 기우뚱기우뚱 미끄러지며 달려왔다. 나는 어, 어, 소리도 내지 못했다.

눈을 떴을 때 내 몸은 병원 침대 위에 있었다. 아빠가 손등으로 눈물을 훔쳤다. 아빠는 원래 잘 우는 남자였다. 흔한 사연이었다. 할머니는 응급실에서 시작하여 중환자실을 거쳐 신경외과 일반병실로 올라갔다가 다시 중환자실로 내려왔고, 그렇게 몇달을 보낸 후 요양병원으로 옮겨졌다. 그렇게 몇달을 또 보낸 뒤에야 의학적 사망을 인정받았다.

만약 이것이 지혜의 이야기라면 지혜는 그 오토바이의 기종과 운전자의 인상착의, 헬멧 착용 여부와 같은 것을 늘어놓았을 것이다. 그것이 그애가 세상을 바라보는 안경이니까. 하지만 나는 달랐다. 그 교통사고의 가해자가 누구인지는 이 희극적 비극에서 전혀 중요하지 않다. 다만 외할머니가 여기 없다는 것, 지금 내 옆에 없다는 것, 그래서 내가 외할머니가 아니라 친할머니 옆에 있어야 한다는 것, 그것만이 나에게는 유일하게 의미있는 사실이었다.

―나는 왜 이 모양으로 태어났을까? 나 왜 태어난 거니? 세미야, 넌 알아?

지혜는 지치지도 않나보았다.

―지혜야, 네가 얼마나 지혜롭고 멋진데. 나는 항상 네가 부러

운걸.

　남을 달래주고 안아주기엔 지금 나도 너무 무기력하단다, 같은 문장은 자판에 입력하지 않았다. 지혜의 넋두리를 한참 동안 들어주다보니 철야근무를 마친 정신과 의사처럼 파김치가 되었다. 시간은 이미 자정을 넘어섰다. 나는 책상 한편에 놔둔 고모의 삐삐를 보았다. 조용하기만 했다. 고모에게서는 아무 소식도 없었다. 슬슬 졸음이 밀려왔다. 나는 억지로 눈꺼풀을 들어올리며 이렇게 생각해보기로 했다. 누군가를 막연히 기다리는 건 쉽지 않은 일이 분명하다. 지혜 덕분에 고모를 기다리고 있다는 사실을 잊을 수 있었다. 다행이다. 그런 의미에서, 아직 돌아오지 않은 고모에게도 감사해야 했다. 이런 작은 기다림들을 모으고 모아 나는 큰 기다림을 견디고 있었으므로. 큰 기다림의 끝에 무엇이 있을지는, 생각하지 않기로 한다.

　―참, 내일 오후 괜찮아?

　지혜가 물었다.

　―어. 왜?

　―우리 집 비잖아.

　지혜네 집은 자주 비었다. 지혜의 엠과 디, 즉 엄마와 아빠는 모두 대학교수였다. 엄마는 신촌의 유명한 대학에, 아빠는 충청도 어딘가의 지방대학에 적을 두고 있었다. 둘 다 같은 전공인데 어쩌다보니 엄마 쪽이 잘 풀렸고 그게 부부싸움의 주요 원인이라고 했다.

　―둘 다 학회가 겹쳤다는데, 모르지 뭐, 각자 애인 만나러 가는지.

부모에 대해 이야기할 때 지혜는 싸늘하고 냉소적이었다. 나는 그것이 그애가 아직 그들을 포기하지 않은 증거임을 알고 있었다. 사랑은 어쨌든 상대를 포기하기 전의 상태이므로, 지혜가 부모를 사랑한다는 증거인지도 모른다. 여하튼, 일요일에 나갈 곳이 있어 다행이었다. 나는 열렬하게 대답했다.

―조아, 조아, 조아!

3

일요일 오후, 고모는 결국 할머니에게 굴복했다. 처음부터 그럴 수밖에 없게 정해진 게임이었다. 그녀는 맞선 장소에 나가기 위해 삼 센티미터 굽이 달린 크림색 구두에 발을 꿰었다. 어젯밤과 같은 사람이라고는 도저히 믿기 어려운 조신한 차림새였다. 무릎을 덮을락 말락 한 치마 길이는 그렇다 쳐도, 이 삼복더위 한복판에 긴 팔 재킷과 커피색 스타킹까지 갖춰 입은 건 또 뭐란 말인가.

"나 어때?"

고모가 제법 진지하게 물어왔으므로 나도 진지하게 대답했다.

"예뻐."

"정말? 그럴 줄 알았어."

고모가 미스코리아처럼 입꼬리를 밀어올렸다.

"잘하고 와."

나는 성의를 다해 손을 흔들어주었다.

"진짜 취직하기 싫은 회사에 면접 보러 가는 기분이야."

흰 이를 드러내며 환히 웃던 고모의 웃음이 잊히지 않는다. 1994년 7월, 아직까지는 그럭저럭 평화롭던 일요일 대낮이었다.

방에 올라가니 지혜에게서 삐삐가 와 있었다. 828255. 빨리빨리 오라는 의미였다. 준비를 마친 다음 할머니 방문 앞에 서서 헛기침을 했다.

"공부 좀 하고 올게요."

안에서는 아무런 대답도 없었다.

"학교 도서관에서요."

역시 무반응이다. 그럴 줄 알면서도 나는 굳이 닫힌 문에다 대고 외출 보고를 한다. 스스로에게 신물이 나면서도 그렇게 한다. 엄마 때문이었다. 이 집은 나에게 유리정글 같은 곳이었다. 나는 조심조심 어떤 꼬투리도 잡히지 않으려고 애썼다. 만만한 빌미라도 하나 잡히면 곧바로 엄마를 향한 독화살이 쏟아질 터였다. 안 그래도 억울한 일투성이인 엄마가 가정교육도 제대로 안 시킨 미친년 취급까지 받도록 방치할 수는 없는 노릇 아닌가. 그건 엄마에 대한 내방식의 의리이기도 했다. 물론 실제 우리 엄마는, 들고 날 때 어른에게 꼭 인사를 해야 한다는 따위의 대한민국의 상식적이고 일반적인 집안에서 시행되는 가정교육을 전혀 시킨 바가 없다. 우리 엄마라는 사람 또한 인사성이 밝거나 타인에게 공손한 태도를 취하거나 하는 것과는 거리가 멀었다.

어떤 편이냐 하면, 길에서 아는 얼굴이 마주 걸어와도 아무렇지 않게 쓱 지나치기 일쑤였다. 내가 옆구리를 꾹 찌르면 "어머, 그랬니? 몰랐지. 근데 넌 어떻게 그렇게 사람을 잘 알아보니? 신기해" 하고 천진난만하게 대꾸하곤 했다. 그것만이 아니었다. 상대가 먼저 인사라도 할라치면 꿈꾸다 갓 깨어난 표정으로 그 큰 눈을 천천히 껌뻑이며 "어머", 한 템포 쉬고 "안녕하셨어요?"라고 느릿느릿 답하곤 했다. 그런 사람이 다단계 회사 피라미드의 다이아몬드 직책에까지 올랐다니 인생이란 참 불가사의하다.

엄마와 할머니는 여태껏 딱 한번 만났다. 그때 엄마는 갓 스물이었고 이미 배 속에서는 수정된 지 어언 6개월이 넘은 태아, 즉 내가 맹렬한 발길질로 존재 증명을 해대고 있었다. 할머니는 엄마 앞에 불쑥 흰 봉투를 내밀었다. 텔레비전 드라마에서처럼 말이다. 백지수표가 들었을 것 같아 스무살 엄마의 가슴이 두근거렸다. 이걸로 유모차도 사고, 흰 레이스가 달린 아기 드레스도 사고, 먹이기만 하면 쑥쑥 자란다는 미제 분유도 실컷 사야지. 그렇게 생각하니 입이 안 다물어졌다고 한다.

그러나 그 안에는 백지수표 대신 메모지가 한장 들어 있었다. 검은 볼펜으로 휘갈겨 쓴 '김 의원'이라는 글자와 전화번호였다. 순진한 구석이 있던 엄마는 그리로 직접 전화를 걸어보고서야 그곳이 일반 산부인과에서는 위험해서 받아주지 않는 6개월 이후 태아의 인공중절을 해주는 병원임을 알았다. 엄마는 그 메모지를 찢어버리는 대신 화장대 거울 앞에 보란 듯이 떡 붙였다. 살면서 약해

질 때마다 그걸 보면서 마음을 다잡기 위해서였다고 한다.
"독한 년으로 다시 태어난 거지."
 그 말을 엄마는 하나도 안 독한 표정으로 했다. 훗날 그녀는 이 에피소드를 다단계회사 신입회원 교육의 단골 레퍼토리로 곧잘 써먹었다. 그러니 따지고 보면 인생을 굳건히 살아갈 의지를 선물한 시어머니에게 감사해야 마땅한 일인지도 모르겠다. 물론 엄마는 자라는 동안 안방에 들어갈 적마다 하루도 빠짐없이 그 낡아가는 종잇장을 보아야 할 나의 심정은 전혀 염두에 두지 않았다. 이 만남에 대하여 할머니의 회상을 들어본 적은 없으니 내가 가진 정보란 철저히 우리 엄마의 진술에 기초한 것이다.
 "너무 늦지는 마라."
 닫힌 문 안에서 낮고 근엄한 목소리가 들려왔다. 나도 모르게 "네!"라고 대답했다. 하마터면 방문을 향해 고개도 숙일 뻔했다. 역시 예측대로 흘러가는 일은 아무것도 없다. 어디로 떠가는지 모를 뭉글뭉글한 구름들을 올려다보며 나는 새삼 그것을 예감했다. 나는 경보 국가대표 상비군처럼 재빠른 발놀림으로 유엔빌리지의 가파른 언덕길을 내려갔다. 친구들을 빨리 만나고 싶어서가 아니었다. 여기를 빨리 벗어나고 싶어서였다.
 지혜네 집은 신반포였다. 단지가 만들어질 때부터 살았으니 원주민이라 할 수 있었다. 반포는 말하자면 작은 섬이었다. 물자가 철철 넘쳐나지는 않아도 딱 필요한 만큼이라면 안에서 뭐든 다 구할 수 있었다. 자급자족이라는 말을 떠올리다 그만두었다. 그 말은 반포에는 어울리지 않는다. 그곳은 철저히 소비하기만 하는 동네였다. 얇은 베니어판으로 벽을 나눈 점포들이 다닥다닥 붙은 상가 지하의 슈퍼마켓에서 큰 싸이즈의 코카콜라 페트병을 하나 샀다. 아무리 친해도 남의 집에 빈손으로 갈 수는 없는 일이니까.

지혜가 문을 열어주었다. 아무렇지도 않고 예쁠 것도 미울 것도 없는 친구들 얼굴이 보였다. 비로소 마음이 놓였다. 피자값은 지혜가 냈다. 준모가 찬장에서 유리잔 여섯개를 가져왔다. 나는 잔 세개를 콜라로, 나머지 잔 세개는 맥주로 채웠다. 맥주는, 뭐랄까 장식용이었다. 우리는 늘 맥주를 이렇게 따라놓기만 할 뿐 마시지는 않았다. 지혜는 머리가 아파서 싫다고 했고, 준모는 안 그래도 실수투성이 삶인데 술 마시고 더 큰 실수를 할까봐 싫다고 했다. 내 경우엔 냄새가 문제였다. 망아지 오줌같이 찝찔하고 비릿한 액체를 단숨에 쭉 들이켜는 사람들을 보면 왠지 내 코를 막고 싶어졌다. 그렇지만 진짜 이유는 우리가 아직 고등학생이기 때문임을 모두 알고 있었다. 누가 뭐래도 우리는 어른이 질색하는 일은 하지 않았다. 태생이 모범적이어서가 아니었다. 그게 더 편하기 때문에, 복잡해질 뒷일을 감당하고 싶지 않기 때문에 그렇게 했다.

"방학 기념! 위하여!"

지혜가 선창을 했다. 우리는 맥주잔으로 건배를 하고, 콜라를 들이켰다. 준모가 가지고 온 디스크를 거실 오디오에 집어넣고 볼륨을 높였다. 서태지와 아이들 1집이었다. 우리는 환호성을 질렀다. 이어폰의 작은 구멍이 아니라 밖으로 쿵쿵 울려퍼지는 음악이 진짜 음악이었다. 내 모든 걸 당신께 말해주고 싶어 작은 마음 드리리라 나는 항상 그대의 마음 곁에 있어 소중한 건 너이기에 난 YO! 언제나 너에게 말을 하지 못하고 그대 눈빛이 마주칠 땐 고개 돌리며 다른 얘길 하네 내 YO! 우리는 발가락을 까딱이며 박자를 맞췄다.

"에이 씨, 딱 하루 쉬었는데."

지혜가 어깨를 흔들며 피자를 한입 크게 베어물었다.

"학원 내일 개강이야?"

"예스."

"종일반?"

"예스, 낫 마이 오피니언."

아무리 욕하고 툴툴대도 지혜는 디와 엠의 의견을 전적으로 거부하지 못했다. 지혜가 다닐 곳은 압구정동의 국영수 전문 소수정예학원이라고 했다. 모르긴 해도 한달 수강료가 웬만한 대학의 등록금에 육박할 터였다.

"차라리 날 주지."

피자를 우걱우걱 씹으면서 지혜가 중얼거렸다.

"원래는 스파르타 넣으려고 했는데 많이 봐준 거래."

지혜가 말하는 '스파르타 학원'에 대해 나도 뉴스에서 본 적이 있었다. 수강생들을 24시간 감시하면서 공부시키고 먹이고 공부시키고 재우고 공부시키는 기숙사형 학원이라고 했다.

"1990년대 이후 우후죽순처럼 들어선 이런 식의 학원들은 양수

리나 포천의 러브호텔들 사이에서 목하 성업 중이지."

"나도 들은 적 있어. *씨팔*, 쿵쿵. 외출이 한달에 쿵, 두번이래. *씨팔*, 정말 *씨팔*, 끔찍하지 않아?"

준모와 지혜는 참혹해했고 나는 혹했다. 방학 동안만이라도 달리 가 있을 곳이 있다면! 나는 별 관심 없는 척 슬며시 학원 이름을 물었다. 지혜의 입에서, 틀릴 리 없는 정보가 줄줄 흘러나왔다.

조금만 더 있다 가라고 지혜가 열심히 붙잡았지만, 남의 집에 얹혀살면서 그럴 수는 없는 노릇이라며 나는 일찌감치 자리에서 일어섰다. 마음이 급했다. 지혜는 아쉬워하는 눈치를 숨기지 않았다.

"준모야, 그럼 너라도 좀더 있다 가."

엉거주춤 일어섰던 준모가 지혜에게 팔을 잡힌 채 어찌할 바를 몰랐다.

"그래, 잘됐다. 너는 더 있다 와!"

나는 억지로 준모를 주저앉히곤 쏜살같이 지혜네 집을 빠져나왔다. 경중경중 뛰어 아파트 단지 입구의 공중전화 부스에 다다랐다. 운 좋게도 코인 전화기의 수화기가 본체 위에 올려져 있었다. 남아 있는 액수가 무려 백원이었다. 나는 동전 몇개를 손에 쥐곤 급히 114를 눌러 포천 D학원의 전화번호를 물었다. 신호음이 열번은 넘게 울린 후에야 누군가 전화를 받았다. 여자였다.

"여보세요."

내 딴엔 최대한 어른스러운 음성을 가장했다.

"저, 저희 아이를 좀 보냈으면 하는데요."

예상치 못했다. 저희 아이,라고 발음하는데 갑자기 심장이 아래로 십 센티미터쯤 툭 내려앉았다.
"아, 네. 어머님, 아이가 몇학년인가요?"
학원 관계자는 친절한 편이었다. 아무 의심 없이 곧바로 상담 태세에 돌입했다. 다행이다 싶으면서도 한편으론 가슴 한쪽이 허전해졌다. 나는 세상이 좀더 견고한 곳이기를, 나 같은 따위의 허술함으로는 감히 넘볼 엄두도 낼 수 없는 곳이기를 바라는지도 모르겠다.
"고1이에요."
"아, 그러시군요. 고1 여름방학, 제일 중요한 시기죠. 스카이와 비스카이는 일단 그때 결정납니다."
시외전화라 요금이 뚝뚝 떨어졌다. 나는 조급해졌다.
"그럼 얼마인가요, 가격이. 아, 방학 동안 계속 있으려면요."
"네, 어머님, 그런데 방학 전에 일차 마감이 끝난 상태라서요."
학원 관계자는, 그러나 여학생 한명 정도면 받아줄 수 있을 것 같다고 했다. 그쪽에서 제시한 금액은 예상보다 많이 컸다. 한남동 집에 돌아오자마자 나는 붙박이장 깊숙이 넣어둔 자유예금통장을 꺼냈다. 내가 가진 돈은 절반 넘게 모자랐다. 좁고 팽팽하다고 믿었던 통로는 헐렁하게 뻥 뚫린 구덩이일 뿐이었다.
자본주의 사회에서는 돈이 없으면 아무것도 할 수가 없다. 누군가에게 도움을 받는다면. 맨 먼저 아빠의 얼굴이 떠올랐다. 나는 황급히 잔상을 지웠다. 아빠하고는 죽을 때까지, 아니 적어도 그에 준하는 상황이 서로에게 닥칠 때까지는 말을 섞지 않을 작정이었다. 그가 엄마와 나한테 한 짓을 생각하면 그조차 미약하기 짝이 없는 응징이었다. 아빠가 어떤 짓을 했느냐고? 배신을 했다. 우리 셋이 만들어온 시간을.

그 시간들이 매 순간 농밀하고 아름다웠다고는 못하겠다. 짜증 내고 소리 지르고 서로를 징그러워하다가 또 얼기설기 화해하던 시간들. 하나의 솥에 라면 세개를 함께 끓이고 계란 세알을 공평하게 넣어 갈라 먹던 일요일 점심들을 나는 끝내 기억하지 않을 것이다.

모든 채무관계는 다 엄마 명의로 되어 있지만 둘이 사이좋게 만든 빚이었다. 부부란, 식구란 원래 그런 관계니까. 합의이혼 서류에 도장을 찍고 판사 앞에 다녀온 뒤에도 엄마는 자기가 서류상 이혼을 한 걸로만 알았다. 아빠가 하루아침에 안면을 쓱 바꿀 줄은 몰랐다. 잠시 오빠네로 몸을 피해 있으라며 아빠가 건넨 LA행 비즈니스석 항공권에 감격하기까지 했다. 그게 일반석보다 두 배는 비싼 표라는 걸 알고서 기가 막히고 말문이 막혔다. 저 철없는 두 인간을 어쩌면 좋단 말인가, 어이없어하느라고 아빠가 하는 말을 한 귀로 흘려들었다.

"마지막 선물이야."

돌이켜보면 나름대로 비장한 목소리였다. 김포공항까지 내가 따라 나갔다. 출국장에서는 엄마도 나도 울지 않았다. 그럴 정신이 없었다. 지난밤 고속버스터미널 지하상가에서 산 싸구려 이민가방이 나는 자꾸 걱정스러웠다.

"엄마, 아까 보낸 수하물 가방 자물쇠 채운 거 맞지?"

"아니. 그래야 되는 거야?"

"아우, 그럼 그냥 지퍼로만 닫았단 말이야?"

"응, 그런 것 같은데. 왜? 안되는 거야?"

"이거저거 마구잡이로 쑤셔넣었잖아. 지퍼 열리면 어떡할 건데? 물건 다 쏟아져나오면? 아니면 누가 그냥 쓱 가방 열고 다 꺼내가면?"

엄마 안색이 급격히 어두워졌다.

"어머, 어쩜 좋니. 나는 그 생각은 못했어. 맨 밑바닥에다 우리 로션 베스트셀러로만 골라서 미개봉 박스들 착착 담아놨는데 누가 훔쳐가면 어떡해. 설마 공항 직원들이, 괜찮겠지?"

점입가경이었다. 이렇게 치밀하지 못하고 어수룩한 사람이 무슨 사기범이란 말인가. 엄마는 수배령이 내려지기 직전 아슬아슬하게 비행기를 탔다. 엄마의 운은 딱 거기까지였다. 아빠는 공항에서 막 돌아오는 내 손을 잡았다.

"잠깐만 가 있어. 금방 데리러 갈게."

어린이집에 가기 싫어 떼쓰는 세살짜리를 꼬드기듯이 간곡하고 다정했다. 아빠의 눈에 눈물이 가득했다. 그는 또 울고 있었다. 그때 눈치챘어야 했다. 아빠는 나와 내 단출한 짐을 한남동에 내려놓고 바람처럼 사라졌다. 그 흔한 '잘 부탁드립니다' 같은 말도 하지 않았다.

안녕, 내 모든 것 55

"어디 태평양 한가운데 풍광 좋은 섬에 가서 푹 쉬다 오라고, 공이나 실컷 치다 오라고 사모님이 그러시던데?"

순천댁 아줌마가 언질을 주었다.

"회장님은 진즉 이렇게 되어야 했다고, 이제야 순리대로 됐으니 다행이라고 하시데. 깜짝 놀랐어. 그 냉정한 양반이 어디 그런 말씀 하실 분이야."

더는 전하지 않아도 충분할 뻔했다. 그러면 내 합법적 가출을 위해 지갑을 열 사람은 현실적으로 고모나 할머니일 것이다. 할머니 허락을 거쳐야 하는 고모보다는 차라리 할머니가 나을 수도 있었다. 할머니 입장에서도, 탄생부터 화근이라고 믿어온 손녀딸과의 느닷없는 동거를 일시 청산하기에 이만큼 적당한 타협안은 없지 않겠는가. 나는 심호흡을 하고 방을 나섰다.

할머니와 독대하기 위해 계단을 내려가는데 현관문이 열렸다. 고모였다. 어언 9시였다.

"일찍 들어오네."

나는 무심코 말했다.

"그럼, 선보러 가서 올나이트할 수는 없잖아."

"설마 지금까지 선보고 온 거야?"

"글쎄."

웃음으로 뒷말을 흐리다니. 분명 상대가 꽤 마음에 들었다는 뜻이다. 기억할 만한 조짐이었다. 고모는 낮에 신고 나간 삼 센티미터 굽의 구두를 벗고 마루에 올라섰다. 분홍 매니큐어로 색칠한 앙증

맞은 발톱들이 스타킹 너머로 아른아른 비쳤다.

"빨리 와봐."

고모가 내 팔을 끼곤 뛰다시피 자기 방으로 올라갔다. 고모한테서 바닐라 향을 첨가한 인공감미료 냄새가 났다. 코끝이 들척지근해졌다. 이것은 무슨 향기일까? 인생의 클라이맥스를 갈망하는 처녀의 영혼에서 나는 향기라고 해두자.

"이거 봐."

고모가 핸드백에서 꺼낸 건 납작한 똥색 종이봉투였다.

"이게 뭔데?"

"뭐냐면 말이야."

고모는 공연히 뜸을 들이며 설명의 순간을 유예하려 했다. 간질간질한 기분을 스스로 더 음미하고 싶어서일 것이다.

"아까 저녁 먹다가 서로 좋아하는 음식 얘기가 나와서."

고모는 팥빙수, 단팥빵, 팥죽 등을 좋아하는 식성을 고백했단다. 그러자 남자가 잠시만 기다리라고 하곤 어디론가 급히 나갔다 돌아왔다. 남자의 손에 김이 모락모락 나는 저 종이봉투가 들려 있었다는 건 두말하면 입 아픈 얘기다. 내용물은 붕어빵 두개였다.

"하나는 외롭다면서 두개."

오오, 그렇게 깊은 뜻이.

"집에 가자마자 먹으래. 남 주지 말고 나 혼자."

"그럼 얼른 먹어."

"너랑 나눠 먹어야지."

"혼자 먹으랬다며?"

"말이 그렇다는 거지. 네가 남이니?"

"나는 팥 싫어하는데."

"그러지 말고 한번 먹어봐. 한 입만. 근처에서 제일 맛있는 데래."

그녀가 붕어의 허리를 뚝 분질러 내 입에 반강제로 욱여넣었다. 한 입 씹어보았다. 앙금 맛이 텁텁하고 눅눅했다. 고모는 손도 씻지 않은 채, 옷도 갈아입지 않은 채 침대에 걸터앉아 붕어빵을 먹었다. 허기를 채우려는 사람처럼 냠냠 맛있게도 먹었다. 나는 어떤 불안한 예감에 휩싸여 고모를 바라보았다. 이런 그녀의 행동 앞에서 남자가 어땠느냐는 질문 따위는 부질없는 것일 터였다.

고모는 나를 붙들고 이런저런 수다를 늘어놓고 싶은 눈치였지만 나는 슬그머니 고모 방을 빠져나왔다. 조금 전 할머니에게 당장 달려가 담판을 지으려던 모처럼 만의 의지는 사라졌다. 나는 비실비실 내 방으로 후퇴해 침대 한복판에 벌렁 드러누웠다. 후텁지근한 밤이었다. 에어컨 리모컨을 손에 쥐고도 작동 버튼을 누르지 않았다. 하이텔 단말기도 켜지 않았다. 창밖 어딘가 멀리에서 누군가 아, 아, 아 고함치는 소리가 아련히 들리다 멈추었다. 여기도 사람이 살기는 사는구나, 어딘가에 사람이 있기는 있구나. 나는 침묵 속에서 그것만을 생각했다.

누군가는 사랑에 빠지고 누군가는 소리를 지르고 누군가는 숨소리도 내지 않는 한여름 밤이었다. 준모의 목소리가 떠올랐다.

"외출이 한달에 쿵, 두번이래. *씨팔*, 정말 *씨팔*, 끔찍하지 않아?"

　내가 준모의 끔찍함을 알지 못하듯이 준모도 나의 끔찍함을 모른다. 이 집을 떠나 기숙학원에 들어가려는 꿈을 나는 포기했다. 한 달에 두번, 이주 만에 바깥세상으로 나오면 어디로든 돌아가야 할 것이다. 남들은 다 집으로 갈 것이다. 그때 나는 어떻게 할 것인가. 나에게는 돌아갈 집이 없었다. 한남동은 집일 뿐, 돌아갈 집은 아니었다.

　엄마가 알려준 외삼촌의 전화번호가 책상 서랍 속에 있었다. 나는 열쇠 같지도 않은 작은 열쇠를 손끝으로 만지작거리다 그냥 주머니에 집어넣었다. 잘 지내? 응, 나도 잘 지내. 밥 잘 챙겨먹어, 엄마도. 그러고 나면 더 무슨 말을 나눠야 할지 알지 못했다. 어쩌면 엄마가 미안하다,라고 할지도 모르겠다. 나는 괜찮다고 대답하겠지. 그래도 달라지는 건 아무것도 없다. 미안한 마음이 사라지는 것도 아니고, 괜찮은 마음이 샘솟는 것도 아니다. 이불을 머리끝까지 뒤집어쓰고 나는 천천히 잠들었다.

바람이 불어오는 방향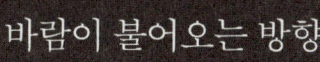

1

 1994년 여름, 폭염으로 인한 사망자는 3384명이었다.
 무더위를 이기지 못하고 폐사한 가축의 빈 우리를 뉴스에서 보았다. 저런. 뜨거운 물에 우린 잎차를 마시던 할아버지가 혀를 찼다. 할머니가 단언했다. 종말이 가까웠다니까요. 그들은 반팔 실내복 위에 칠부 소매의 얇따란 카디건을 덧입고 있었다. 그 집의 실내온도는 언제나 25.5도와 26도 사이를 유지했다. 나의 조부모는 한의사의 조언대로 찬 기운이 몸에 스며드는 일만큼 해로운 건 없다고 믿는 눈치였다. 세상에는 얼음도, 설탕도, 콜라도, 배달 치킨도 먹지 않는 삶이 존재한다는 것을 알았다. 그럼에도 경건하지 않은 삶 말이다.

여름방학 내내 나는 꼬박꼬박 학교에 갔다. 낮 동안 가 있을 마땅한 곳이 없었다. 집에 종일 머무는 것은 고려해보지 않았다.

"아무래도 학교 도서실이 집중이 잘되니까요."

딱히 변명이라고만 할 수는 없는데도 변명처럼 들릴 것 같았다. 할머니는 어떤 이의도 제기하지 않았다. 결정적인 관심이 없는 보호자와 함께 사는 것도 나쁘지만은 않았다. 매일 아침 9시면 나는 집을 나섰다. 김기사가 자동차 뒷문을 열어주었다. 평소보다는 학교와 가까운 곳에서 차를 내렸다. 더워도 너무 더웠기 때문이다. 게스 청치마와 청바지를 번갈아 입고, 위에는 몸에 붙는 폴로 피케 티셔츠를 입었다. 스타킹도 양말도 신지 않았다. 그런 차림으로 거리를 걸으면 대학생이 된 듯한 기분이 잠시 들었다가 사그라졌다.

대학생이라는 낱말을 떠올리는 일을 나는 의도적으로 회피하고 있었다. 대학생이 되고 싶다는 조바심, 되지 못할까봐 걱정하는 두려움과는 다른 감정이었다. 스무살에 누구나 대학생이지는 않을 것이다. 나는 하루빨리 어른이 되어야 했다. 진짜 어른. 아무의 도움도 받지 않고 혼자 결정하고 혼자 책임지는 상태. 그러려면 무엇을 해야 하는지는 몰라도, 무엇을 하면 안되는지는 알 것 같았다. 머뭇거리면 안되었다.

스무살이 되는 해는 1997년이다. 가깝지만 머나먼 숫자였다. 유리잔 밑바닥에 남은 우유 찌꺼기처럼 희뿌옇고 탁했다. 1988년에는 1991년이, 1991년에는 1994년이 그렇게 느껴졌었다. 시간은 늘 체력장 오래달리기 같았다. 눈을 감고 뛰다보면, 저 앞에 도무지 내

안녕, 내 모든 것 63

가 따라잡을 수 없을 것 같은 속도로 달리던 아이가 어느 순간 내 뒤로 처져 있는 거다. 늙어간다는 건 따라잡을 아이가 점점 줄어들다가 결국 아무도 없어진다는 거겠지. 앞만 보고 뛰는 일도 뒤를 돌아보는 일도 두려울 것이다. 그러면 좀 쓸쓸할 것 같기도 하다.

 나는 도서실 문을 밀고 들어섰다. 여름방학 동안 이곳은 거의 언제나 텅 비어 있었다. 넓지 않은 열람실에 낡은 선풍기 한대가 권태롭게 돌아갔다. 최소한의 인간적 존엄을 유지시켜주는 바람이었다. 아릿한 먼지 냄새가 코끝에 닿았다 멀어졌다 다시 가까워졌다. 서가는 어둡고 서늘해서 숨어 있기 좋았다. 나는 세계문학전집이 순서대로 꽂힌 책장 밑에 쭈그려 앉아 대부분의 시간을 보냈다. 각 권의 맨 뒷장에는 초판 발행일이 인쇄되어 있었다. 책을 선택하는 기준은 오직 하나뿐이었다. 나는 내가 태어난 날보다 하루라도 먼저 나온 책들만 읽었다.

 빨려들어갈 듯 읽은 책도 있지만 아무 감흥을 느끼지 못한 적도 많았다. 내가 읽은 것은 서사라기보다는 문장들이었다. 예컨대 『호밀밭의 파수꾼』은 이런 문장으로 남아 있다.

 ─정말로 이 이야기를 듣고 싶다면, 아마도 가장 먼저 내가 어디에서 태어났는지, 끔찍했던 어린 시절이 어땠는지, 우리 부모님이 무슨 직업을 가지고 있는지, 내가 태어나기 전에 무슨 일들이 있었는지와 같은 데이비드 코퍼필드 식의 아무짝에도 쓸모없는 이야기들에 대해서 알고 싶을 것이다. 하지만 사실, 난 그런 이야기들을 하고 싶지가 않다. 우선 그런 일들을 이야기하자니 내가 너무

지겹기 때문이고, 그렇게 시시콜콜하게 이야기했다가는 부모님이 뇌출혈이라도 일으킬 것 같기 때문이다. 부모님은 그런 일들에 대해서 굉장히 신경이 예민하셨다. 특히 아버지는. 두분 모두 좋으신 분들이지만—이런 이야기를 하고 싶지 않았다—끔찍할 정도로 과민한 분들이니까. 더군다나, 난 여기서 따분하기 그지없는 자서전을 쓰고 싶은 생각은 추호도 없다.

'정말로 이 이야기를 듣고 싶다면.' 협박 가정법이다. 이렇게 이야기를 시작하는 사람들에 대해 알고 있다. 그들은 다만 불안한 것이다. 자기 이야기에 아무도 관심이 없을까봐. 모두가 시큰둥할까봐. 그런데 남의 이야기를 정말로 듣고 싶어하는 사람이, 정말로 순수하게 존재하기는 할까. 남의 이야기를 듣는 동안 나의 이야기를 생각하려 한다면 몰라도. 차례로 열거된 '아무짝에도 쓸모없는 이야기들'의 예시에는 동의하지 않을 수 없었다. 부모들은 대개 끔찍할 정도로 과민하거나 끔찍할 정도로 무심하다.

책의 어떤 페이지에도 밑줄은 치지 않았다. 나만을 위한 빨간 줄을 긋는다고 해서 거기 새겨진 의미들이 내 것이 될 리 없을 테니. 나보다 오래 존재해온 글자들이 이 세계 어딘가 낡은 책장들 속에 납작 엎드려 있다는 것만으로도 족했다.

까치발을 한 채 서가에 꽂힌 책을 고르고 있는데 갑자기 뒷덜미에 혹 뜨거운 열기가 느껴졌다. 나는 멈춰버린 선풍기 날개를 멍하니 바라보았다. 예감이 안 좋았다. 선풍기가 고장났을 뿐이다. 이것은 평범한 상황이다. 그런데 나는 어쩌자고 대번에 불안해지나. 나쁜 습관이다. 멍하니 선풍기를 바라보고 있는데 조심스레 도서실 문이 열렸다.

들어온 사람은 준모였다.

"(뭐 하고 있었어?)"

준모가 소리 없이 입만 벙긋거리며 물어왔다. 내가 선풍기를 가리키자 준모는 벽 쪽으로 다가가 코드를 꽉 끼웠다. 선풍기 날개가 털털털 다시 돌아가기 시작했다.

"고맙다, 친구."

준모가 깜짝 놀라더니 검지를 입술에 대고 쉿, 하는 시늉을 했다.

"괜찮아. 어차피 여긴 아무도 없는걸."

"(그래도 도서관이잖아.)"

준모는 내 어깨를 툭툭 치더니 손가락으로 밖을 가리켰다. 나가서 기다리겠다는 뜻인가보았다. 참 일관되게 바보 같은 녀석이었다. 나는 주섬주섬 가방을 챙겼다. 준모는 멀리 복도가 기역자로 꺾이는 지점에 서 있었다. 혼이 쑥 빠질 것 같은 기세로 매미가 울었다. 나는 준모의 넓고 단단한 등을 향해 걸어갔다. 악마가 침범하지 않았을 때의 준모는 어디 하나 나무랄 데 없는 남자아이였다. 멀쩡할 때의 너무나 준수한 준모를 보고 있으면 나는 그애 엄마라도 된 듯 자꾸만 불안하고 가슴이 조마조마해졌다.

우리는 땡볕을 피해 차양막이 쳐진 운동장 둘레를 걸어 교문으로 나왔다. 교문 앞에서 나는 습관적으로 두리번거렸다. 당연히 있는 줄 알았던 지혜가 보이지 않았다.

"지혜는?"

"어? 어, 그, 그게."

준모가 말을 더듬었다. 악마의 습격이 또 시작되려나보다. 나는 아연 긴장했다. 다행히 아니었다.

"하, 학원 갔을걸."

"맞다, 그렇구나."

"응."

"넌?"

"과외선생님 바뀌어서 좀 쉬기로 했어, 며칠."

준모는 학원에 다니지 않는 대신 영어와 수학 과외를 받았다. 준모네 집안은 평범한 축이지만 아들에 대한 지원은 아끼지 않았다. 이 동네 다른 아이들의 경우도 크게 다르지 않지만 준모의 경우가 유독 도드라져 보이는 건 역시 그가 평범하지 않은 아이여서일 것이다. 사실 학교도 간신히 다니고 있는 준모에게 학원 수업은 불가능한 미션이었다.

"왜, 지난번 선생님 나쁘지 않다고 했잖아?"

"힘드신가봐. 나도 예측할 수가 없으니까 아무래도 죄송하고."

예측할 수 없다는 문장 앞에는 '악마의 습격'이라는 목적어가 생략되어 있었다.

"웃긴다. 책임감도 없네. 너 아픈 거 당연히 알고 시작했을 거 아냐?"

나는 괜스레 툴툴거렸다. 준모가 나를 말렸다.

"그래도 여자 선생님이잖아. 아무리 그래도 얼굴을 맞대고 욕을 하는데 어떻게 견디겠어."

이런 주제의 대화를 나눌 때 준모의 표정은 맑갛고 눈빛은 담담했다. 일찌감치 엄마 손에 이끌려 절집에 버려져 동자승으로 살아온 소년 같기도 했다.

"그럼 그냥 나 보고 싶어서 온 거구나?"

내 농담에 준모가 가만히 웃었다.

"빙수 먹고 싶은데 같이 먹을 사람이 없어서."

"오케이, 그럼 간만에 강남역?"

"그래."

우리는 어깨를 나란히 하고 걸었다. 버스 정류장에 도착하자 저 멀리서 강남역행 버스가 달려왔다. 운이 좋다고 생각하는 찰나, 갑자기 준모가 팔을 뻗더니 택시를 잡았다.

"11번 저기 오는데?"

"쿵, 쿵, 씨팔. 미안해."

악마가 또, 찾아왔다. 준모는 이미 택시 문을 열고 있었다.

"타, 얼른. 쿵, 아, 좆같아, 더워, 쿵, 씨팔."

택시 안의 온도는 터무니없이 낮았다. 전혀 다른 세상에 내던져진 것 같아 잠시 어리둥절해졌다. 언제 틱이 터져나올지 몰라 불안해하면서도 준모는 평소 지하철이나 버스를 잘 타고 다녔다. 아니, '잘'이라고 말할 수 있는 자격이 내게 있는지는 자신이 없다. 동물원 고릴라처럼 바라보는 시선도, 밑도 끝도 없이 날아오는 주먹도 어떻게든 요령있게 피하며 살아남았다는 것이 내가 아는 전부였다. 준모는 제 손으로 입을 꽉 틀어막고 있었다. 차가 방향을 틀자 유리창 너머로 지독한 태양광선이 쏟아져들어왔다. 너무 눈이 부셔서, 눈이 아파서, 우뚝 솟은 준모의 콧날을 바로 쳐다볼 수가 없었다. 가려진 그의 입술에선 뭉그러진 욕지거리가 연신 새나오고 있었다.

"쿵, 쿵, 아, 씨팔, 씨팔, 씨팔."

뒷머리까지 훤히 벗어진 택시기사가 룸미러 너머로 곁눈질했다.

"죄송합니다. 얘가 좀 아파서요. 뚜렛이라는 병인데."

기사에게도 준모에게도 내 목소리가 담담하게 들렸으면 좋겠는데 나는 기어들어가는 음성으로 말하고 있었다. 기사가 슬그머니 오디오 볼륨을 높였다.

―내가 환난 당할 때에 주가 보호하시고 거룩한 산 시온에서 도우심을 원하네. 모든 죄를 통회하고 나의 몸을 드리니 믿음으로 구한 것을 이뤄주심 바라네.

아름답고 가혹한 찬송이었다. 준모는 눈은 감지 않았지만 아무것도 안 보이는 사람처럼 눈동자를 멈추고 있었다. 그의 입은 여전히 손가락에게 쥐어뜯기는 중이었다. 인간의 의지란 얼마나 무력한가. 그의 의지와는 상관없이 발작적으로 들이닥쳤다가 거짓말처럼 쏙 잠잠해지기를 반복하는 준모의 증세. 신의 장난이 아니면 귀신에 씐 건지도 모른다. 신과 귀신의 차이에 대해 심각하게 고민하는 한 소녀와, 신과 귀신에게 인내심을 시험당하는 한 소년을 싣고서 택시는 제일생명 사거리를 향해 질주했다.

택시에서 내려 우리는 전자오락실로 들어갔다. 길에서 갑자기 준모의 증세가 터져나올 때 급히 몸을 피할 장소로는 시끄러운 소음으로 가득한 오락실이 제격이었다. 아무리 심한 욕설을 중얼거린대도 자기 앞의 화면을 들여다보며 싸우는 중이라면, 거기서는 웬만큼 용서가 되었다. 준모는 스트리트 파이터 앞에 앉았다.

"쿵, 쿵, 씨팔 씨팔 씨팔."

몇판을 정신없이 몰두하고 나자 갈급하던 증세가 좀 완화된 것도 같았다.

"미안해. 정말 미안해. 쿵, 쿵."

준모가 정말 미안한 표정으로 사과했다. 날씨 탓인가, 그의 목덜미가 유난히 창백했다.

"됐네. 빙수나 사."

자리를 잡기 위해 버거킹 이층으로 올라갔다. 창밖이 제일 잘 보여 우리가 올 때마다 기다려서라도 앉는 자리였다. 그 자리는 이미 다른 사람들이 차지하고 있었다. 쌍쌍이 마주 앉은 네명의 남녀 대학생들이었다.

"짜증나. 쿵, 쿵, 씨팔."

준모는 어쩌자고 그랬을까. 바로 옆에 선 내 귀에도 들릴락 말락한 소리였지만 준모의 입에서 나온 말임은 분명했다. 귀도 밝지, 조폭 막내 조직원처럼 스포츠머리를 한 남자가 벌떡 일어섰다. 남자가 잡아먹을 듯한 기세로 우리를 째려봤다.

"저기요, 얘가 그쪽한테 그런 게 아니고요."

그때 준모가 내 팔을 잡았다.

"됐어. 하지 마, 세미야."

나는 어리둥절하여 준모를 쳐다보았다. 아주 짧은 찰나, 우리의 눈이 마주쳤다. 남자가 오만상을 구기며 우리를 향해 다가왔다.

"화가 나셨다면 죄송합니다. 큥. 제가, *씨팔*, 일부러 그런 게 아니라 뚜렛 증후군에 음성 틱이라고, *씨팔*, 제 의도와 상관없이 욕설이 나오면 제어할 수가 없습니다. 큥. 다시 한번 죄송합니다. *씨팔, 큥.*"

나는 그저 눈을 깜빡이며 그의 말을 들었다. 이것은 혁명이었다. 조용한 혁명이었다. 우리가 함께 다니기 시작한 중학교 1학년 이래로 나는 그가 제 입으로 직접, 이토록 또박또박 낯선 이에게 제 병을 고백하는 장면을 처음 봤다. 혼자일 때 어땠는지는 알 수 없으나 우리가 함께일 때 그것은 늘 친구들, 즉 나와 지혜의 역할이었다. 죄송합니다, 정말 죄송합니다. 준모는 그렇게 얼버무려왔다.

"조심들 해라!"

남자가 목소리를 내리깔고 내뱉더니 자기 자리로 돌아갔다. 나는 준모를 데리고 계단을 내려왔다. 무서워서는 아닌데 자꾸 무릎이 풀렸다. 계단 중간에서 갑자기 준모가 멈춰 섰다.

"에이, *씨팔*……"

그것은 틱이 아니었다. 욕이었다. 나는 그것을 눈치챘다. 어떤 울음보다 깊은 준모의 한숨이었다. 아무것도 해줄 게 없었다. 끝내주는 생각이 났다는 듯 나는 미련하게 외쳤다.

"기분이다. 팥빙수 내가 쏜다!"

그러나 얼음 가는 기계가 오분 전에 갑자기 고장나버렸다고 했다. 더워도 너무 더웠다. 얼음 가는 기계가 아니라 이 도시에 사는 그 누구라도 멀쩡한 정신으론 버티지 못할 여름이었다. 우리는 얼음물 한 잔 마시지 못하고 버거킹을 나왔다.

"맥도널드로 갈까?"

"아니."

준모가 고개를 저었다.

"갑자기 몸이 좀 안 좋네."

결심했다는 듯이 그가 말했다.

"오늘은 그냥 헤어지자."

"어, 그, 그래."

"미안해. 너 학교에 있다가 일부러 나 따라왔는데."

"괜찮아. 그 정도 가지고 뭘."

나는 아무렇지 않아 보이기 위해 손바닥으로 그의 등을 탁탁 세게 쳤다. 우리가 함께 성공적인 곰 사냥을 마치고 알래스카에서 돌아온 동료 사이로 느껴지기는커녕, 헤어지자는 남자에게 억지로 매달려 떼를 쓰는 얼룩진 원피스를 입은 여자아이가 된 기분이었다.

"준모 너 먼저 가."

"그래, 안녕."

준모가 뒤돌아섰다. 나는 돌아서지 않았다. 차츰 멀어져가는 준모의 빳빳하게 굳은 뒷덜미를 바라보았다.

2

저녁 6시, 종일 도서관에 있다가 영양센터 오븐 속의 전기구이 통닭처럼 진이 쪽 빠진 채 현관에 들어서자 낯선 남자 구두가 놓여 있었다. 검은색 끈으로 꽉 묶인, 앞코가 각진 검정 구두는 지루하도록 무난한 디자인이었다. 막 새로 사 신은 듯 반짝반짝 부자연스러운 광이 났다.

눈치는 학습되는 것이다. 수영이나 자전거 타기의 원리와 같다. 한번 몸에 각인되고 나면 아무도 시키는 이 없어도 저절로 작동되는 시스템이다. 나는 복도 끝에 선 채, 거실에서 들려오는 대화 소리에 귀를 기울여보았다. 고모, 할머니, 할아버지, 그리고 낯선 남자. 고모와 목하 열애 중인 맞선남임을 어렵잖게 확신할 수 있었다. 이제 내 행동을 결정할 일만 남았다. 나는 살그머니 까치발을 들었다. 이대로 계단을 올라 이층으로 조용히 스며들면 어떻게 될까? 내 귀가를 아무도 모르거나, 모른 척할 수 있을 것이다. 할머니는 굳이 마다할 리 없을 것이고, 할아버지 또한 적당히 묵인할 것이다. 그러나 나는 호흡을 가다듬고 앞으로 나아갔다. 거칠 것 없는 척, 그랬다. 교과서와 옷가지만을 넣은 여행용 가방을 밀고 처음 이 집에 살러 오면서 했던 돌멩이 같은 다짐을 자꾸 바스러뜨리면 나중엔 가루조차 남지 않을 것 같아서였다.

거실이 연극 무대라면, 소파는 중심 세트쯤 될 것 같았다. 오늘

무대의 주인공은 줄무늬 타이로 목을 졸라맨 남자였다. 할머니가 말했다.

"고모부 되실 분이다. 인사드려라."

고모부라니. 놀라서 혀를 깨물 뻔했다. 나는 황황히 고개를 숙였다. 아무래도 '고모의 남자친구'라고 소개를 받았다면 그보다는 덜한 각도로 목뼈를 기울였을 것이다. 맞선 후에 고모가 보인 반응으로 어느정도 예상은 했지만 설마 한달도 안되어 일이 이렇게까지 진행되었는지는 몰랐다. 어떤 사람이냐고 며칠 전에 고모에게 물었을 때 고모는 "이상한 사람은 아니야"라고 했었다. 지구상엔 결혼한 부부가 수억만 쌍은 될 테고 그들 각자에게는 다 나름대로 결혼에 이른 이유가 존재하겠지만, 이상한 사람이 아니라는 이유로 결혼을 결심하는 건 누가 봐도 이상한 일에 속할 터였다.

나는 흘낏 고모의 얼굴을 살펴보았다. 고모는 콧등에 미세하게 주름을 잡으면서 눈빛으로 '알잖아' 혹은 '알면서'라는 싸인을 보냈는데, 내가 파악한 건 그게 전부였다. 말하자면 고모는 할머니의 단정적 언사에 대한 본인의 진짜 속내를 드러내지 않고 있었다. 남자는 생각보다는 멀쩡한 얼굴이었다. 아저씨치곤 흔치 않은 조붓한 달걀형 얼굴에 흰 피부여서 더 그렇게 보이는 것 같았다. 이마에서 코, 턱으로 떨어지는 선도 제법 섬세했다. 검사가 아니라 배우 지망생이라고 해도 그럭저럭 어울릴 것 같았다. 주연은 아니고 주연의 친구의 사촌형쯤으로 나오는 조연 탤런트. 주로 주연배우 커플을 이간질하려다 들켜서 사라져버리는.

"말씀 많이 들었습니다. 김태식입니다. 잘 부탁해요."

남자가 나에게 꽤 정중하게 인사했다. 나는 더 깊숙이 고개를 숙일 수밖에 없었다. 왠지 기분이 나빠졌다. 남자가 고개를 들어 씩 미소를 지었을 때, 내 마음속에서 계속 뭐가 석연치 않았는지 원인을 깨달을 수 있었다. 눈빛 때문이었다. 옆으로 긴 얄따란 눈매에, 슬쩍 쌍꺼풀 라인이 잡힌 눈이었다. 웃을 때 자연스러운 주름을 동반하여 아래로 처지는 까닭에 인상을 순하게 만들어주는 눈이기도 했다. 그러나 김태식은 눈매는 웃어도 눈동자는 웃지 않았다.

"너도 거기 앉아라."

할아버지가 근엄하게 지시했다. 별수 없이 나는 고모 옆자리에 엉거주춤 엉덩이를 붙였다. 할아버지 할머니와 고모 커플이 서로 마주 보고 앉은 구도였는데 내가 낌으로써 뭔가 미묘하게 균형이 깨져버렸다. 엄마가 습관적으로 보던 일일연속극에서 종종 나오던 광경이었으므로 겨드랑이가 간질댈 만큼 어색하지는 않았다. 사실 엄마는 텔레비전을 거의 보지 않는 사람이었다. 그럼에도 저녁 8시 반 무렵만 되면 자동으로 리모컨을 들었던 이유는 아마도 마음껏 조롱을 퍼붓기 위해서였으리라. 남들 눈엔 늘 웃고 있는 여자로 보이지만 속으론 늘 짓눌려 있던 엄마에게는 대놓고 비웃을 객관적 대상이 필요했다. 엄마가 지금 이 무대의 관객이라면 뭐라고 할까.

대화는 주로 할아버지와 김태식 사이에서 이루어졌다. 할아버지가 큰 관심은 없다는 듯 툭 한마디를 던지면 그가 일단 어른의 의견에 대해 무조건적으로 수긍한 뒤에 성실하고 겸손하게 부연하는 식이었다. 말투가 느리고 조금 어눌한 듯하기도 했는데 잘 들어보면 경상도 억양을 숨기고 표준어로 발음하려는 노력의 일환임을 알 수 있었다. 안 그런 척하면서도 은근히 현란한 말빨이 보통이 아니었다. 한참을 보고 있자니 그가 결혼하고 싶어하는 상대가 고모인지 할아버지인지 헛갈릴 지경이었다. 할아버지 또한 만만할 리 없었다. 남자가 현직 검사라는, 나조차도 알고 있는 사실을 아예 모르는 척 입에 올리지 않았다.

식탁에서는 고모가 내 앞에 앉았다. 김태식의 자리는 고모의 오른쪽 옆이었다. 정면에서 보니 감출 수 없는 촌스러움이 묻어났다. 이대팔 가르마의 짧은 헤어스타일이 북한 축구선수 같았다. 양복이나 셔츠도 새것이기는 했지만 결코 고급이라고는 할 수 없었다.

지금껏 고모 주위에 있던 남자들과 비교해보면 차이가 확연했다. 세련되지 못한 스타일을 죄악으로 여겨온 그녀의 심미안을 익히 아는 처지로서 의아해하지 않을 수 없었다. 그가 멀리 놓인 오이소박이를 집기 위해 젓가락을 뻗었다. 짧고 뭉툭한 손가락, 밉게 바짝 치켜 깎은 못생긴 손톱. 고모는 일주일에 한번은 꼭 전문가의 손질을 받는 우아하고 아름다운 손을 가지고 있었다. 닮은 데라곤 없는 두개의 손이 얽히고설키는 장면이 상상되지 않았다. 두 남녀의 눈빛이 허공에서 자연스럽게 스쳤다 풀어졌다 다시 휘감기는 걸 바로 앞에서 보고 있으면서도 나는 자꾸 그렇게 믿고만 싶었다.

이상한 건 고모였다. 그녀는 여태껏 내가 안다고 생각해온 그 사람이 아닌 것 같았다. 눈썹과 광대근육, 팔자주름 같은 얼굴의 미세한 부분들을 평소와 조금 다른 방식으로 조작하고 있었다. 동작도 마찬가지였다. 아무렇게나 시원시원하게 사지를 뻗어대는 것이 그녀의 특징이건만 지금 고모는 전통생활관에 입소한 미스코리아 지망생처럼 조심스럽고 부자연스럽게 몸을 움직이는 중이었다.

김태식은 양주 몇 잔을 받아 마시고는 온 얼굴이 불콰하게 달아올랐다. 기사를 붙여주겠다는 할머니의 호의를 거절하지도 않고 그랜저 뒷자리에 실려 사라졌다. 배웅을 마치고 돌아온 고모는 뺨이 홍옥처럼 발그레했다.

"어떤 것 같니?"

고모가 내 손을 잡아채며 급히 물었다.

"글쎄, 한번 봐서는 잘."

당연히 김태식에 대해 묻는 줄 알고 나는 얼버무렸다. '별론데'라는 솔직한 답이 적절할지, 아니면 '괜찮은데' 같은 접대성 발언이 맞을지를 고민하고 있는데 고모가 뒤통수를 쳤다.

"아버지가 마음에 들어하시는 것 같아?"

그랬다. 고모는 오로지 할아버지가 그를 어떻게 평가하고 있는지에만 신경을 곤두세우고 있었다. 김태식의 판단은 옳았다. 이 결혼의 주체는 역시 할아버지였던 것이다. 부모, 특히 할아버지의 말씀이라면 자다가도 벌떡 일어나 도리질을 해온 청개구리 고모의 이러한 극적 변화를 어떻게 받아들여야 옳단 말인가.

"저, 근데 고모."

"응?"

"저 아저씨가 어디가 좋아?"

"응? 호호, 그러게 말이야."

고모가 재미있다는 듯 웃음을 터뜨렸다.

"네가 봐도 촌스럽지? 아까는 양복에다 흰 양말을 신고 온 거야. 내가 급히 안방에 침투해서 아버지 양말 훔쳐다 까만 걸로 갈아 신겼지."

고모는 시답잖은 사랑의 무용담을 늘어놓았다.

"귀엽잖아. 저렇게 똑똑하고 잘난 사람이 양말 색깔 하나 못 맞춰 신는 게. 그리고 참 새로워. 저 사람을 보면서, 그동안 내 주변에 있던 남자애들이 얼마나 못난이들이었는지 저절로 알게 됐어."

착각이더라도 가면이더라도 사랑의 힘은 과연 위대하다. 고모는 나로서는 꼭 피하고 싶었던 바로 그 질문을 던졌다.

"너 보기에는 어때? 저 사람 멋지지?"

화장기가 지워진 그녀의 아랫입술 한가운데에 루주 찌꺼기인지 고춧가루인지 모를 붉은 가루가 두어점 묻어 반짝였다. 나는 검지를 뻗어 그것을 닦아주었다. 그러고는 씩씩하게 대답했다.

"그럼!"

"호호, 고마워."

"고모, 그런데 저 아저씨랑 진짜 결혼할 거야?"

고모가 손바닥으로 내 머리통을 쓱쓱 문질렀다.

"그러니까 여기 데려왔지. 너 모르지? 내가 이 집에 누구 데리고 온 건 오늘이 태어나서 처음이야."

사랑에 빠진다는 건 기억중추에 치명적 결함이 생긴다는 것과 동일한 뜻인가보다. 몇달 동안 내가 이 집에 살면서 정면으로 목격한 고모의 남자만 해도 세명이나 되었다. 두 남자는 고모를 집 앞에 태워다주는 장면을 한번씩 보았고, 한 남자는 고모를 태워가려고 기다리고 있는 장면을 몇번이나 보았다. 장국영을 빼닮았던 마지막 남자는 빨간색으로 도색한 그랜저를 몰았다. 나이트에서 처음 만났는데, 아버지가 종합병원 체인의 대표원장이라고 했다.

"그럼 뭐하니? 지가 백순데."

남자의 차는 배기통에다 무슨 짓을 했는지 멈춰 서 있을 때도 붕붕 소리가 요란했다. 그가 기다리는 걸 알면서도 고모는 낮잠을 늘어지게 자고 일어났다. 기지개를 켜면서 아직 차가 기다리고 있는지 슬쩍 보고 오라고 일렀다.

"쪽팔려. 깍두기도 아니고 쟤는 무슨 차를 저 모양으로 하고 다니니?"

"그럼 왜 만나기로 했는데?"

"미안해서 어떻게 거절하니. 열심히 따라다니는데."

거절하는 것은 미안하고, 기다리게 하는 것은 미안해하지 않는 자세. 오직 그녀만의 황당무계하고 순수한 윤리감각이었다. 나는 그 귀여운 뻔뻔함이 좋았다. 나는 고모의 부탁대로 남자의 차에 다가갔다. 남자가 시꺼멓게 썬팅한 유리창을 내리고 썬글라스도 벗었다.

"고모 지금 준비하고 있고요, 금방 나올 거래요."

"아, 고맙습니다."

안 그래도 해사한 남자의 얼굴이 한층 환하게 변했다. 뻑적지근하게 치장한 차 안에서 흘러나오는 음악은 이승환의 잔잔한 발라드였다. 나는 그 남자가 사랑에 빠졌다는 걸 알았다. 사랑에 빠진다는 건 정말 뭘까? 한 인간의 기억중추에 치명적인 이상을 불러일으킬뿐더러, 세계관을 극단적으로 바꾸고도 본인만 깨닫지 못하도록 하는 이상한 물질이 분비되는 것만은 분명했다.

"부모님한테 정식으로 인사시킨 것도 이 사람이 처음이야."

고모는 진심으로 이 사랑에 '처음'이라는 눈부시고 촌스러운 수식어마저 부여하고 싶은 걸까? 누가 판단해도 고모에게 어울리는 남자는 흰 양말의 붕어빵 검사가 아니라 빨간 그랜저를 모는 장국영일 것이다.

"그리고 세미야, 이건 비밀인데."

고모가 속삭였다.

"나한테 결혼하자고 한 남자도 이 사람이 처음이야."

'처음을 너무 믿지는 마.' 우리 엄마가 누누이 하던 조언을 현재의 그녀에게 건네는 것은 적절치 않을 것이다. '첫끗발이 개끗발이야.' 아니, 그 말도 옳지 않다. 엄마에게 아빠는 열여덟살에 만난 첫사랑이었고, 엄마의 표현을 빌리자면 '팔이 하나 끊어지고 다리가 하나 잘려도 좋을 정도로' 사랑했고, 스무살에는 도망쳐 같이 살았고, 스물여덟살에는 종종 팔과 다리를 물어뜯으며 싸웠고, 서른여섯살에는 남남이 되어 각자의 삶을 살아가고 있다. 이빨 자국은 좀 남았을지언정 그들의 팔과 다리는 여전히 각각 두개씩이다.

"식장에서 남우세스럽진 않겠더라."

김태식에 대한 할머니의 촌평이었다. 평소 타인에 대한 평가가 박하기로 유명한 할머니로서는 엄청나게 고무적인 발언이었다. 할아버지는 아무런 말이 없었다. 승낙의 의미였다.

결혼 준비는 일사천리로 진행되었다. 할머니가 무언가를 자꾸 사들이기 시작하는 게 그 증거였다. 할머니가 한번 외출했다 오면 그 뒤로 김기사가 양손 가득히 백화점 쇼핑백을 들고 따라 들어왔고, 한번으론 모자라 몇번 더 왕복해야 하기도 했다. 초인종이 울리면 열에 아홉은 각종 업체의 종이상자가 배달되었다.

"그러니까 말이야. 나도 좋고 부모님도 좋아하는 사람, 세상에 있기는 있더라."

고모가 친구와 통화하는 달뜬 목소리가 방 밖으로 자주 새어나왔다.

3

소나기가 퍼붓고 더위가 한풀 꺾인 날 아침, 학교에 가려는 나를 할머니가 불러 세웠다.

"오늘은 하루 쉬어라."

어디 갈 데가 있다고 했다. 침대에서 뒹굴고 있는 고모는 깨우지 않았다. 할머니와 단둘이 하는 외출은 처음이었다. 차는 남산터널을 지나 시내 한가운데로 진입해들어갔다. 서울 시내에 오면 나는 항상 어안이 벙벙해지는 느낌을 받곤 했다. 나에게는 너무도 낯선 풍경들이 차창 밖을 훅훅 지나갔다. 내 머릿속의 서울은 한강 이남뿐이었다. 반듯반듯, 고만고만하게 지은 성냥갑 같은 아파트들, 그 틈 사이의 풀밭들, 천장이 낮고 베니어판으로 칸막이를 한 아파트 상가들. 내가 나고 자란 동네가 이 오래되고 거대한 도시의 극히 일부라는 불가사의한 사실이 나를 주눅 들게 했다.

이름 모를 건물 앞에서 자동차는 멈추었다. 좁고 낡은 복도에서 승강기를 기다리며 할머니는 에르메스 악어백을 열었다. 수첩을 꺼내 무언가를 확인했다. 오랫동안 우리 집 안방 거울 앞에 붙어 있던 메모지가 떠올랐다. 그것은 할머니의 글씨였을까. 그때 휘갈긴 살의가 나를 향한 것이었음을 할머니도 기억하고 있을까. 할머니는 오층을 눌렀다.

우리가 내린 곳은 마치 병원 대기실 같았다. 사람들이 우리 쪽으로 일제히 시선을 돌렸다가 이내 거두었다. 실제로 거기는 일종의 대기실인 듯했다. 몇 안되는 의자는 먼저 와 있던 사람들에게 이미 점령되어 있었다. 손님은 대부분 할머니 연배와 비슷해 보이는 늙수그레한 여자들이었다.

"여기 누구 관리자 없어요?"

할머니가 신경질적으로 외쳤다. 한의원 간호사처럼 개량한복을 입은 젊은 여자가 나왔다.

"저기서 번호표 뽑고 기다리십시오."

"이봐요, 나 예약했는데."

"여기 다 예약하고 오신 분들입니다."

"여의도 서의원 댁 사모님이 전화하셨을 텐데."

"죄송하지만."

여자가 할머니의 말을 잘랐다.

"오늘 선생님 기도가 좀 오래 걸리셔서 전체적으로 순서가 밀렸습니다. 한시간 기다린 분들도 계세요."

"뭐 이래, 시스템이."

"원하지 않으시면 예약 취소하고 돌아가셔도 됩니다."

할머니는 입을 삐죽였다. 꽃분홍색 블라우스를 입은 통통한 아주머니가 제가 앉아 있는 소파의 자리를 좁혀 할머니가 앉도록 해 주었다. 쓱 엉덩이를 들이밀면서도 할머니는 고맙다는 말조차 안 했다. 나는 하릴없이 그 옆에 섰다.

"딸내미 진학 때문에 오셨나?"

꽃분홍 아주머니가 슬쩍 말을 걸어왔다. 대기실의 사람들이 심심했는지 대놓고 우리 쪽으로 고개를 돌렸다.

"아니요."

할머니의 짧고 쌀쌀맞은 대답이 성에 안 차는지 아줌마는 호기심의 끈을 놓지 않았다.

"이 학생이 막낸가보다."

아줌마가 내 얼굴을 눈으로 더듬었다.
"엄마하고 똑 닮았구먼."
"아니, 얘가 나하고 어디가 닮았다고 그래요?"
할머니가 작지만 사납게 대꾸했다. 기분 나쁘기로 따지면 내 쪽이 훨씬 더했지만 나는 못 들은 척했다. 가방에 아무 책이나 쑤셔넣고 나오지 않은 걸 후회했다. 눈에 띄는 아무 잡지나 집어들었지만 한 줄도 머리에 들어오지 않았다.

할머니에게 면박을 당한 꽃분홍 아줌마는 이내 건너편에 앉은 다른 노파와 두런두런 이야기를 시작했다. 남편 사업이 하도 안 풀려서 여쭤보러 왔다, 그래도 요즘 장안에서 여기가 제일 용하다지 않느냐, 우리 친척 중에 누구도 여기 선생님이 일러주신 대로 해서 십년 묵은 땅 문제를 해결했다더라, 하는 내용이었다. 할머니는 아무것도 들리지 않는다는 듯이 턱을 똑바로 들고 허리를 꼿꼿이 펴고 앉아 있었는데, 그들과 섞이지 않기 위해 안간힘을 쓰는 기색이 역력했다.

할머니가 여기 온 이유는 고모의 결혼과 관련이 있을 터였다. 하지만 나를 왜 데리고 왔는지는 짐작하기 힘들었다. 나의 미래에 대해 할머니는 무엇을 알고 싶은 걸까? 무엇에 관해 개입하고 싶은 걸까? 우리 차례가 왔다.

"들어가자."

할머니가 내 팔을 잡았다. 까만 깨 같은 벌레가 팔등을 스멀스멀 타고 오르는 것 같아 나는 슬며시 몸을 뺐다.

'선생님'은 커다란 원목책상 앞에 앉아 있었다. 놀랄 만큼 조그맣고 아주 예쁜 언니였다. 무심코 길을 걷다 뒤를 돌아볼 정도로 단아한 미모의 젊은 여자가 머리를 하나로 당겨 묶고 새하얀 모시 치마저고리를 입은 채 회전의자에 앉아 있었다. 할머니는 그 앞에 사진 한장을 내밀었다. 어디서 구했는지 사각모를 쓴 김태식의 대학 졸업사진이었다. 역시 지금보다도 한참 더 촌스러웠다.

"쇠붙이군요."

여자가 말했다.

"네?"

여자는 지그시 눈을 감고 읊조렸다.

"……강하고 흔들리지 않아요. 물에 녹지도 않고 불을 댈수록 더 세지지요. 한겨울에 바다 한가운데 떠 있는 배 같은 사람입니다."

"배? 보물선인가?"

할머니는 기대에 부풀었다. 여자가 단호하게 답했다.

"잠수함입니다. 언제나 수면 아래 잠겨 있어요."

고모의 사진을 꺼내자 곱디고운 빛깔의 날개가 떠오른다고 했다.

"나비네요, 이분은. 평생을 그렇게 삽니다. 팔랑팔랑."

잠수함 위에 나비가 앉은 모양새를 상상하니 어쩐지 그럴듯하기도 했다. 그러면 이 조합은 성공인가 실패인가. 여자는 정작 그 얘기는 하지 않았다. 참지 못하고 할머니가 단도직입적으로 물었다.

"잘 살까요?"

"둘이 하겠다고는 하나요?"

"그러기는 하는데."

"이 세상을 살리는 합은 아니지만 멸하는 합도 아니에요. 본인들이 하겠다고 하면 하는 거죠. 그러면 된 거예요."

여자가 말했다. 그 순간 나는 이 여자가 철두철미한 진실만을 말하고 있지 않다는 예감을 받았다. 거짓말을 하고 있다는 것과는 다른 느낌이었다. 나는 마음속으로 고개를 흔들었다. 경험상 내 예감이란 그다지 믿을 만한 게 못되었다. 나의 예감은 언제나 가장 나쁜 쪽을 향해 극단적으로 쏠려 있었다. 어릴 때부터 그랬다.

열살 무렵 엘리베이터에 갇힌 적이 있다. 고층 상가의 피아노학원엘 다녔는데 어느날 내려오다가 승강기가 돌연 멈춰버린 것이다. 덜컥, 바닥이 어딘가에 걸리는 둔탁한 쇳소리가 나고 곧바로 실내등이 꺼졌다. 사방이 캄캄해졌다. 벽을 더듬어 비상호출 버튼을 눌렀지만 아무도 달려오지 않았다. 같이 탔던 친구가 곧 울음을 터뜨렸다. 도움을 간절히 희구하는 요란한 울음이었다.

나는 울지 않았다. 울음은커녕 목구멍에서는 희미한 신음도 나오지 않았다. 나는 내가 죽을 거라고 확신하고 있었다. 그것은 너무도 선명하여 어쩌지 못하는 공포였다. 강렬한 공포 앞에는 오직 침묵만이 있을 뿐이라는 걸 알았다. 나는 바닥에 가만히 쪼그려 앉아 눈을 감았다. 사랑해, 우리 세미. 엄마는 나만 보면 습관적으로 말하곤 했다. 걱정 마, 우리 세미. 엄마 아빠가 지켜주면 하나도 안 무서워. 잠자리에서 전등을 끄지 말라고 조르는 나를 달래며 아빠는 말하곤 했다. 항상 지켜줄게. 엄마가, 아빠가. 그들은 번갈아가며 내 귓가에 숨결을 불어넣었다.

그러나 그들의 의지 따위와는 상관없이, 공중에 위태롭게 매달린 이 작고 네모난 상자는 곧 바닥으로 수직하강해버릴 것이었다. 나의 여린 몸도 함께 곤두박질칠 것이다. 이 순간에, 늘 나를 지켜주던 부모는 내가 어디 있는지조차 몰랐다. 말로 하는 다짐은 허약한 자기위로 말고는 아무런 힘도 없었다. 나는 어금니를 꽉 깨물고 최악의 찰나가 오기만을 기다렸다. 나 때문에 돌아가신 외할머니 얼굴이 천장에 점점이 나타났다가 사라졌다. 나는 기다리고 또 기다렸다. 잠시 후, 또다시 덜커덕 소리가 났다. 엘리베이터가 천천히 움직이기 시작했다. 무슨 일이 있었느냐는 듯 엘리베이터는 나의 몸을 사뿐하게 지상에 내려놓았다.

"이 아이는 어떤가요?"

설마 할머니가 이렇게 대놓고 나를 손가락질할 줄이야. 여자의 눈이 빠르고 강렬하게 내 얼굴을 훑고 갔다. 나는 콧날도 찡그리지 못하고 한겨울 서릿발 같은 그 눈길을 받았다. 여자는 분명 나를 보았는데 할머니에게는 이렇게 대답했다.

"아이는 안 봅니다. 안 보여요."

방을 나오자마자 할머니가 투덜거렸다.

"아이고, 이건 무슨 절간 선문답도 아니고."

그때 개량한복을 입은 비서가 나를 불렀다.

"잠깐 다시 들어오시라는데요. 아니, 이 학생만요."

여자는 책상에 두 팔을 괸 자세로 있었다. 내가 방문을 여는 기척을 듣고서 감았던 눈을 떴다. 나는 다시 그녀의 앞에 오도카니 앉았다. 여자의 눈동자 속에 내가 말갛게 담겼다. 아까보다 온화한 눈길이었다.

"나를 잘 봐요."

망설일 이유도, 두려워할 이유도 없었다. 나는 그녀를 담담히 마주 보았다.

"학생은 꽃이에요, 절벽에 핀 풀꽃. 잊고 잊히며 살아야 해요. 있는 듯이 없는 듯이. 오래 안고 가지 말아요. 무슨 일이더라도."

잔디밭에서 아무 풀도 짓밟지 않기 위해 애쓰는 사람처럼 여자는 조심조심 말하고 있었다.

"사무쳐도, 아파도, 다 흘려보내요. 내 것이 아닌 듯. 그러면 꺾이지도 밟히지도 않을 거예요."

이 여자가 나에게 무슨 이야기를 하는지 전혀 알아들을 수가 없다고, 나는 그렇게 생각하고 싶었다. 방을 나서기 위해 문고리를 잡아당기는데 눈물샘이 서서히 차올랐다.

창밖에서 낮달이 길게 휘어졌다.

4

여름의 끝자락에 예고 없는 소나기가 몇번 쏟아졌다. 영원할 것만 같던 이 여름의 이상고온도 한풀 꺾여 점차 예년 기온을 되찾을 것이라는 예보가 들려왔다. 2학기 개학이 다가오고 있었다. 방학 동안 오래 유념할 만한 사건은 벌어지지 않았다. 그나마 유의미한 일이라면 고모가 나이트를 끊었다는 것, 얼마나 갈 것이냐를 놓고 고모 친구들끼리 내기를 걸었다는 것 정도였다. 나에게도 베팅의 기회가 주어졌다면, '당분간'을 지나쳐 '영원히'에 오천원쯤 걸었을 것이다. 나는 누구보다 고모가 잘 살기를 바라는 사람이었다.

그리고 하나 더 있다. 엄마의 생일날, 축하인사를 하기 위해 외삼촌 번호로 전화를 걸었다. 외삼촌은 엄마가 급히 이사를 했다며 새 번호를 알려주었다. 나는 만원짜리 전화카드를 준비했다. 거기 시간으로 밤 11시였는데 웬 남자가 받았다. 졸린 목소리로 'Hello'라고 했다. 자다 깬 건지, 타고난 저음인지 알 수 없었다. 한국 사람의 발음 같지는 않았다. 나는 더듬더듬 엄마의 이름을 댔다. 그는 또 뭐라 뭐라 빠르게 말했는데, 없다는 말 말고는 알아듣지 못했다. 속절없이 전화기를 내려놓았다. 공중전화 부스 안은 열기로 절절 끓었다. 뒷사람이 문을 두드릴 때까지 나는 거기 꼼짝 않고 서 있었다. 부스 밖으로 나오자 땀으로 등판이 다 젖었음을 알았다. 집에 돌아와 펄펄 끓는 물로 샤워를 했다. 미역국은 먹었을까. 너무 사소해서 아무한테도 말하지 못할 그런 것들만이 계속 궁금했다.

나는 여전히 도서관에 나갔고 짬짬이 지혜와 만났다. 키아누 리브스가 나오는 영화를 보았고 애플하우스의 떡볶이도 몇번 먹었다. 지혜는 여전히 자주 투덜거렸고, 엠과 디의 사이가 요즘 극단으로 치닫는 것 같다며 우울해했다. 입으로는 "어떻게 되든 나랑 무슨 상관이야?"라고 했지만 실은 그렇지 않다는 걸 우리는 잘 알았다. 준모는 여간해서 밖에 나오지 않고 집에 틀어박혀 있었다. 틱이 점점 심해졌다가 가라앉았다가를 반복하고 있는 것 같았다. 준모네 엄마가 지혜에게 전화를 걸어 그 이야기를 전해주면서 요즘 혹시 준모한테 무슨 일이 생긴 건 아닌지 물었다고 했다.

"무슨 일이야 항상 있고 또 항상 없는 거지 뭐."

지혜가 쭈그렁 노파처럼 웅얼거렸다. 준모 엄마는 자기가 이번에 새로 아이스크림 체인점을 열게 되었다면서, 개업 날 꼭 세미와 같이 놀러 오라고 당부했단다.

"너희같이 고마운 친구들이 세상에 또 있겠니, 그렇게 똑같은 말을 두번 반복하시더라."

그 얘기를 전해듣자 혹시 요즘 준모를 잘 챙기지 못한 우리를 향한 질책인가 싶어 마음이 편치 않았다. 아이스크림 가게는 방배동 까페 골목 중간에 있었다. 매장 앞에 먹음직스러운 아이스크림콘이 그려진 분홍색 미니 승합차가 서 있어서 쉽게 찾을 수 있었다. 간판과 내부 인테리어 모두 본사에서 지정한 핑크색으로 뒤덮인 제법 큰 규모의 매장이었다. 준모 엄마가 별로 어울리지 않는 분홍색 앞치마와 머릿수건 차림으로 우리를 맞아주었다. 나는 사가지고 간 두루마리 휴지 묶음을 내밀었다.

"뭘 이런 걸 다 사오니. 세미는 언제 봐도 참 어른스럽구나."

어른에게서 어른스럽다는 평가를 들으면 무슨 대꾸를 해야 할지 난감해진다. 천연덕스러운 표정을 가장해 더 어른처럼 보이도록 노력해야 할지, 아니면 그런 말씀 마시라는 듯 아이처럼 순하게 웃어야 하는지. 나는 그런 게 가장 어려웠다.

지혜와 체리 맛 아이스크림 한 덩어리를 나눠 먹고 있는데 준모가 쓱 들어왔다. 강남역에서 그렇게 헤어진 후 처음 만나는 거였다.

"무슨 맛 먹어?"

준모가 어제 헤어졌다 만난 듯 별스럽잖게 물어줘서 기뻤다. 준모는 혼자가 아니었다. 함께 온 사람은 준모의 새 과외선생님이라고 했다. 나는 운명 같은 것을 믿는 사람이 아니었는데, 그것은 양파 냄새처럼 왔다. 아무렇지 않게 껍질을 까다가 별안간 들이닥친 매캐한 기운에 컥, 목울대가 꺾이는, 그런 찰나. 그의 이름은 박성우였고, 조금 전에는 그 존재조차 알지 못한 사람이었다. 나는 사랑에 빠진 고모를 뜨악한 눈으로 바라본 것을 비로소 반성했다.

그날 우리가 나눈 말은 많지 않았다. 그 사람에게 나는 과외 학생의 친구들 중 하나일 뿐이고, 며칠 뒤 길에서 스쳐도 모르고 지나갈 대상임을 잘 알았다. 그는 신촌에 있는 대학에 다니다 군대에 갔다 왔으며, 다음 학기는 휴학을 할 거라고 했다. 나이가 몇인지 묻지는 못했지만 우리보다 예닐곱살은 많은 게 분명했다.

그날 밤, 거울 앞에 서서 새삼 내 모습을 비춰보았다. 거울 앞에서 나는 자주 나에게 실망했다. 열일곱살인데, 하이틴 영화나 청소년 드라마에 나오는 청순미 날리는 소녀들과 나는 달라도 너무 달랐다. 어릴 때부터 나는 외모 콤플렉스의 복합체였다. 초등학교 때의 가장 큰 고민은 우유에 밥을 말아 먹어도 크지 않는 키와 유난히 발달한 코의 모공이었다. 하룻밤에 줄넘기를 이백개씩 해본 적도 있고, 검은깨를 뿌려놓은 것 같은 콧날을 지우개로 문질러보기도 했다. 소용없었다. 세로에 비해 가로가 지나치게 기다란 눈매도 싫었다. 콧등이 푹 꺼져서 눈과 눈 사이가 더 멀어 보였는데, 쌍꺼풀 라인을 더 선명하게 잡아주면 나을 것 같아 스카치테이프를 붙였다가 결막염에 걸린 적도 있었다. 콤플렉스는 하나가 사그라지면 또다른 하나가 쑥 솟아오르는 괴물이었다. 누가 봐도 예쁘다고 하기 어려운 평범한 얼굴에 여자 하키선수처럼 두꺼운 종아리. 처음 보는 사람의 눈으로 나를 보면, 나는 그저 까맣고 짤똑한, 조그마한 인간에 불과했다. 애도 아니고, 애가 아니라고 하기도 어려운, 개학 날 학교에 가지 않아도 아무도 알아채지 못할, 보잘것없는. 거울을 깰 용기도 없이, 나는 시선을 돌렸다.

그날 이후 나는 더더욱 깊고 은밀하게, 점점 더 못난이가 되어갔다.

낭만호랑님은, 너무 예쁜 여자는 싫다고 했다.

―아, 정확하게 말하면 자기가 예쁜 줄을 너무 잘 아는 여자를 의미하는 겁니다. 피곤하죠, 그런 분들은.

―세상에 그런 여자들도 있나봐요?

―다들 나 잘난 맛에 사는 시대 아닙니까.

―저, 한가지 여쭤볼 게 있는데요.

―네, 아영님. 얼마든지요.

―일반적으로 남자들, 그러니까 호랑님 친구들의 경우에요, 자

기보다 나이가 어린, 그러니까 좀 많이 어린 여자를 어떻게 생각하나요?

—어린 여자? 대부분은, 감사하죠. 호호.

—아, 네.

—아, 농담이었습니다. 그들이 좋아하는 건 아무래도 권력관계 때문 아니겠어요?

—네?

—제가 페미니스트는 아니지만 여성학에 관심이 있어서 좀 아는데 말이죠, 상대적으로 어린 아가씨들이 더 말을 잘 듣고 뭘 모르니까요. 흔히들 순수하다고 하지만 그건 남성 입장에서 바라보는 관점이구요. 어릴수록 사랑의 환상을 잘 믿고 남자한테 고분고분하고, 한마디로 만만해서 좋아하는 거죠.

—그래도, 음, 진짜 사랑할 수도 있지 않을까요?

—아영님은 참 순수하다니까요. 진짜 사랑이 뭐 별건가요. 사랑이라는 이름에다 그렇게 특별한 의미를 부여할 필요가 없어요.

고모도 낭만호랑님의 의견에 동의할까. 고모는 너무 바빠서 얼굴 보기도 어려웠다. 결혼식 날짜가 잡혔다. 마담뚜 송여사가 아예 날까지 받아왔다.

"더할 나위 없다네요. 궁합도. 아들 둘, 딸 하나 낳고 백년해로할 거래요."

"요즘 세상에 무슨 셋이냐."

할머니는 짐짓 딴청을 피웠다. 둘은 결혼을 성사시킨 댓가인 중

안녕, 내 모든 것 93

매 사례비를 놓고 보이지 않는 신경전을 벌이는 중이었다. 송여사는 이런저런 핑계를 대며 아예 한남동에 출근하다시피 했다. 처음 나를 보곤 "저 아가씨는 누구신가?"라며 번뜩이는 관심을 피력했는데, 할머니는 '친척'이라는 한마디로 말의 싹을 잘랐다. 그뒤로 거실이나 복도 같은 곳에서 송여사와 마주쳐도 적당히 눈인사만 하면 피차 투명인간처럼 행동할 자유가 주어졌다. 서글프기보다는 편안했다.

"사모님, 살 집은 생각해보셨어요?"

"아니, 그걸 왜 우리가 생각해? 신랑 댁 섭섭하라고."

"저쪽에서는 자가는 서른다섯평 정도, 전세는 오십평 이상으로 생각하시던데."

"어휴, 더워. 여름 다 갔는데 날씨가 돌았나."

할머니는 송여사에게도 고모에게도 잠수함과 나비 이야기를 하지 않았다. 뜻밖에 비밀의 공모자가 된 댓가로 나는 그만 자리를 피했다.

양가 부모가 상견례를 하기로 했다는 토요일, 일찌감치 싸우나에 미장원까지 들렀다 온 고모와 달리 할머니는 늑장을 부렸다. 보다 못한 순천댁 아줌마가 "그러다 늦으시겠어요"라고 한마디 던지자 기다렸다는 듯이 신경질을 터뜨렸다.

"아까 그 밥상에 말이야, 오이냉국에 소금을 들이부었나? 이번 건강검진에서 고혈압 수치 높으면 다 순천댁 책임이야!"

무슨 사달이 일어났는지는 몰라도 상견례 자리는 몇시간 못되어

파했다. 오며 가며 길에서 보냈을 시간을 고려하면 극히 짧은 회동이었다. 귀가하자마자 할머니는 온 집 안이 떠나가도록 안방 문을 쾅 닫고 들어가버렸다.

"아, 집이 왜 이리 춥나? 소중한 전기를 이렇게들 낭비하다니, 쯔쯔."

할아버지는 별안간 어울리지 않는 에너지 홍보대사로 빙의하여 불같이 화를 냈다. 뚝 떨어진 기온 때문에 에어컨은 켜지도 않은 상태였다. 나는 고모 방문을 조심스레 노크했다. 고모는 입었던 옷 그대로 화장대에 이마를 파묻고 있었다. 운 것 같지는 않지만 눈을 비볐는지 아이섀도우가 흐릿해져 있었다.

"별일? 아니야, 특별한 일은 없었고."

고모는 말과 감정을 아끼고 있었다. 고모는 점점 고모답지 않아져갔다. 나는 고모의 약혼자에 대한 객관적 평가를 유보하고자 애썼다. 고작 인상 따위로 타인을 판단하는 일은 옳지 않으니까. 물론 첫인상으로 타인을 판단하는 일은 충분하지 않다. 그래도 네다섯 번쯤 되면 어느정도 입은 뗄 자격이 있을지도 몰랐다. 그동안의 경험치를 합치고 나누어 대략적인 평균을 내볼 수 있을 테니 말이다. 그럼에도 나는 그러고 싶지 않았다.

다만 한마디 거들 수 있다면, 김태식은 적어도 일관성은 있는 사람이었다. 나에 대한 태도 역시 쭉 한 방향을 견지했다. 형식적으로는 깍듯했으며, 실질적으로는 무관심했다. 옆에서야 몰라도, 당사자는 모르려야 모를 수가 없는 게 바로 무관심이다. 그에게 나는,

그녀가 아끼는 루이뷔똥 몽소 핸드백이나 그녀 침대에 십년째 놓여 있는 미키 마우스 인형 따위와 동일한 선상에 있는 '아영씨 조카'였다. 그는 냉철한 판단에 의해 움직이는 사람이었고, 그것이 그의 냉철한 판단이 내린 결론이었다.

상견례에서 그쪽 부모의 경제적, 문화적 수준에 실망하고 온 할머니는 이후 고모더러 "이 결혼 꼭 할 거니?"를 못해도 하루 다섯번씩은 물어보았다. 고모가 천진난만한 척 '네'를 하루 다섯번씩 외쳐야 했다는 뜻이다. 사실 결혼을 재고하고 싶어도 그럴 만한 시간도 없어 보였다. 그들은 이미 쳇바퀴를 달리는 다람쥐 두마리였다. 사도 사도 살 것은 넘쳐나나보았다. 할머니와 고모는 사고, 사고, 또 사느라 그나마 더 싸울 새 없이 바빴다.

김태식의 집에서 편지가 도착했다. 우아하고 아름다운 먹빛 한지에 다홍빛 꽃종이를 붙여 만든 봉투였다. 그 안에는 '댁의 따님을 주셔서 감사합니다' 같은 낭만적인 내용은 들어 있지 않았다. 봉투에는 워드프로세서로 작성된 A4용지 세장이 단단히 잘 접혀 있었다. 여자 쪽에서 해올 예단 목록이었다.

'큰외삼촌, 은수저 다섯벌' '작은고모, 차렵이불 여름 겨울 각 한채' 하는 식이었다. 그밖에도 '시어머니 밍크코트─짧은 것'이라고 썼다가 가위표를 치고 '긴 것'이라고 고친 흔적도 고스란히 남아 있었다. 할머니는 이제 노골적으로 혀를 찼다.

"경우가 없어도, 없어도."

고모는 침묵을 적절히 활용했다.

"아들 하나 팔아서 아주 온 친척이 팔자 고치려는가보다."
"그깟 이불에 무슨 팔자를 고친다고."
모기만한 소리로 고모가 중얼거렸다.
"미친년, 지가 팔려가는 것도 몰라."
"왜 내가 팔려가는 거야? 돈은 우리가 내는걸."
고모가 눈을 치켜뜨고 항의했다.
"잘났다, 이년아. 우리는 무슨. 다 내가 내는 거잖아!"
고모는 다시 눈을 내리깔았다. 말은 그래도 할머니는 갖은 정성을 다하는 눈치였다. 그 눈코 뜰 새 없는 상황에서도 직접 예단을 준비하러 온 장안을 휘젓고 다녔다. 예단 목록에는 차근차근 가위표가 그어졌다. 김태식의 큰외삼촌 댁에는 은수저 다섯벌이, 작은고모 댁에는 차렵이불 두 세트가 착착 무사히 배달되었다. 시어머니에게는 국내에서 구할 수 있는 최상급 밍크털로 유명 디자이너가 제작한, 길고 짧은 디자인의 코트가 각 한벌씩 전달되었다. 어떤 경우든 할머니는 국내에서 구할 수 있는 최고의 물건을 고르는 쎈스를 잊지 않았다. 할머니의 표현에 의하면 그건 '자존심'이라고 했다. 태풍으로 마비된 도시에 긴급 투입된 구호대장처럼 그녀는 신속하게 판단하고 빠르게 행동으로 옮겼다. 할머니의 지휘 아래 결혼 준비는 일사불란하게 진행되었고, 결혼식 날짜도 하루하루 가까워져갔다.

고모가 나를 백화점으로 데려갔다. 청담동 갤러리아였다. 나는 백화점을 좋아했다. 하긴 누구나 백화점을 좋아한다. 어릴 때부터 나에게 백화점이라는 공간은 유치원보다 더 친숙했다. 아마 걸음마를 떼면서부터 들락거렸을 것이다. 집에서 한 정거장도 못되는 거리에 반포 뉴코아백화점이 있었으니까. 어쩌면 '백화점'이란 단어는 나와 친구들에게 뉴코아를 부르는 또다른 이름일 뿐이었다. 뉴코아는 흰색 외관에 빨간 리본 모양의 그림을 크게 그려넣어 건물 전체가 마치 대형 선물상자처럼 보였다.

"야, 뉴코아 무너졌대."

"뭐? 어쩌다가?"

"리본 풀어져서."

그러니까, 그걸 농담이라고 키득거리던 시간들이 있었다. 중학교에 올라가면서부터는 주로 지하의 스낵코너를 분식집 대신 이용했다. 떡볶이 아줌마는 우리가 가면 항상 쫄면 사리를 넉넉히 담아주었고 접시 끄트머리에 순대 몇점을 슬그머니 올려줘주었다. 칼국수 아줌마는 나를 특히 예뻐했는데, 요즘 여자애들답지 않게 차분하게 면발을 꼭꼭 씹어 먹기 때문이라고 했다.

"전 원래 뜨거운 걸 잘 못 먹어서 그래요."

"그래? 그래도 먹는 게 소담스러워서 예뻐. 우리 딸 닮아서."

아줌마의 딸은 오래전에 미국 유학을 떠났는데 거기서 만난 브라질 남자와 결혼했단다. 브라질에서는 준재벌급인 아주 잘사는 집안이며, 딸 얼굴을 마지막으로 본 것이 언제였는지도 잊었다고 했다.

"가서 만나시면 되잖아요?"

"거기가 좀 멀어야지."

그때는 아줌마의 말이 다 진실인 줄만 알았다. 부모 자식 간이라면 서로 마지막으로 만난 게 언제인지는 도저히 까먹을 수 없는 일이다. 고모는 내 손을 끌고는 거칠 것 없는 걸음으로 속옷 매장을 향해 걸어갔다. 그녀는 먼저 제 것을 골랐다. 살굿빛과 아이보리, 민트색의 네글리제를 펴놓고 갈등하더니 결국 세벌 모두를 샀다.

"이렇게 간단한걸."

고모가 혓바닥을 쏙 내밀었다. 백태가 끼지 않은 싱싱하고 건강한 혓바닥이었다. 고모는 엄연히 내가 좋아하는 사람이지만 자주 내가 모르는 사람이기도 했다.

"애들 입을 만한 거 좀 보여주세요."

판매원이 이런저런 브래지어와 팬티들을 꺼내왔다.

"이거 다 주세요. 얘 싸이즈로."

반포 집에서 허둥허둥 짐을 싸 나오면서 대충 집어넣어온 속옷들을 나는 번갈아 빨아 입으며 지내고 있었다. 보여줄 데가 없으니 특별히 불편한 줄도 몰랐다.

"세미야, 이거 봐. 팬티랑 브래지어는 이렇게 색깔을 맞춰 입는 거야. 한벌로. 보통 팬티가 더 빨리 닳으니까 브라 하나에 팬티 두 개씩 사면 더 편하겠지."

고모가 차근차근 설명했다. 엄마에게도 배우지 못한 것. 아무도 알려주지 않은 것. 어쩐지 진짜 이별을 앞둔 기분이었다.

"여자는 겉옷보다 속옷을 더 잘 챙겨입어야 해."

고모가 제법 의젓하게 말했다.

"보통 때는 남자가 아니라 자신을 위해서야. 특별한 때도 마찬가지야. 상대한테 잘 보이려는 것보다 내가 더 당당해지기 위해서. 어머, 미쳤나봐. 내가 애한테 뭐라는 거니."

우리는 킥킥 웃었다.

"세미야, 너 모르지? 너 놔두고 가서 내가 얼마나 뒤꼭지가 땅기는지."

부모는 항상 바빴다. 아빠가 늘 이런저런 즐길 거리를 찾아다니느라 바빴다면, 엄마는 그런 아빠가 낸 손실분을 메우고 어떻게든 세 식구 건사하려고 점점 더 악착같이 바빠질 수밖에 없었다. 엄마를 사기 혐의로 고발한 피해자들은 다르게 받아들이겠지만 말이다. 나는 고모가 이 집을 떠난다는 것을 쓸쓸히 수긍할 수밖에 없었다. 배고픈 저녁, 놀이터 그네에 앉아 하염없이 서쪽 하늘을 쳐다보는 일곱살 꼬마의 마음으로.

"나는 괜찮아, 고모."

판매원이 쇼핑백을 내밀었다. 백화점은 표정을 추스르기에도 진심을 숨기기에도 적당한 장소다. 나는 갤러리아백화점의 쇼핑백 손잡이를 한쪽 손목에 걸고, 다른 쪽으로 고모의 팔짱을 꼈다. 아무리 애써도 영원히 빼지 못할 것처럼 꼭 꼈다.

5

모든 해는 각각 다른 방식으로 기억된다. 공통의 합의가 쉽게 이루어지는 해도 있다. 1979년은 대통령이 총 맞아 죽은 해, 1988년은 서울올림픽이 개최된 해라는 명명에 보통 한국인이라면 별다른 이의를 제기하지 않을 것이다. 반면 어떤 해는 그렇지 않다. 이를테면 1994년.

내 친구 지혜라면 이런 방식으로 말하리라.

1994년 7월 8일 김일성이 죽었다. 그해 여름은 기상청이 문을 연 이래 가장 높은 기온을 기록했다. 대구 밀양 39.4도, 서울 38.4도. 10월 21일에는 성수대교가 무너졌다. 승용차 5대와 버스 1대가 추락했다. 사망자 32명, 부상자 17명. 5월에는 거액의 유산을 노려 부모를 살해한 24세 청년 박한상이 체포되었고, 9월에는 사회에 대한 증오심으로 무고한 시민을 살해한 지존파 사건, 훔친 택시로 전국을 돌며 부녀자 6명을 성폭행하고 2명을 살해한 온보현 사건이 잇따라 일어났다. 온보현은 제 나이만큼 사람을 죽이려 했다고 증언했다. 그는 서른여덟살이었고, 일기에는 '36명 남음'이라고 쓰여 있었다. 그해 나는 열입곱살이었다. 3월 2일, B고등학교에 입학했다. 1학기 중간고사 성적은 반에서 20등, 전교 189등. 새로운 친구는 하나도 사귀지 못했다. 사기 혐의로 수배되어 LA로 도망친 엄마를 한번도 만나지 못했고, 할아버지의 힘으로 수배는 면했지만 유배 가듯 필리핀 모처로 떠난 아빠는 한번 보았다. 먼발치에서. 나의 고모 윤아영의 결혼식에서였다.

고모와 서울지검 강력부 검사 김태식은 10월 30일 삼성동 공항 터미널 예식홀에서 결혼식을 올렸다.

"넌 집에 있는 게 어떠니."

결혼식 전전날, 할머니가 직접적으로 권유했다. 권유형 어미를 사용했지만 명령에 가깝다는 걸 듣는 이도 말하는 이도 잘 알았다.

"뭐?"

고모가 예상보다 날카롭게 반응했다.

"세미 안 가면 나도 안 가요!"

웬만하면 나도 할머니 의견을 거스르고 싶지 않았다. 그러나 고모가 강하게 화를 내는 바람에 중간에서 어찌할 바를 모르게 되었다. 할머니가 한숨을 폭 쉬었다.

"그럼 교복은 입지 말고."

남들 눈에 띄지 말라는 뜻이었다.

"옷 같은 옷은 있니?"

그 말을 듣기 전까지 내가 결혼식에 무슨 옷을 입고 갈지 단 한 번도 생각해보지 않았음을 깨달았다.

"아, 그거! 그거 입으면 돼."

고모의 호들갑 속에 나는 고모의 샤넬 원피스를 입고 그녀의 결혼식에 참석하게 되었다. 결혼식 날은 아침부터 하늘이 흐렸고 장대비가 쉴 새 없이 내렸다. 1시 예식에 딱 맞추기 위해 나는 12시

반에 집을 나섰다. 식장 입구는 호화롭고 은성했다. 혼주에게 인사하려는 줄이 로비를 한바퀴 빙 돌아 늘어서 있었다. 신부대기실에 들어가보려다 그만두었다. 혼자, 식장 뒤에 섰다. 결혼식이 시작되었다. 주례에 의하면 김태식 군은 세상에서 가장 정의롭고 올바른 삶을 지향하는 청년 검사였고, 윤아영 양은 뼛속까지 준비된 미래의 현모양처였다. 그들이 성혼선언을 하고 반지를 나누어 끼었을 때 나는 손바닥이 얼얼하도록 크게 박수를 쳤다. 고모는 무척 아름다웠지만 사실 나는 그녀를 제대로 바라보지 못했다. 이런 데서 괜히 눈물을 보였다간 남의 눈에 인상적으로 기억되기 십상이었다.

가족사진을 찍겠으니 가족 및 친척들은 모두 앞으로 나오라는 안내가 나왔다. 우르르 몰려 나가는 여러명의 남자들 중 하나가 낯익었다. 나는 눈을 비볐다. 비비면서도 알았다. 그는 우리 아빠였다. 아빠. 혼자만 잘 살겠다고 멀리 튀어버린 그 사람이 여기 나타난 것이다. 윤이 좌르르 흐르는 감색 양복을 빼입고, 머리에 삐죽삐죽 무스까지 바르고서. 당연했다. 이건 그의 여동생의 결혼식인 것이다.

가만 보니, 그는 혼자가 아니었다. 시종 어떤 여자와 함께 움직였다. 삼십대 초반쯤으로 보이는, 별로 예쁘지도 않고 그렇다고 아예 안 예쁜 것도 아닌, 파란 물방울무늬 원피스에 갈색 구두를 신은 패션 감각이 형편없는 여자였다. 그 여자와 아빠가 친척 노인네들에게 공손하게 인사하는 모습이 보였다. 너무 늦었다. 나는 조용히 식장을 빠져나왔다. 비가 계속 내렸다. 나는 빠르게 걸었다. 샤넬의 흰 스커트 뒷자락에 빗물이 튀어 축축했다. 비는 지구 표면에 빗금을 그으며 점점 더 세차게 쏟아졌다. 압구정동 골목 안에 있는, 자리마다 전화기가 놓인 커피숍 이름은 보디가드였다. 보디가드에서 나는 그 사람에게 삐삐를 쳤다. 내가 누구인지 기억하지 못해도 괜찮다고 생각했다. 연락이 오지 않아도 상관없었다. 삼십분 만에 내 자리의 전화기가 울렸다. 내가 삼십분 동안 텅 빈 채 내버려져 있었음을 알았다.

초겨울의 나뭇잎들은 한순간에 바스러진다.

2학기 기말고사 성적은 반에서 15등, 전교 145등이었다. 성적이 올랐다는 칭찬은 아무도 해주지 않았다. 1995년이 시작되자 나는 열여덟살이 되었고, 1994년이 마침내 영원히 저물어버렸다는 데에 진심으로 안도했다. 1995라는 숫자가 익숙하지 않아 날짜를 쓸 때 자꾸 1994라고 썼다. 그땐 그해를 어떤 방식으로 기억하게 될지 알지 못했다. 사랑이 시작되었다고 나는 믿었다.

1월 17일, 일본 코오베에서 리히터 규모 7.2의 강진이 있었다. 5천여명이 죽고 2만 7천여명이 다쳤다. 2월 26일, 준모가 집 앞으로 찾아왔다. 입김은 나오지 않았으나 곧 봄이 올 거라 기대하기엔 지나치게 이르다 싶은 밤이었다. 그는 악마가 침범하기 전의 상태였고, 학교에 자퇴서를 냈다고 또박또박 말했다.

"일단은 집에서 성우형과 공부해서 검정고시를 볼 거야. 안되면 유학을 갈 거고."

성우형이라는 말에 나는 비밀을 들킨 사람처럼 움츠러들었다.

"미국, 가려고?"

"아니, 아마도 내가 전혀 모르는 언어를 사용하는 곳에."

"………"

"내가 한국말로 욕을 해도 무슨 뜻인지 아무도 모르는 곳에 갈 거야."

준모는 오래 머뭇거리다 돌아갔다. 3월 20일, 토오꾜오 지하철에서 독가스 사린이 살포되었다. 수천명이 다치고 13명이 죽었다. 죽어가면서 이유를 몰랐다. 신흥 종교단체 옴진리교의 소행이었다. 그들은 경찰에서, 교주의 종말론 예언을 실현하기 위해 그렇게 했다고 진술했다.

다시, 봄이었다.

봄의 한가운데에서 할아버지가 문득 쓰러졌다. 정원에서 현관으로 이어지는 돌계단 앞이었고, 쓰러지면서 돌계단에 이마를 부딪쳤다. 의사는 뇌 속에 꽈리 모양으로 부풀어 있던 동맥 하나가 돌연 터져버렸다고 했다.

네가 소년이었을 때

1

 이런 밤이면 혀를 뿌리째 자르고 싶어진다.
 나는 가위를 떠올렸다. 그러자 기묘하게 마음이 가라앉았다. 며칠 전 철물점에서 공업용 가위를 샀다. 검은색 플라스틱 손잡이 아래로 두개의 은빛 가윗날이 눈부시게 반짝이고 있었다. 가위를 종이상자에 담은 후 접착테이프로 밀봉했다. 상자를 책상 서랍 깊숙이 집어넣고 자물쇠를 채웠다. 마음만 먹으면 금방 부서뜨릴 수 있는 연약한 자물통이었다.
 원해서 태어나는 아이는 없다. 고등학생이 된 뒤 나는 생명이 만들어진 최초의 순간에 대해 즐겨 생각하곤 했다. 스스로를 위한, 일종의 농담이었다. 정자가 방출되던 순간 아버지는 신음 대신 내뱉었을까. 씨팔. 막 배란된 난자가 자궁 속을 헤엄쳐다니던 정자와 만나던 순간 엄마는 중얼거렸을까. 좆까.

"딸꾹질처럼 여겨보면 어떻겠니?"

어느날 잔뜩 술에 취해 귀가한 아버지가 말했다. 아버지가 나에게 말을 걸어오는 경우는 매우 드물었으므로 좀 당혹스러웠다.

"다녀오셨어요."

고개를 숙여 시선을 피했다.

"이것 봐. 이렇게 멀쩡한데."

아버지가 탄식했다. 부패한 알코올 냄새가 콧속으로 쏟아졌다. 나는 숨을 참았다. 입을 열고 싶지 않았다. 몇 마디 더 했다가는 한동안 잠잠하던 악마가 다시 튀어나올 것 같았기 때문이다. 내일이 2월 26일이었다. 호리병처럼 좁디좁은 목구멍의 입구를 꽉 졸라매기 위해 나는 며칠째 안간힘 쓰고 있었다. 아버지가 내 어깨에 손을 얹었다. 불균질한 침묵이 주위를 감쌌다. 목울대가 간질거리기 시작했다.

"학교는."

거기까지 말하고 아버지는 잠시 멈추었다. 곧 힘에 부치는 듯 날숨을 뱉었다. 술김에 호기롭게 올려놓기는 했으나 두 손을 어떻게 처리해야 할지는 모르는 것 같았다. 아버지의 손은 내 어깻죽지에 어정쩡히 걸친 채였다. 아버지가 차마 완성하지 못하고 끝낸 말이 무엇인지 나는 짐작할 수 있었다. 정말 그만두겠다는 거니. 내 자퇴에 대해 아버지는 지금껏 부정적인 입장을 고수해오고 있었다. 또

한 그 문제는 최근 몇해 동안 집에서 벌어진 부부싸움의 주요 쟁점이었다.

"저럴수록 정상적으로 살아야 하는 거야!"

"그러니까 이러려는 거예요. 어떻게든 정상으로 키우려고."

아버지 목소리는 짜증스러웠고 어머니는 고집스러웠다. 1980년대 초반 준공된 서른세평 아파트의 내벽은 얇았다. 귀를 세우지 않아도 내 방에서는 부모의 목소리가 고스란히 들렸다.

"어떻게든 지가 극복하도록 해야지. 그게 부모의 역할이라고."

"끝까지 보호하고 책임을 져야지요, 저렇게 낳아놨는데. 그게 부모의 의무예요."

"언제까지 비닐하우스 안에서만 키울 건데? 사내놈인데 세상과 맞서 싸워야……"

"당신 눈엔 이게 공정한 싸움 같아요? 우리 준모 혼자 일방적인 테러를 당하고 있는 거라고요. 곤고와 환란의 날들이에요."

아버지가 쩝, 입맛 다시는 소리 비슷한 것이 들렸다. 성경 구절 같은 소리가 어머니 입에서 튀어나오기 시작하면서부터 아버지는 백전백패했다. 벽 너머에서는 별별 소리가 다 들려오곤 했다. 때론 금세라도 꺽꺽 숨이 넘어갈 것만 같은 흐느낌이, 때론 "미안해서, 죽어도 죽지 못해, 우리 아들 불쌍해서"처럼 과거와 현재와 미래를 제멋대로 뭉뚱그린 비감한 탄식이. 격앙된 감정을 과장되게 표현하는 쪽은 늘 어머니였고 아버지는 벽 너머에서도 밋밋하고 존재감이 없었다. 그랬더라도 귀를 막았겠지만 두 사람이 사랑을 나누는 소리 같은 건 들리지 않았다.

어머니가 나를 자퇴시킬 계획을 가지고 있다는 사실도 벽을 통해 알았다. 그녀의 계획은 꽤 체계적이고 원대했다. 치료와 어학연수 과정을 병행한다는 거였다. 어학연수를 마치고 나서 진학할 유명한 사립 기숙학교의 명단도 이미 확보해두고 있었다. 아버지는 줄곧 반대했다.

"걱정 말아요. 내 심장을 팔아서라도 어떻게든 해줄 테니까."

엄마의 답은 단호하고 비장했으며, 아버지의 반대 속에 숨겨진 이유가 경제적 부담이라는 점에 대해 노골적인 경멸을 담아 비난하고 있었다.

"허, 참."

부모의 싸움은 어떤 내용이든 결국 돈으로 귀결되었고 결말은 흐지부지했다. 부모는 적나라한 대화가 옆방의 아들에게 낱낱이 전달될지 모른다는 염려는 아예 하지 않는 것 같았다. 옆방의 아들이 이 논의의 제삼자가 아니라 당사자라는 것도. 아버지와 어머니에게는 인정하기 싫은 건 믿지 않는다는 공통점이 있었다. 나는 아버지와 엄마가 번갈아가며 입에 올린 '정상'이라는 단어를 곱씹어 보았다. 터무니없이 멀리 가는 고속버스에 잘못 올라탄 기분이었다.

아버지의 손은 무겁지 않았으나 거추장스러웠다. 별수 없이 입술을 움직였다.

"안녕히 주무세요. *씨팔, 죽어버려, 미친놈.*"

아버지의 눈에 긴가민가 드리워졌던 희망의 빛이 싹 걷혔다. 절대자에 의한 모든 곤고와 환란이 그렇듯 아들의 질환 역시 기적처럼 치유되리라는 꿈을 버리지 않고 있는 어머니보다 아버지 쪽이 나을지도 모른다.

어머니는 또 교회에 있을 것이다. 저녁 무렵 집을 나서며 현관문 닫는 소리를 똑똑히 들었지만 나는 모르는 척했다. 철야기도회가 며칠째 계속되고 있었다. 진심을 다해 간구하면 하느님도 들어주시지 않곤 못 배길 거라고 어머니는 진심으로 믿었다. 나는 잠자코 있었다. 어머니 앞에서라면, 잠자코 있는 것 외에 나는 할 줄 아는 게 없었다.

"딱 한번만 따라와주면 안되겠니?"

어머니가 간혹 눈물을 글썽이며 부탁해올 적도 있었다. 나는 눈물이 싫었다. 나 때문에 눈물 흘리는 타인을 보는 건 더 싫었다. 침묵 속에서 고개를 떨어뜨리면서 스스로의 무력함에 가슴이 터질 것 같았다.

나는 방문을 꼭 닫고 잠금 꼭지를 눌렀다. 불을 껐다. 창밖에 신경질적인 바람의 그림자가 일렁였다. 다른 일은 아무것도 모르는 사람처럼, 침대에 누워 세미를 생각했다.

누구에게나 절대로 잊지 못할 날이 있을 것이다. 그 하루를 기준으로, 인생을 사과처럼 둘로 탁 쪼갤 수 있게 된 날. 한번 쪼개지고 나면 그 이전의 생과 그 이후의 생은 같은 것일 수 없다. 1991년 2월 26일. 중학교 예비소집일이 내게는 그날이다.

2

 지나간 한 시절을 떠올릴 때 당시 어떤 틱을 하고 있었는지를 먼저 기억해내는 건 시험 답안지를 쓰기 전에 오른쪽 세번째 손가락에 잡힌 굳은살을 만지작거리는 행동처럼 일상적인 습관이다. 그때 나는 한번 터져나오면 주체할 수 없이 지속되는 헛기침, 이유 없이 찾아와 오분여 지속되다 사라지는 눈 깜빡임 증상을 지니고 있었다. 아직은 '악마'가 슬쩍 발톱만 보이던 때다. 돌이켜보면 그렇다고 말할 수밖에 없다. 그런 일은 당시에는 결코 알 턱이 없는 법이므로.
 첫 증세는 목구멍이 간질거리는 것이었다. 초등학교 4학년 여름방학의 보이스카우트 캠프에서였다. 스카우트 단복을 입고 캠핑 가는 아들을 배웅하는 장면의 주인공이 되는 것은 아이를 낳기 전부터 품어온 어머니의 로망이었다. 어설픈 길이의 반바지 밑으로 채 굵어지지 못한 장딴지를 드러낸 소년들이 학교 운동장으로 웅성웅성 모여들었다. 관광버스는 그들을 줄줄이 태운 채 이름 모를 국도를 달렸다. 버스 안에서 오래된 포크송을 합창했다.
 ─조개껍질 묶어 그녀의 목에 걸고 물가에 마주 앉아 밤새 속삭이네.
 "껍질을 먹는다고?"
 옆자리에 앉은 녀석이 조그맣게 물어왔다.

"묶는다잖아."

"껍질을 어떻게 묶어? 이상하잖아?"

그러고 보니 그런 것 같기도 했다. 이상한 일은 한두가지가 아니었다. 경기도 가평 어딘가의 야영장 앞은 전국 각지의 번호판을 단 관광버스들로 가득 찼다. 똑같은 옷을 입은 소년들이 버스 출입문 밖으로 꾸역꾸역 밀려나왔다. 지역과 학교를 무작위로 섞어 다섯 명씩 한 조가 되었다. 한 조의 단위는 '보'였다. 텐트 빨리 치기를 시작으로 모든 것이 보별 대항전이었다. 버너에 불 빨리 붙이기, 밥 빨리 먹기, 옷 빨리 입기, 오줌 빨리 누기. 공중변소는 넓은 공간에 몇개의 긴 줄로 파놓은 웅덩이였다. 다른 소년이 소변을 보는 사이 엉덩이를 까내리고 대변을 봐야 했다. 사흘째 되는 날 수영을 하다 말고 아랫배가 묵직하게 아파왔다. 공중변소 안에는 6학년 형들 서넛이 있었다. 나는 수영팬티를 까내리지 못했다. 집에 도착하는 순간까지 내내 변의를 참아야 했다. 밤에는 누군가의 손이 바지 안으로 쑥 들어왔다 나가곤 했다. 경상북도 어딘가에서 왔다는 6학년 보장이었다. 키가 백칠십 센티미터는 되는 것 같았다. 나는 손가락 하나도 움찔거리지 않았다.

처음엔 동네 내과에 갔다. 의사는 인두염이 의심된다고 진단했다.

"편도선이라는 말이죠?"

어머니가 대수롭잖게 재확인했다. 항생제를 일주일치 먹고도 증상은 나아지지 않았다. 나아지기는커녕 점점 심해졌다. 개미 몇마리가 기어다니는 것처럼 간질간질한 감각이었다. 간질간질은 얼마

지나지 않아 근질근질이 되었다. 그것은 아프다는 느낌보다 갑갑하다는 느낌에 가까웠다. 온몸의 근육과 신경이 그 개미들에게 지배당하는 것 같았다.

"음, 음, 음, 음."

세상에서 가장 낮은 소리의 기침을 수시로 뱉어내지 않으면 견딜 수가 없었다. 숨을 쉬기 위해, 살기 위해 나는 연거푸 기침을 해댔다.

종로의 유명하다는 이비인후과에서는 과민성 인후염이라는 진단을 내렸다.

"쉽게 말해 신경성이라는 얘깁니다."

의사는 강박장애의 일종일 수 있으며 안정을 취하면 나아질 수 있지만 혹여 더 심해지면 신경정신과에 가야 한다고 말해 어머니를 불쾌하게 만들었다.

"정신병이라는 거야, 뭐야."

지하철 안에서 어머니는 내 손을 필요 이상으로 꽉 그러잡았다. 그녀의 손은 땀으로 축축했다.

"아무튼 네가 좀 예민한 건 사실이잖아. 항상 마음을 담대하게 먹고, 가슴도 좀 펴고."

어머니가 축축한 손을 말아쥐고 내 가슴팍을 탁탁 쳤다. 이렇게 오래도록 바닥 모를 싸움이 펼쳐질 거라곤 아무도 몰랐을 시절이었다. 한의원은 못해도 예닐곱군데는 가보았을 것이다. 불안한 신경을 가라앉혀준다는 침은 가는 데마다 꼭 맞으라고 했다. 이마에도, 뺨에도, 손등에도, 발등에도, 사타구니에도, 나는 그들이 시키는 대로 침을 맞았다. 날카로운 바늘 끝이 생살을 파고들어올 때 작은 비명 한번 지르지 않아 칭찬을 받기도 했다. 이 개미들만 처치할 수 있다면 다 괜찮다고, 이 정도쯤 다 참을 수 있다고 나는 생각했다. 침을 꽂은 뒤에는 뺄 때까지 혼자 병실에 누워 기다려야 했다. 음, 음, 음, 음, 음. 아무도 없는 곳에서 나는 마음껏 기침을 해댔다.

증상이 나타나고 일년여가 지난 뒤에야 부모는 아이를 신경정신과에 데려갈 용기를 냈다. 대학 부설 종합병원이었다.

"저, 의무 기록이 남지 않나요? 나중에 군대도 가야 하는데."

수납창구의 직원에게 묻던 어머니의 절박한 목소리가 아직도 귀에 쟁쟁하다. 엄마는 왜 하필 군대를 예로 들었을까. 나는 아직도 가끔 어머니의 마음이 궁금하다. 남의 아들들만큼만, 더도 말고 덜도 말고 딱 그만큼만 되기를 바라는 지당하고도 불가능한 욕망 때문일지 몰랐다. 어머니 없이 혼자 방으로 불려들어갔다. 사방을 흰색으로 칠한 방에 덩그러니 앉아 있으니 의사가 나타났다. 단발머리의 중년 여자였다. 그녀가 제 목젖을 감싸쥐었다.

"여기가 막 근질거리고 답답하니?"

"네."

"가끔 이유 없이 토할 것 같기도 하고?"

"네."

"그런 느낌을 전조감각이라고 하는 거야."

"………."

"선생님이 뭐 하나만 물어볼게. 준모는 요즘 행복하니?"

"……잘, 모르겠는데요."

"그럼 불행하니?"

"그것도 잘 모르겠어요."

"준모야, 지니 알지? 램프의 요정. 만약 지니가 나타나서 너의 소원을 하나 들어주겠다면 뭘 부탁할 거야?"

"소원, 그런 거 없는데요."

"그래도 한번 잘 생각해봐. 부모님한테 바라는 거라든지."

"음, 잘 모르겠어요."

"혹시 지금 밤에 누구하고 같이 자니?"

"부모님하고요."

힌트를 발견했는지 의사의 눈빛이 갑자기 반짝였다.

"집에 남는 방이 없어서?"

"아니요, 그건 아닌데, 그냥 어릴 때부터 쭉 그래와서요."

"그래, 그렇구나. 우리 준모는 더이상 부모님하고 같이 자고 싶지 않은가보구나. 그럼 너만의 공간을 가지고 싶지는 않니?"

나만의 방을 가지고 싶다는 게 부모님과 따로 자고 싶다는 것과 반드시 같은 뜻은 아니겠지만, 어쨌거나 상관없었다. 나는 별 뜻 없이 "네"라고 대답했다.

"혹시 말이야."

의사가 갑자기 사무적인 목소리로 물어왔다.

"준모 혹시 지금 바지 좀 벗어볼 수 있겠니? 팬티까지 말이야. 선생님이 궁금한 게 있어서 그래."

내가 당혹스러운 표정으로 도리질을 하자, 의사가 차트에 뭔가를 꼼꼼히 적어넣었다.

"싫어? 싫으면 안해도 되긴 해. 그래도 할래, 안할래?"

"……안할래요."

나는 기어들어가는 음성으로 대답했다.

"그래, 그럼 됐어. 괜찮아. 이제 나가봐."

그 의사가 처음부터 궁금해했던 건 내 팬티 색깔 따위가 아니라, 성에 관한 의식이 생겼나 하는 것이었을 터다. 이번에는 엄마의 차례였다. 엄마가 혼자 진료실에 들어가 있는 사이 나는 간호사의 감시를 받으며 복도에서 기다려야 했다. 그들은 혹시 내가 도망이라도 칠까 염려하는 것 같았다. 십여분 후 엄마가 나왔다. 엄마의 얼굴은 먹구름으로 뒤덮여 있었다.

"내가 너한테 그렇게 극심한 스트레스를 줬다고는 생각 안했는데."

집에 오는 길에 엄마가 내게 건넨 딱 한마디였다. 그다음 날부터 나는 혼자 자게 되었고, 내 헛기침은 틱 장애라는 병명을 갖추게 되었다. 여러가지가 변한 듯이 보였다. 독방을 갖게 되었고 매끼 한움큼씩 약을 먹게 되었고 두달에 한번 의사와 정기적으로 면담을 하게 되었으나, 증세만은 그대로였다. 아니다. 좀벌레가 모직코트를 느릿느릿 좀먹어가듯이 시간이 흐를수록 내 틱은 서서히 악화

돼갔다.

1991년 2월 26일, 사과가 절반으로 잘라지기 직전의 나는 중학교 입학을 목전에 두고 있었으며, 코 쿵쿵도 없었고 눈 깜박임도 오분 이상 넘어가지 않았던 일년 전의 모습을 필사적으로 그리워하는 중이었다.

"어차피 걔들이 걔들이야."

엄마 딴에는 너무 걱정하지 말라고 한 위로였겠지만 그 말을 들은 뒤 나는 새삼스러운 공포에 사로잡혔다. 두 겹의 공포였다. 좁은 동네였다. 4학년부터 6학년에 이르기까지 일어난 나의 몰락을 곁에서 지켜본 그 아이들과 또다시 새 공간에서 만날 것이다. 아무것도 모르는 전혀 새로운 아이들도 만날 것이다. 그리고 두 부류는 빠르게 섞이겠지. 솔직히 말하면 나는 단 하나의 인간도 만나고 싶지 않았다.

1991년 2월 26일, 새 학교의 신입생 예비소집일 아침. 집을 나서기 전 약국에서 파는 방한용 마스크 중에서 가장 큰 싸이즈를 썼다. 코의 아랫부분을 포함한 얼굴의 절반 이상이 가려졌다. 배정받은 중학교는 아파트 단지 안에 있었다. 오종종하게 늘어선 키 작은 주공아파트들과, 어느새 굵어져버린 플라타너스 나무들 사이를 걸었다. 터덜터덜 걸었다. 화재가 잦은 계절이었다. 건물이 무너지는 사고도 나쁘지 않을 것이다. 내 몸이 도착하기 전에 그곳이 불길에 휩싸이거나 먼지처럼 폭삭 주저앉는 상상을 하다보니 어느새 교문 앞이었다.

교정은 조용했다. 지나치게 조용했다. 불이 나지도 않았고 건물이 무너지지도 않았다. 나에게 시계가 없다는 사실을 그제야 깨달았다. 조회대 옆에 설치된 대형 시계탑의 시간은 10시 5분 전이었다. 파카 주머니 속에 접어넣은 종이를 펴보았다. 소집시간 9시, 장소는 운동장. 한시간을 착각했다.

나는 운동장 가장자리를 향해 걸어갔다. 교사 반대 방향이었다. 제일 높은 철봉에 여자아이 하나가 대롱대롱 매달려 있었다. 빨간색 망또에 초록색 털모자를 쓰고 있어서 크리스마스트리처럼 보였다.

"어, 안녕."

철봉에 매달린 채 여자아이가 인사했다. 처음 보는 얼굴이었다.

"너도 여기야?"

"으, 응."

"잘됐다."

여자아이가 씨익 웃었다. 씩,이 아니라 씨익, 하고 웃는 웃음이 존재하는 세상이 있다는 걸 나는 처음 알았다. 그애가 웃자, 눈이 초승달 모양으로 변했다. 빽빽한 암흑으로 뒤덮인 하늘 한 귀퉁이에 다정하게 뜬 노란 달, 가느다란 틈새.

"한신 7차 살지? 놀이터에서 가끔 봤어."

나는 모르는데 나를 아는 아이. 이 동네엔 그런 아이들이 많았다. 그들에게 나는 이상한 아이이거나 불쌍한 아이. 마스크 속에서 나는 입술을 꼭 다물었다. 여자아이가 땅으로 풀썩 뛰어내렸다. 키가 작았다. 이마가 내 어깨에 닿을락 말락 했다.

"휴, 되게 힘들다."

하마터면 '그런데 왜 매달렸어?'라고 물을 뻔했다.

"근데 넌 몇반이야?"

"모, 몰라."

"어, 반배치 끝난 거 아니야? 아, 뭐야, 너도 지각한 거구나?"

여자아이는 십분 늦게 도착해보니 운동장에 이미 아무도 없었다고 했다.

"너무하지 않냐, 딱 십분인데."

여자아이가 입술을 옴짝대며 투덜거렸다. 아직 바람이 찼다. 우리는 벤치에 나란히 앉았다. 여자아이가 가방에서 무언가를 꺼냈다. 은색 쿠킹포일에 싸인 것은 네모반듯하게 자른 식빵이었다.

"자, 먹어봐."

이 동네 아이들은 친구가 되고 싶은 다른 아이에게 대부분 '이거 먹고 싶니?'라는 식으로 접근한다. 최근 몇해 동안 나한테 다가온 아이는 하나도 없었지만 그 정도는 알고 있었다. 큰누나처럼 '먹어봐' 하고 권유하는 조그만 여자아이가 우스우면서도 제법 어른스럽게 느껴졌다.

"좀 식었을 텐데, 바삭하게 잘 구워져서 아직 맛있을 거야."

얼결에 빵을 받아들었다. 나는 조금 주저하다가 마스크를 벗었다. 앞니로 식빵 모서리를 조심스레 베어물었다. 특별히 맛있다고 하기 어려운 보통 맛의 빵이었다. 여자아이는 눈도 깜빡이지 않고 내 모습을 지켜보다가 나보다 더 조심스럽게 물어왔다.

"어때? 괜찮아?"

식빵 부스러기를 혀끝에 올리고 입천장에 가만히 대보았다. 나는 고개를 끄덕였다. 여자아이가 환하게 웃었다. 다시 초승달 두개가 떴다.

"있잖아, 오늘 지각한 건 사실 다 이 빵 때문이야."

여자아이가 조잘조잘 떠들기 시작했다. 자기는 원래 웬만해선 절대로 지각을 하지 않는데, 오늘 늦은 데는 특별한 사연이 있다고 했다. 막 집을 나서려는데 갑자기 손님들이 왔고, 엄마가 식빵을 사오라는 심부름을 시켰고, 식빵이 없으면 정말 큰일이기 때문에 길 건너 크라운베이커리까지 갔고, 빵집 문 열 때를 기다려 식빵을 사다주고 오느라 늦었다는, 하나도 알아들을 수 없는 이야기를 여자아이가 늘어놓는 동안 나는 몇 차례나 더 고개를 끄덕였을까. 그후로 오랫동안, 이 아이 앞에서 고개를 젓지 못하리란 걸 그때 나는 어렴풋하게라도 예감했을까.

분명한 건 그때 어딘가에서 사과 한알이 또르르 굴러떨어지는 소리가 들렸고, 운명은 내게 그것을 줍게 했다는 사실이다. 벌레에게 좀먹히고 여기저기 곯은 못난이 사과지만 동그랗고 단단했다. 사과는 탁 절반으로 쪼개졌고, 그 속에는 윤이 나는 사과씨가 비밀처럼 숨어 있었다.

여자아이의 이름이 윤세미라는 것을 곧 알게 되었다.

"원래는 샘이라고 지으려고 했대. 세상 사람들이 다 샘내는 여자가 되라고. 하하하, 우리 아빠가 그렇게 좀 유치해."

또 여러가지 것들을 빠르게 알아가게 되었다. 기적이 연거푸 일어나 세미와 내가 같은 반이 되었고, 우리는 친구가 되었기 때문이다. 처음 만난 날, 그녀가 그렇게 빵에 집착했던 이유도 밝혀졌다. 그녀의 부모님은 한 다단계업체의 간부였는데 그즈음의 주력상품 중 하나가 신형 토스터였다. 토스터 시연회처럼 그녀의 집에선 곧잘 이런저런 행사가 열리곤 한다는 것, 그녀의 어머니는 늘 어마어마하게 바쁘다는 것, 그래서 딸의 도시락으로 잼도 곁들이지 않은 토스트나 오천원권 지폐 한장을 쥐여줄 수밖에 없다는 것도 알았다.

"예전에 전골냄비 잘 나갈 때는 아침저녁 쇠고기전골만 먹었는데."

처음 같이 밥을 먹던 날, 내 도시락 반찬통의 동그랑땡을 포크로 찍으며 세미가 중얼거렸다.

"응, 1988년에서 1989년으로 넘어가던 겨울에 그랬지."

지혜가 대꾸했다. 지혜는 세미와 초등학교 1학년 때부터 절친한 친구였다.

"솔직히 맛은 별로였어, 그치?"

"너희 엄마가 원래 좀."

지혜가 심드렁한 말투로 말하면 세미는 진지하게 맞장구치는 게 이들의 대화 패턴이었다. 끊길 듯 끊길 듯 담방담방 이어지는 둘의 대화를 듣고 있으면 내가 혼자였던 적이 있다는 사실을 다 잊었다.

"있잖아, 나는 나중에 요리 프로그램 보기 전까지는 이 세상에 쇠고기전골만 있는 줄 알았다. 해물전골, 곱창전골, 김치전골도 있는데 우리 엄마는 왜 항상."

"복에 겨운 년. 쇠고기가 제일 비싸잖아. 고마운 줄도 모르고. 그래도 냄비 무지 잘 팔렸잖아?"

"응."

세미가 천진하게 웃었다.

"그러면 뭐해. 밑장 빼서 윗장 막는 시스템인데."

남들이라면 구태여 입 밖에 내지 않을 말을 세미는 스스럼없이 했다. 세미는 언제나 진심만을 말하고, 진심을 다해 말했다. 세미가 동그랑땡을 또 하나 집어 입에 넣고 오물오물 씹었다.

"야, 진짜 끝내준다. 이런 걸 집에서 만든단 말이야, 정말?"

동그랑땡은 명절을 상징하는 음식이었다. 온 일가친척이 모여들어 버글대는, 골방에 숨어 버텨내야 하는, 더러운 구덩이 속의 물처럼 시간이 고여 썩어가는 하루.

1991년 2월 26일부터 1995년 2월 26일까지 내 틱의 증상이 어떻게 변해왔는지에 대해서는 구태여 설명하고 싶지 않다. 나를 한번이라도 목격한 사람이라면 누구라도 나 대신 증언할 수 있을 터였다. 개미들은 대(大)부대가 되었고 나는 본의 아니게 그들과 함께 살아가고 있었다. 하지만 그것이, 내가 가진 병이, 내가 어떤 사람인지를 증명하는 전부는 아닐 것이다. 그날 이후 나는 추석날 식탁 앞에서 아주 잠깐 속으로 씩, 웃는 사람이 됐다. 비 오는 날 앞서 가는 행인의 노란색 우산을 보고 생뚱맞게 동그랑땡을 떠올리며 씩, 웃기도 한다. 아직은 온 우주가 환해지도록 그녀처럼 씨익, 두 음절로 웃는 방법은 터득하지 못했지만.

    나는 곧 학교를 떠나게 될 것이다. 엄마의 바람대로 미국에 가게 될 수도 있다. 그렇다면 내년 오늘, 1996년 2월 26일에는 그녀를 만나지 못할 것이다. 그 상상만으로 가슴이 덜컥 내려앉았다. 시간이 없다는 것만은 분명했다.

3

    바람의 방향이 계속 바뀌었다. 퇴근 무렵이어서일까, 버스는 여간해서 오지 않았다. 한 떼의 회사원들이 정류장 앞에서 시끄럽게 떠드는 소리가 음악에 섞여 들려왔다. 나는 씨디플레이어의 볼륨을 올리고 이어폰을 단단히 고쳐 끼웠다.

    내 마음을 철저하게 속이고 살아온 내 생엔 가슴 깊이 존재했던 불만이 있어 너무나도 달랐었던 두 맘을 갈라놓기 위해서 어렵지만 난 과감하게 선택했었네 언제까지라도 자신을 속이고 살아야 하는데.

    서태지만 듣는 건 아니지만 서태지를 가장 자주 들었다. 1집부터 3집까지 기분에 따라 선택했다. 세미에게 가는 길에 「지킬 박사와 하이드」는 어울리지 않는 듯도 했다. 그래도 트랙을 바꾸고 싶지 않았다. 아까부터 자꾸만 몽롱해지는 정신을 추스를 강렬한 비트가 필요했다. 요즈음 나는 자주 멍해지고 자주 피곤했다. 길을 걷다 갑자기 발밑에 움푹 파인 구멍을 발견하곤 놀라 피하려다가 발을 헛디디기도 했다. 뒤를 돌아보면 구멍은 감쪽같이 사라져 있었다. 먹는 약의 분량을 늘린 뒤부터 나타난 증세였다. 곧 자퇴를 한다는 얘기를 듣고 담당의사가 내린 결정이었다.

"물러설 데가 없으니 한번 해보는 겁니다."

바지를 벗어보라던 여의사에 이어 네번째 주치의였다. 삼십대 후반의 남자 선생은 공격적이고 색다른 처방을 내리곤 했다. 한약이라면 기겁을 하던 이전 의사들과 달리, 한방이든 양방이든 하고 싶은 게 있으면 다 해보라고 했다.

"후회보다 나쁜 건 없습니다."

정 불안하면 외출할 때마다 입술에 테이프를 붙이라고 한 것도 그였다.

"언제 터져나올까 조마조마해하며 강박에 시달리기보다는 맘 편한 게 훨씬 낫습니다."

집을 나서기 전이면 욕실 거울 앞에서 넓적한 투명 테이프를 붙여 입술을 막았다. 테이프는 엑스(X) 자 모양으로 붙였다. 그 위에다 방한 마스크를 썼다. 테이프는 효과가 없지 않았다. 욕설이 터져나오다가 미처 봉인된 입술 너머까지 퍼지지 못하고 목구멍 안쪽으로 웅얼웅얼 사라져가곤 했다. *에이 씨팔 좆같은 년.* 테이프 아래에서 나는 여전히 끊임없이 욕을 했지만 그 욕을 듣는 이는 나뿐이었다. 먹을 수도, 마실 수도 없는 건 참을 만했다. 틱이 새어나갈까봐가 아니라 테이프의 존재를 들킬까봐 어깨가 오그라들었다. 집에 돌아오면 마스크를 벗고 거울 앞에서 테이프를 뗐다. 붙일 때는 몰랐는데 수염에 닿았던 접착면의 끝부분을 떼어낼 때는 눈물이 핑 돌 만큼 쓰라렸다.

멀리 710번이 보였을 때는 「지킬 박사와 하이드」를 세번째 반복해 듣고 있었다. 떠들어대던 아저씨들은 어느새 사라져버렸다. 버스 정류장에서 편의점 골목으로 꺾어서 몇 걸음만 걸으면 작은 꽃집이 있었다. 세미에게 장난으로도 꽃을 사준 적이 없었다. 조금 고민하다가 나는 빈손으로 한남동행 버스에 올랐다. 세미와 나는 사년째 가장 친한 사이로 지내왔지만 같이 한 것보다 하지 못한 게 더 많았다. 이 버스도 늘 세미 혼자 태웠었다. 밤이 늦었을 때 슬쩍 "데려다줄까?" 하고 물으면 세미는 입버릇처럼 "다음에"라고 했다.

"야, 야, 걱정 마. 누가 나 잡아가지도 않아. 밥값 많이 들어서."

그러곤 또 킥킥거렸다. 나는 따라 웃는 척 가슴을 쓸어내렸다. 미소 띤 표정의 완강한 거절이었다. 어쩌면 세미는 나와 단둘이 있는 상황을 부담스러워하는지도 모른다는 생각이 들었다. 다 이해했다. 아무 데서나 욕설을 토해내는 남자의 애인으로 보이고 싶지 않은 건 그애의 품성 따위와는 상관없는 일이니까.

그리고 보면 세미와 나 사이에는 거의 항상 지혜가 있었다. 셋은 비겁하고 안전한 숫자였다. 언제부터 우리는 셋이었을까? 세미를 처음 만난 2월 26일에 대해서라면 나란히 걸터앉았던 나무 벤치에 액상 화이트로 휘갈겨 쓴 낙서까지 선명히 기억하지만, 지혜를 처음 만난 날의 기억은 새하얬다. 정확히 언제인지 무슨 일이 있었는지 거짓말처럼 전혀 떠오르지 않았다. 지혜는 성실하고 좋은 친구였다. 나는 여러가지 의미에서 지혜에게 진심으로 고마워하고 있었다.

한남오거리의 공중전화 부스에서 세미한테 전화를 걸었다. 부스 안에서 등을 돌리곤 입에 붙인 테이프를 떼어냈다. 세미는 자다 깬 듯했고 꽤 놀란 눈치였다.

"잠깐만, 지금 몇시지?"

"9시 10분 전이야."

"으음, 좀 늦기는 했는데, 아무튼 나갈게. 기다려."

세미가 지정한 장소는 근처 대학교의 중앙도서관 앞이었다. 거기 말곤 근처에 달리 아는 데가 없다고 했다.

"정문에 서 있기는 쪽팔리잖아!"

대학 캠퍼스라는 곳에 처음 들어가보았다. 밤 9시의 캠퍼스는 어두컴컴하고 을씨년스러웠다. 텅 빈 밤의 운동장은 커다란 저수지처럼 보였다. 검은 물 밑에 벌거벗은 시체들이 둥둥 떠다니고 있을지 몰랐다. 나는 무작정 언덕 위로 올라갔다. 오르는 사람도, 내려오는 사람도 없었다. 멀리 보이는 불빛을 향해 정처 없이 걸었다. 걷다보니 그곳이 도서관이라는 근거 없는 확신이 들었다. 도서관으로 연결된 유리문을 조심스럽게 밀었다. 문은 아주 가볍게 밀렸다. 문을 열기만 하면 아무나 들어갈 수 있는 공간이라는 것이 불가사의하게 느껴졌다. 도서관 안쪽과 어두운 바깥은 두개의 다른 세계였다. 도서관 로비의 파리한 형광등 아래에서 나는 비로소 숨을 골랐다.

한국사회에는 수많은 대학들이 있고, 그 대학들 사이에 공공연한 서열이 존재한다는 정도는 나도 알았다. 하지만 지금 이 대학이 그 서열표에서 어느 정도의 좌표에 있는지, 이 학교에 입학하려면 수능 성적이 얼마큼 되어야 하는지에 대해서라면 나는 까막눈이었다. 나는 대학생이 된 내 모습을 상상해본 적이 없었다. 의식적인 행동이었다. 일종의 방어기제인지도 모른다. 만약 대학생이 된다면. 나 같은 놈에게 그런 가정은 차마 쉽게 할 수 없는 종류의 것이었다. 나는 무거운 눈꺼풀을 치켜뜨고서 대학생이 된 세미의 모습을 상상했다. 모두가 감탄할 만큼 밝을 것이고 모두가 사랑할 만큼 아름다울 것이다. 늙은 겨울의 밤바람이 유리창을 힘껏 두드렸다.

멀리 세미가 보였다. 그녀는 나를 향해 곧장 걸어왔다.

"준모야!"

한 손을 쳐들고서 내 이름을 또렷하게 불렀다. 그녀의 목소리는 한결같이 다정했다. 너무 다정하고 스스럼없어서 그녀가 "준모야"라고 할 때면 나는 이유 모를 절망감에 휩싸이곤 했다.

그녀는 회색 아디다스 추리닝에 빨간 오리털 파카를 걸친 일상적인 차림이었다. 동네 슈퍼마켓에 콜라라도 사러 간다는 핑계를 대고 나온 듯했다. 거울 앞에서 헤어젤과 스프레이로 오랫동안 머리칼을 매만지고, 가지고 있는 겨울옷 중 가장 좋은 것을 골라 입고 나온 내가 어쩐지 초라해졌다. 세미를 앞에 두고 절대로 고백 비슷한 것을 할 수 없으리라는 사실을 새삼 인정하지 않을 수 없었다.

우리는 처음 만난 날처럼 도서관 로비의 장의자에 나란히 걸터앉아 이런저런 이야기를 나누었다. 이제는 열여덟살이었으므로 식빵 대신 커피자판기에서 갓 꺼낸 따뜻한 종이컵을 손안에 감싸쥐었다. 오랫동안 마음을 졸인 데 비해 어이없을 만큼 평화롭게 시간이 흘러갔다. 세미는 여기에 종종 온다고 했다.

"대학생들 보면서 정신 좀 차리려고. 하하."

진짜인지 그냥 하는 말인지는 중요치 않았다. 그녀가 종종,이라는 부사를 써서 표현하는 일을 나는 까맣게 몰랐다. 어느새 그런 사이가 된 것이다. 그 틈새는 점점 더 벌어져갈 것이다. 나는 무서웠다.

"이 대학에 다니고 싶어?"

"여기도 '인 서울'인데. 내 성적 알면서. 언감생심 아니겠어? 맞냐? 언감, 생심."

내가 퍽 오랜만에 웃었다는 걸 그녀는 죽어도 모를 거였다.

"준모, 너는? 하긴 넌 좀만 더 하면 '스카이'도 갈 수 있을걸."

"나는 학교를 그만둘 거야."

"응? 어쩌려고?"

"모르겠어. 어떻게든 되겠지. 유학을 갈 수도 있고."

나조차도 처음 입 밖에 내는 계획이었다.

"미국에?"

"아니."

나는 고개를 가로저었다.

"아마도 내가 전혀 모르는 언어를 사용하는 곳에."

입에서 흘러나오는 대로 말했을 뿐인데, 그것은 간절한 열망처럼 내 가슴을 내리눌렀다.

"내가 한국말로 욕을 해도 무슨 뜻인지 아무도 모르는 곳에 갈 거야."

세미가 나를 말끄러미 바라보았다.

"정말, 너는 정말 그렇게 하고 싶어?"

납득할 수 있다는 말도, 납득하기 어렵다는 말도 아니었다. 세미는 그저 그렇게 하고 싶으냐고 묻고 있을 뿐이었다.

"아마, 그런 것 같아."

갑자기 자신이 없어졌다. 어쩌면 세미가 내 마음을 눈치채고 있을지도 모른다는 의혹이 처음으로 들었다. 세미는 여기 두고, 내가 어떤 곳에 갈 수 있을까?

"준모야, 내가 이렇게 얘기할 처지는 아니지만 말이야, 나는 네가 도망가는 게 아니라면 좋겠다."

세미의 목소리가 실내에 나직하게 울려퍼졌다.

"언젠가 너하고 이런 얘길 할 기회가 있었으면 하고 막연하게 바랐던 것 같아. 하지만 그러지 못했지. 내가 겁쟁이라서 그래. 미안해."

그녀가 잠시 호흡을 가다듬을 동안 나는 눈을 들어 그녀의 옆모습을 흘끗 훔쳐봤다. 가지런한 속눈썹이 가늘게 떨리고 있었다.

"나는 네가 되어보지 않았으니까, 그럴 수가 없으니까, 네 문제에 대해서 다 안다고, 이해한다고 말하진 못해. 그건 너도 나한테 마찬가지겠지. 그렇지만 준모야, 너는 내 친구니까 나는 이거 하나는 자신 있게 말할 수 있어. 네가 정말 대단하고 용감하다는 거."

내 귓불이 얼마나 벌겋게 달아올랐는지 스스로도 믿기지 않았다.

"그리고 이건 정말 이기적인 얘기라 지금도 할까 말까 망설이는 중인데."

세미가 분홍색 혓바닥을 쏙 내밀었다 집어넣었다.

"너도 알다시피 나 은근히 왕따잖아. 너랑 지혜 아니면 친구도 없고. 내 인생에서 네가 사라지지 않았으면 좋겠어."

아무도 모른다. 바로 그 순간 하늘이 휘청, 흔들렸다는 것을. 질서정연하게 희미해져가던 별들이 살짝 몸을 비틀었고, 다시 눈부시도록 반짝이기 시작했다.

근처인 줄만 알았는데 그녀가 사는 집은 멀고 멀었다. 길고 가파른 오르막이었다. 어마어마한 크기의 집들이 늘어섰고, 그 사이사이 노란 가로등들이 경호원처럼 우뚝 서서 불을 밝혔다. 두 손을 파카 주머니에 찔러넣은 세미가 반 걸음 앞섰고 내가 뒤를 따라갔다. 그녀의 등 뒤를 지키며 이렇게 아주 오래라도 걸을 수 있을 것 같았다. 세미가 간간이 뒤돌아보았다.

"숨차지?"

"아니."

"여기 오르내리느라 내 종아리가 말씀이 아니잖아."

그녀가 매일 오가는 길이었다. 조금 전에도 나를 만나기 위해 이 긴 길을 혼자 걸어내려왔을 것이다. 심장이 찌르르해졌다.

"여기야."

세미가 커다란 대문 앞에서 걸음을 멈췄다. 뭐랄까, 현실감이 느껴지지 않는 집이었다. 세미가 부모님과 살던 낡은 아파트가 불현듯 떠올랐다. 곤충들의 배설물과 각종 배달업체의 홍보용 스티커 자국과 아이들의 무의미한 낙서로 어지럽던 현관 앞 벽. 언젠가 나도 내 발목과 같은 높이에다 작은 하트 하나를 그려넣은 적이 있던. 가로등을 등지고 있어 세미의 표정은 살필 수 없었다. 호기심이 인다고 다 입 밖에 낼 수 있는 건 아니다. 이윽고 여기 데려와준 그녀가 고마워졌다.

"준모야, 내가 나중에 다 얘기해줄게."

내 마음을 짐작한다는 듯 그녀가 먼저 말했다. 나는 '괜찮아'라고 할 수도 있고 '그래'라고 할 수도 있었다. 나는 "그래"라고 대답했다. 몇 발자국 걷다가 뒤를 돌아봤다. 내게 등을 보인 자세로 세미가 대문 앞에 그대로 서 있었다. 나는 온몸의 용기를 짜내어 하나의 이름을 소리쳐 불렀다.

"윤세미!"

그녀가 퍼뜩 뒤를 돌아보았다.

"잘 자! 좋은 꿈 꾸고."

코트 주머니 속의 마스크를 부적처럼 만지작거리며 나는 긴 언덕을 걸어내려왔다. 집에 돌아와 침대에 눕자마자 피곤이 몰려들었다. 바보. 오늘이 무슨 날인지 아느냐고 물어볼 것을. 나는 좀 후회했다. 달착지근한 후회였다. 예민하게 의식했던 것도 아닌데 그녀와 있을 동안 '악마'가 단 한 차례도 침범하지 않았다. 의사는 몹시 긍정적인 징조라며 기뻐할 것이다. 나는 혓바닥을 둥그렇게 만 채 잠들었다.

4

신은 없다. 있다. 없다. 있다. 없다. 있다.

이른 봄, 설문조사에 응해야 했다면 나는 '있다'에 동그라미를 쳤을지도 모른다. 동그라미까지는 아니어도 조금 부끄러워하며 세모 모양은 그렸을 것이다. 나는 부쩍 너그러워졌다. 처음 시작된 이래 악화되기만 하던 틱 증세가 눈에 띄게 호전되어갔다. 3월 초 외래방문에서 의사는 퍽 흡족해했다.

"잘 따라와주고 있어요. 느슨해지면 안됩니다. 규칙적인 생활이 중요해요."

결론은 규칙적으로 복용해야 하는 약을 거르지 말라는 것이었다. 틱이 줄어든 결정적 이유가 학교를 그만두고 홈스쿨을 시작했기 때문이라고 어머니는 주장했다. 어느정도 일리가 있었다. 우선은 극도의 긴장과 이완을 되풀이할 필요가 없었으므로. 일단 대입 검정고시와 미국 유학 준비를 동시에 해보자는 게 그녀가 세운 전략이었다. 국어와 영어는 전담 강사를 붙였고, 학교에 복학한 성우형이 암기과목과 복습, 예습 스케줄을 도와줄 목적으로 일주일에 두번씩 오기로 했다. 형이라는 호칭을 원한 건 성우형이었다.

"나는 선생님은 싫다. 형이라고 불러. 일곱살 차이면 아저씨라고 불리기는 좀 억울하지 않겠냐."

그는 입술이 아니라 얼굴 전체에 주름을 잡아 웃는 법을 아는 사람이었다. 그는 구태여 따지자면 좋은 사람 쪽에 가까웠다. 과외선생으로서뿐 아니라 형으로서도 그랬다고 생각한다. 형제도 없고, 남자와 우정을 나눠본 경험이 거의 없는 나는 나보다 나이 많은 남자들에 대해 약간의 선입견을 가지고 있었다. 성우형은 무례하지 않았고 나쁜 냄새가 나지도 않았다. 담배를 피우지 않고 술도 많이 마시지 않았다. 랜디 로즈가 있던 시절의 오지 오스본을 최고라고 생각하고 블랙 싸바스를 좋아하는 취향도 나와 비슷했다. 구하기 힘든 오지 오스본 1집이 고향 집에 있다면서 나중에 꼭 빌려주겠다는 약속도 했다. 서태지에 대해서는 평가를 아꼈다.

"아직은 판단 유보. 지금 당장의 결과가 아니라 음악사적으로 크게 봐야 하니까."

그러나 이렇게 덧붙이는 걸로 보아 속으론 그다지 좋아하는 것 같지 않았다.

"솔직히 나 참 대단하지 않냐? 자기보다 어린 애를 이만큼이라도 인정하는 건 보통 도량으로는 어려운 거거든."

'넌 아직 잘 모르겠지만' 따위의 단서를 붙이지 않는 점이 그의 가장 큰 장점이었다. 형이 오는 날에도 평소와 똑같이 낮 동안 빈 집에서 음악을 듣고 공부를 하고 점심을 차려 먹고 NBA 중계를 보았는데, 외롭지 않았다. 해가 나는 날에는 한강까지 걸어나가 농구를 했다.

어느날 밤이었다. 여느 때처럼 10시가 다 된 시간에 어머니가 귀가했다. 종일 아이스크림을 퍼담느라 오른쪽 어깨와 팔과 손목이 빠질 것처럼 아프다고 했다. 어머니는 성한 왼손을 움직여 간신히 양치를 하고 입속에 비타민을 털어넣고 겉옷을 바꿔 입고 성경 가방을 챙겼다. 교회에 갈 준비였다. 그러곤 오래 묵은 기침처럼 내 방문 앞에서 습관적으로 물었다.

"준모야, 한번만 같이 가보면 안되겠니?"

나는 몸을 일으켰다. 엄마는 복권에 당첨된 사람처럼 어리둥절하면서도 기쁜 표정을 감추지 못했다. 교회로 가는 내내 내 손을 꼭 붙들고 놓지 않았다. 감사의 기도도 했다. 도착하기도 전에 나는 즉흥적인 결정을 후회하고 있었다. 엄마의 교회는 장로교도 감리교도 침례교도 아닌 교회였다. 교회가 세 든 건물 앞에서 나는 주머니의 마스크를 꺼내 썼다.

건물에는 엘리베이터가 없었고 계단이 유난히 가팔랐다. 허리 관절이 별로 좋지 않은 엄마는 중간에 두어번 멈춰 서서 심호흡을 했다. 계단참에서 희미한 지린내가 났다. 실내는 넓지 않았다. 마룻바닥은 신발을 벗고 들어가도록 장판이 깔렸고, 스무명 남짓한 신도들이 나무 장의자에 드문드문 앉아 있었다. 목사는 막달 임신부처럼 배가 아주 많이 나온 중년 사내였다.

예배는 그곳이 아니라 건물 옥상에서 열렸다. 밤이 되자 기온이 영하로 떨어졌다. 검은 밤하늘에 별 하나 보이지 않았다. 예배가 무르익자 신도들이 갑자기 주머니에서 주섬주섬 무언가를 꺼냈다. 그들의 손에 들린 것은 비닐봉지였다. 검정 비닐봉지, 투명 비닐봉지, 반투명 비닐봉지, 오시오 슈퍼마켓 비닐봉지, 신사아구찜 비닐봉지, 독일제과점 비닐봉지.

"주여!"

목사가 던진 탄성이 신호였다. 신도들은 저마다 가지고 온 비닐봉지를 일제히 머리에 뒤집어썼다.

"주여! 주여! 주여!"

그들은 제각각 울며불며, 제각각 비명을 지르며, 제각각의 기도를 밖으로 뱉어내기 시작했다. 그것은 거대한 난장판이었다. 나는 넋을 잃고 그 광경을 바라보았다. 가까스로 정신을 차려보니 어머니의 머리통에도 신반포쇼핑센터의 비닐봉지가 씌워져 있었다. 펄럭이는 비닐봉지로 변신한 어머니는 이방(異邦)의 언어를 폭포수처럼 쏟아내고 있었다. 주여, 주여, 아멘, 아멘.

"벗어. 벗어."

어머니가 내 귓가에 속삭였다.

"준모야, 다 벗고 하느님한테 다 말씀드려. 죄를 다 고백해. 아멘!"

어머니가 내 마스크로 손을 뻗었다.

"하느님이 다 들어주실 거야."

어머니는 울고 있었다. 그 손을 뿌리치고 나는 그곳을 빠져나왔다. 계단을 두개씩 밟아가며 지상으로 도망쳤다.

"날씨 끝내준다."

4월의 첫 토요일, 한결 가벼워진 니트 카디건 차림으로 형이 왔다.

"벚꽃 피었더라. 준비해. 한강 가서 땀 좀 내고 짜장면 먹자. 이런 날 집에만 있는 건 죄야."

그때 형의 삐삐가 울렸다. 형이 우리 집 전화기로 전화를 걸었다.

"어, 어, 그래. 나는 준모네 집이야. 그래, 알았어. 잠깐만."

형은 빵을 급히 먹다 꿀꺽 삼킨 사람 같은 목소리로 통화를 했다. 전에 보지 못했던 모습이어서 왠지 신경이 쓰였다. 그가 통화 중에 자연스럽게 내 이름을 언급한 것도 마음에 걸렸다. 수화기를 내려놓고 형이 다가왔다.

"저, 세미인데 말이야."

차라리 내 청력을 의심하고 싶었다. 나는 형의 입술 움직임만을 바라봤다.

"세미가 지금 근처에 있는 모양인데, 이리 오라고 해도 될까?"

세미는 십분도 지나지 않아 왔다. 들어오면서 "미안해"라고 말했다. 나한테 하는 말인지 누구한테 하는 말인지 알 수가 없었다. 토요일인데, 학교에 가는 날인데, 그녀는 교복 대신 미키 마우스와

미니 마우스가 손잡고 있는 티셔츠를 입고 있었다. 장승처럼 서 있는 내 등을 성우형이 떠밀었다.
"물 좀 가져다줘."
세미는 소파 대신 마룻바닥에 앉아서 물 한모금을 조심스레 들이켰다. 상체가 비스듬하게 기울어졌다. 티셔츠 가슴팍에 그려진 미키 마우스가 한쪽 눈을 찡그렸다.
"할아버지, 더 나빠지신 거야?"
"오늘이 고비라고는 하는데."
그들의 대화를 알아들을 수 없어서 나는 절망했다.
"그런데 왜 이러고 있어? 얼른 병원 가봐야지."
"병원에 있다 왔는데."
모기만한 소리로 세미가 웅얼거렸다.
"있을 데가 없어요."
"어휴."
형이 주먹 쥔 손으로 세미의 머리를 쥐어박는 시늉을 했다. 어떤 주저도 없었다. 스스럼없고 거리낌 없는 사이에서만 가능한 행동이었다. 이제껏 내 꿈에 세미가 몇번이나 나왔을까. 꿈속에서도 꿈밖에서도 이런 장면은 상상해보지 않았다.
"모두 다 병원에 가고 집에 아무도 없었어요. 그 집에 나 혼자만 있었던 적은 한번도 없었는데, 그렇게 무서울 줄은 몰랐어요."
아침의 잠꼬대처럼 세미가 더듬더듬 말을 이었다.
"무서워서 잠이 안 왔어요. 한숨도 못 잤어요."

세미의 말은 내가 아니라 성우형을 향한 것이었다.
"꼴딱 새운 거야? 안되겠다, 일단 잠깐 눈이라도 붙여야지."
세미는 형이 하라는 대로 순순히 소파에 등을 기대고 누웠다. 형이 내 방에서 이불을 가져다 덮어주었다. 벽시계의 시침과 분침이 11시를 가리켰다. 학교에서는 3교시가 한창일 터였다. 끔찍하도록 이상한 토요일 아침이었다.
"쉿, 잠든 것 같다."
형이었다.
"며칠 전에 같이 사는 할아버지가 쓰러지셨다고 하더라. 별로 사이가 좋지 않았기 때문에 더 힘든가봐. 아, 혹시라도 오해는 하지 마. 나하고는 어쩌다보니 연락하고 지내는 거지, 뭐랄까 개인적으로 더 가까운 사이는 아니야."
그는 내게 우스꽝스럽게 보이지 않기 위해 온 신경을 집중하는 듯했다. 며칠 전이라면 언제일까. 나는 엉뚱한 단서에 집착하는 무능한 형사처럼 달력 위의 숫자들을 노려보았다. 할아버지 할머니와 같이 산다는 것만 알 뿐, 그 무시무시한 담벼락 너머 큰 집에 관한 어떤 것도 나는 아는 바가 없었다.
"애가 밝았다가 우울했다가 왔다 갔다 해서 왜 그러나 했는데 집안이 꽤 복잡한 것 같더라. 부모님 헤어지면서 오갈 데 없어진 경우들 요새 많으니까."
귀를 막을 수 있다면 그렇게 했을 것이다.
"친구들이 더 잘해줘라. 불쌍하잖아."

형이 예의, 그 사람 좋은 미소를 지었다. 내게 조금만 더 결단력이 있었다면 그 웃고 있는 실눈을 향해 주먹을 날렸을 것이다. 타인의 입을 통해 그녀가 모욕당하는 일이 또 있다면 상대가 누구더라도 다시는 참지 않겠노라고 나는 결심했다. 세미는 한시간도 못 자고 부스스 눈을 떴다.

"어머, 나 여기 왜 와 있는 거니? 되게 쪽팔리네."

씨익 웃지는 않았지만 그녀는 이미 말짱한 표정을 덮어쓰고 있었다. 닫힌 커튼 사이로 감출 수 없는 지글지글한 봄볕이 새들어왔다. 세미는 그만 가봐야겠다고 했다.

"병원으로 가라, 꼭."

성우형이 다그치듯 충고했다. 세미가 시선을 떨어뜨렸다.

"그래도 그러는 거 아니다. 나중에 후회할 게 분명한 일은 살면서 될 수 있으면 피하는 게 좋아."

그의 목소리는 지나치게 진지해서, 멋지고 나이 많은 어른으로 보이고 싶어하는 알량한 꼰대처럼 느껴졌다. 형이 내 등을 떠밀었다.

"병원까지 데려다줘."

"혼자 갈 수 있는데."

세미가 우물쭈물 말끝을 흐렸다. 그녀는 현관 앞에서 쉽사리 신발을 신지 않고 머무적거렸다. 그녀가 함께 가고 싶은 사람은 내가 아니라 성우형이었다.

"얼른 가자."

뜻밖에 내 입에서 나온 말에 나도 놀랐다. 바깥 공기는 안에서

가졌던 환상만큼 훈훈하지 않았다. 바람에 어깨가 자꾸 움츠러들었다. 우리 집에서 강남성모병원까지는 버스로 두 정거장이지만 버스를 타고 다니는 아이들은 아무도 없었다. 기분과 날씨에 따라 지하보도로 걷거나 지상으로 걷고는 했다. 오늘 기분과 날씨는 지하상가에 어울렸다. 고속버스터미널 지하의 꽃 상가를 지나면 인테리어 상가가 나오고, 거기를 지나면 옷 상가가 나왔다. 주말이라 사람이 아주 많았다. 상점마다 가게 앞에 가판대를 설치해놓아 안 그래도 좁은 길이 더 비좁았다. 키가 큰 내가 먼저 인파를 헤쳐 틈을 만들면 세미가 빠져나오는 식으로 움직여야 했다.

마주 오는 사람, 뒤에 오는 사람, 앞에 가는 사람끼리 몸과 몸을 부딪치는 정도는 이곳에서 예삿일이었다. 보폭이 점점 빨라졌다. 등에 후텁지근한 땀이 번졌다. 오직 안전하게 길을 만드는 일에만 맹렬히 몰두하다보니 마음이 조금씩 가라앉았다. 얼핏 뒤를 돌아보았다. 세미도 열심히 따라오고 있었다. 볼이 벌겋게 상기되고 입김도 뿜어져나왔다.

"야, 좀 천천히 가. 다리 길다고 자랑하냐."

투덜거리지만 싫지 않은 얼굴이다.

"저기 다 왔네. 강 남 성 모 병 원."

세미가 길 건너 병원 건물 외벽에 붙은 글자들을 또박또박 읽었다.

"맞지? 준모야, 축하해. 임무 완수했네."

"몇층이야?"

"1층 중환자실."

"그렇구나."

"어서 가."

"안에 들어가는 거 봐야지."

"나 안 들어갈 거야."

"야, 그래도."

"준모야, 내가 잘 생각해봤거든. 그런데 한 사람이 죽어간다는 건 굉장히 특별한 거잖아. 그렇지?"

"글쎄, 아마도."

"마지막이라는 건, 다시는 못 보는 거잖아. 평생 사랑했던 사람들, 인생에서 정말 중요한 사람들을."

"........."

"나라면, 마지막 순간에는, 보고 싶은 사람들만 볼 거야. 같이 있고 싶은 사람들만."

입안에 시큼한 침이 고였다.

"내가 나타나면 할아버지 기분이 별로 안 좋으실 거야. 한 사람의 마지막 기분을 그렇게 뒤죽박죽 엉망으로 만들고 싶지 않아."

"세미야."

그녀의 이름을 부를 때면 언제고 나는 부풀어질 공간이 남아 있는 노란 풍선처럼 가슴이 두근거린다.

"나 부탁 하나만 해도 돼?"

"응?"

"다음에 너 아주 급할 때, 아무도 없으면 나 한번 불러라."
나는 가까스로 털어놓았다. 세미가 픽 웃었다.
"네버. 넌 삐삐가 없잖아."
"살 거야."
"언제?"
"오늘."
그녀의 입가에 미소가 번졌다.
"바보야, 너 멀리 갈 거잖아."
"……안 갈 수도 있어."
그녀가 이번엔 히히히 소리 내어 웃었다.
"아무튼 바보. 얼른 가. 잘 가."
"넌?"
"난 로비에 좀 앉아 있다가 갈게."
세미를 거기에다 남겨두고, 나 혼자 왔던 길을 되짚어 돌아왔다. 성우형이 기다리고 있었다. 아무 일도 없었다는 듯 우리는 공부를 했다. 형이 돌아가자 혼자라는 실감이 확 와 닿았다. 거실 창을 열어보았다. 바람만으로는 봄이 어디까지 왔는지 알 도리가 없었다. 맨얼굴에 와 닿는 공기는 차지도 덥지도 않았다. 베란다에 고여 있던 뿌연 먼지가 가슴속 어딘가에 내려앉았다. 나는 호출기를 사기 위해 집을 나섰다.

5

 자동차 키는 은색이다. 그 사실을 태어나서 처음 안 사람처럼 나는 손바닥 위에 놓인 얄따란 쇠붙이를 물끄러미 내려다보았다. 금속의 느낌이 매끄럽고 선뜩했다. 키 박스에 열쇠를 꽂았다. 열쇠는 구멍에 딱 맞았다. 가끔 당연한 일이 이상하게 느껴지는 순간이 있다. 호흡을 가다듬었다. 구멍에 꽂힌 열쇠를 조심스레 돌려보았다. 부릉, 스타트 모터 소리가 나고 천천히 시동이 걸렸다. 오토 기어를 드라이브 모드에 놓고서 숨을 한번 크게 내쉬었다. 가속페달을 슬쩍 밟았다. 엉덩이가 공중으로 떠오른다고 느끼는 찰나, 바퀴가 앞으로 움직였다. 실패가 아니었다.
 "꺄아!"
 운전석에 앉은 내 모습을 발견하고 지혜는 환호성부터 올렸다. 그녀가 냉큼 조수석에 올라탔다. 나는 당황했다. 옆자리에 세미가 앉은 모습밖에 상상하지 않았기 때문이다.
 "면허 언제 땄어?"
 "안 땄는데."
 "그럼, 운전 잘해?"
 "몰라, 오늘이 처음이야."
 "아, 미쳤어 정말."
 뭐가 그렇게 재미있는지 지혜는 허리가 꺾이도록 웃었다. 세미의 생일이었다. 어머니는 가게에서 쓰는 미니 승합차의 열쇠를 주면서 트렁크에 실린 아이스크림 케이크를 가지고 가라고 했다. 차를 통째로 가지고 가라는 말은 하지 않았다. 차가 없어진 사실을 알면 그녀는 어떤 반응을 보일까. 맨 먼저 당황할 것이고 곧 화를 낼 것이고 얼굴이 붉으락푸르락할 것이다. 그러나 걱정은 되지 않았다. 하느님에게 다 일러바치고 그분으로부터 답을 구할 테니까. 그리고 머잖아 편안해질 테니까.

우리가 함께 아는 어딘가가 약속 장소인 줄 알았다. 우리가 같이 가곤 하는 곳 중 하나. 가끔 들르는 구반포의 지하 까페 '샤갈의 눈 내리는 마을'이나 '업타운', 아니면 한강 둔치일 거라고.

"아니야, 압구정동으로 오라던데? 21번 타고."

나는 21번 버스가 오기를 기다렸다. 버스는 다행히 속력을 높이지 않았다. 버스 뒤를 그대로 따라 압구정동까지 갔다. 핸들을 돌리는 방향으로 차가 나아갔다. 차는 브레이크를 밟으면 멈추고 가속 페달을 밟으면 움직였다.

"있잖아, 세미 말이야."

21번이 정류장에 잠깐 정차했을 때, 조수석에 앉아 발을 까닥이던 지혜가 입을 열었다.

"응?"

"아까 학교에서 엄청 울었다."

밑도 끝도 없는 말이었다.

"세미가? 왜?"

나는 바보처럼 물을 수밖에 없었다. 지혜도 잘 알 것이다. 세미는 울지 않는 아이였다. 그동안 세미가 눈물 흘리는 모습을 딱 한 번 보았다. 재작년 점심시간에 지혜가 가져온 귤 조각을 입에 넣다가 무심코 혀를 깨물었을 때였다. 세미의 뺨에 비현실적으로 둥그런 눈물방울들이 쉴 새 없이 뚝뚝 떨어져내렸다. 그녀는 혓바닥을 쑥 빼물어 우리에게 상처를 보여주었다. 새빨간 핏방울이 선연했다. 눈물을 닦으라고 지혜가 건네준 손수건을 세미는 혀 위로 가지고 갔다. 흰 손수건으로 혓바닥을 꾹꾹 누르면서 계속 뭐라 웅얼거렸다. 발음이 다 뭉개져서 알아듣기 힘들었다.

"아 띠, 똑팔리게 왜 다꾸 눈물이 나고 날디야. 나 월대 더얼대 안 우는데. 아이 띠 똑팔려."

"아 저 싸이코."

지혜가 깔깔 웃었다. 세미가 다시 혀를 빼물었다. 그녀의 혀는 길고 도톰했다. 연분홍색과 꿀색을 섞어놓은 살덩이에 희뿌연 구름 같은 백태가 뭉게뭉게 끼어 있었다. 나는 터무니없이 부끄러워졌다. 혓바닥은 이 세상 모든 인류의 몸에 당연히 붙어 있는 하나의 기관일 뿐이다. 그렇게 생각하려 할수록 더욱 부끄러워만 졌다. 지혈을 끝내고 나서도 세미는 계속 훌쩍였다. 못내 분하다고 했다.

"아 띠, 그만 울어야지. 똑팔려서. 히히."

세미가 절대로 울지 않는 아이라서가 아니라, 울다 말고 쪽팔린다고 히히거리는 아이라서 나는 지혜의 전언을 믿을 수가 없었다.

"왜 우는지 딱 일곱번 물어봤는데 대답을 안하더라. 처음 두번은 흐느끼느라 아무 말도 못했고, 그뒤에 세번은 '그냥'이라고 했고,

안녕, 내 모든 것 147

여섯번째 질문엔 '아이 씨, 그만 좀 물어봐'라고 했고, 마지막 일곱번째 물었을 땐 '생일인 게 싫어서'라고 했어. 생일인 게 싫다니 무슨 뜻이지?"

나는 고개를 가로저었다. 나도 내 생일이 싫지만 세미의 이유는 나와는 다를 거였다. 세미가 기다리고 있다는 까페의 실내는 굉장히 환하고 넓었다. 입구에 들어서자마자 눈이 부셔 얼굴을 찡그려야 했다. 세미는 혼자가 아니었다.

"나도 초대받았어."

성우형이 태연한 표정으로 앉아 있었다. 세미의 옆자리였다. 세미는 못 보던 옷을 입고 못 보던 표정을 짓고 있었다. 눈매가 새치름했다. 언제 울었다는 건지 얼굴에는 아무런 흔적도 남아 있지 않았다. 누가 준비한 걸까. 원형의 치즈 케이크에 벌써 초들이 꽂혀 있었다. 긴 초가 하나, 짧은 초가 여덟개였다. 차 안에 아이스크림 케이크가 있다는 게 언뜻 떠올랐지만 나는 움직이지 못했다.

"생일 축하한다! 윤세미."

성우형이 세미의 어깨에 가볍게 팔을 두르며 커다랗게 외쳤다. 스피커에서 흘러나오던 보이즈 투 맨의 달달한 노래가 끊기고 음악이 생일 축하 노래로 바뀌었다. 미리 부탁해놓은 듯했다. 세미가 입술을 동그랗게 오므려 촛불 끄는 시늉을 했다. 촛불은 하나도 꺼지지 않았다. 대신 성우형이 훅, 단번에 열여덟개의 촛불을 다 껐다. 지혜가 어색하게 박수를 쳤다. 세미는 부끄러운 듯이 잇몸을 드러내지 않고 웃었다.

세미의 생일을 지금껏 네번 같이 축하했다. 무엇이 잘못된 것일까. 내가 무엇을 잘못했나. 나는 그것만을 생각하느라 다른 건 아무것도 생각할 겨를이 없었다. 내 몸에 틱이 침투하면서부터였을 것이다. 깨어 있는 시간의 대부분은 살아야 하는 이유를 찾는 데 소모되었다. 나는 꼭 이해하고 싶었다. 왜 나인지. 납득하고 싶었다. 내가 왜 견뎌야 하는지. 어떻게든 나를 견디게 하는 갸륵한 까닭을 우격다짐으로 찾으려 했다. 어떻게든 끈을 놓고 싶지 않았다. 무엇도 세미의 잘못은 아니었다. 음악이 다시 보이즈 투 맨으로 바뀌었다. 아이 윌 메이크 러브 투 유. 실온에 오래 방치해둔 아이스크림처럼 심장이 천천히 녹아내렸다. 나는 자리를 박차고 일어났다.

그들이 눈을 껌뻑거리며 나를 올려다봤다.

"미, 미안해. *씨팔. 쿵. 쿵.*"

그들의 눈동자에 떠오른 감정은 연민과 안도감이었다.

"괜찮아?"

세미와 지혜가 동시에 물었다. 성우형이 어깨를 으쓱했다. 너를 다 이해한다는 뜻의 동작으로 느껴졌다. 오늘 그는 아주 나이 많은 어른으로 보이고 싶어하는 것 같았다.

"그래, 준모야. 나가서 바람 좀 쐬고 들어와."

"*씨팔. 쿵. 쿵.*"

아이스크림 자동차는 아까 그 자리에 순한 짐승처럼 엎드려 있었다. 나는 거칠게 시동을 걸었다. 오른발로 힘껏 가속페달을 눌렀다. 차는 계속 앞으로, 앞으로 미끄러져 나아갔다. 경부고속도로 반포 인터체인지로 달려갔다. 속도계의 바늘이 위로 치솟을수록 정신이 명료해졌다. 별 하나 없는 밤이었다.

어느 순간 팽팽한 밤하늘이 쩡, 갈라졌다.

차와 나는 그 틈새로 정신없이 빨려들어갔다. 씨팔 좆같아 다 죽여버려 개 같은 새끼들! 가슴에서 터져나오는 대로 마음껏 아무 소리나 질러댔다. 나는 나를 함부로 놓아두었다. 좆까 좆까 좆까. 세미의 이름은 부르지 않았다.

한시간 후에 아파트 주차장으로 돌아왔다. 달리 갈 곳이 없었다. 아까 차를 빼낸 자리가 그대로 비어 있었다. 어머니는 차를 움직였다는 사실조차 눈치채지 못할 터였다. 엔진을 끄고 나서야 내가 헤드라이트를 켜지 않고 달렸음을 알았다. 차들이 시속 백 킬로미터로 질주하는 한밤의 고속도로에서 나는 캄캄한 쇳덩어리에 지나지 않았을 것이다. 세미에게 생일 축하한다는 말을 결국 하지 못했다.

다음 날 아침 일찍부터 삐삐가 계속 울려댔다. 친구들과 성우형에게서 오는 것이었다. 누구에게도 응답을 하지 않았다. 삐삐 음성사서함에 도착한 메시지를 저장하지도 않고 삭제하지도 않았다. 그들의 목소리가, 현실에 존재하지 않는 시공간 어딘가에 차곡차곡 쌓였다.

어머니에게 당분간 성우형 없이 혼자 공부하고 싶다는 뜻을 전했다. 어머니는 새로운 선생을 구해왔다. 성우형보다 나이가 많고 여간해선 웃지 않는 뚱뚱한 남자였다. 움직일 때마다 겨드랑이에서 쏘시지 썩는 냄새가 났다. 그가 미안하다고 말하지 않아서, 나도 미안하다고 말하지 않았다. 내겐 그가 누구든 마찬가지였다.

나머지 시간은 거의 혼자 지냈다. 봄빛이 점점 깊어갔다. 해가 뜨면 거실 창에 커튼을 쳤다. 이 세상에 존재하는 모든 빛을 막아버리고 싶었다. 냉장고에서 꺼낸 반찬들을 전자레인지에 데울 때면 그 앞에 가만히 서서 디지털 계기판을 지켜보았다. 30, 29, 28, 27, 26, 25…… 시간이 초 단위로 줄어들어가는 것을 바라보면서 일초보다 더 정밀한 시간의 단위에 대해 생각했다. 5, 4, 3, 2, 1…… 0. 줄어든다는 것은 결국 사라지고 만다는 의미였다. 사라진다는 건 아무것도 남지 않는다는 의미였다.

1995년 봄은 유난히 더디게 지났다. 그 봄 대구에서는 지하철 공사장에 매립되어 있던 가스관이 폭발했고, 중국 산시성에서는 장평대전에서 매몰되었던 기원전 260년의 백골 유해들이 대량 발견되었다. 한동안 잠잠했었던 기억이 아득할 만큼 '악마'는 집요하고 거세게 들이닥쳐 내 몸을 점령했다. 끔찍한 욕설로부터 아름다운 세상을 보호하기 위하여 나는 되도록 밖에 나가지 않았다. 더러운 입술을 공업용 테이프와 마스크로 감추기에는 햇살이 너무 따뜻하고 보드라웠다.

어쩔 수 없이 햇볕이 강한 곳에 가면 체한 것처럼 명치가 뻐근해지곤 했다. 나는 어금니를 악물었다. 살아갈수록 점점 더 심해질 것이다. 어디로 도망친대도 벗어날 수 없을 것이다. 악마는 지구 끝까지 나를 쫓아올 것이다. 삶이 끝이 없는 싸움임을 이제 받아들여야 했다. 아직 만 열일곱이었다.

잘려나간 것들

1

"이미경씨 딸 되는 학생 맞지요?"
음성 메시지 속의 목소리는 중년 여자였다.
"학교 후문에서 기다리고 있어. 점심시간에 잠깐만 나와봐요. 후문 앞 까치분식이야. 잠깐이면 돼요. 내가 꼭 할 말이 있어서 그래."
여자는 반말과 높임말을 두서없이 섞어 썼다. 생일선물치고는 참으로 갑작스러웠다. 교정의 공중전화기를 통해 음성 메시지를 확인하고 나니 3, 4교시 수업이 귀에 들어오지 않았다. 여자는 격앙되어 있지도 화를 내고 있지도 않았다. 다만 매가리가 하나도 없었다. 죽은 사람의 목소리라고 해도 믿을 정도였다.
사실 그녀의 제안은 어이없는 것이었다. 그녀는 나에게 전적인 선택권을 주었다. 점심시간에 나는 그녀가 말한 장소에 나갈 수도 있고 나가지 않을 수도 있었다. 보통의 경우라면 당연히 나가지 않을 것이다. 엄마 이름을 들먹이는 걸로 보아 여자가 백 퍼센트 순수한 의도로 나를 찾아왔을 리는 없을 테니 말이다.

점심시간을 알리는 벨이 울리자마자 내가 잽싸게 후문을 빠져나간 건 두가지 이유에서였다. 첫째, 도저히 무시할 수 없을 만큼 여자의 음성이 절박해서. 둘째, 혹시 만에 하나라도 그녀가 엄마의 소식을 전해주러 왔을지도 몰라서. 인간은 이기적인 동물이므로 두번째 이유가 더 컸다.

그녀의 얼굴빛은 목소리보다 더 많이 파리하고 지쳐 보였다. 탁자에 손도 대지 않은 떡볶이가 퉁퉁 불어가고 있었다.

"미경씨 어디 있어요?"

맥이 탁 풀렸다. 섣부른 기대 따위 하는 게 아니었다. 기대하지 않았으면 실망도 하지 않았을 것이다. 나는 모른다고 대답했다. 그녀는 믿지 않았다.

"내가 정말 죽을 거 같아서 그래. 제발 알려주면 안되겠어요?"

아줌마의 흰자위가 토끼처럼 벌겠다.

"저도 정말 몰라요."

"해코지하려는 게 아니야. 물어보고 싶은 게 있어서 그래요."

무방비 상태로 탁자에 놓인 그녀의 두 손이 눈에 들어왔다. 손가락 마디마디가 강팔랐다.

"저도 알려드리고 싶어요."

그건 사실이었다.

"그런데 정말 몰라서 그래요."

"제발 부탁이야."

여자가 숫제 애원조로 나왔다.

"지금 한국에 없다는 것밖에 몰라요. 미국에 갔는데 연락이 안돼요."

"어떻게 그럴 수가 있어? 너무하네."

여자가 혀를 찼다. 갑자기 코가 매웠다. 불쌍한 사람 앞에서 더 불쌍해 보이고 싶지 않다. 나는 떡볶이에 묻은 고춧가루 갯수를 필사적으로 세기 시작했다. 여자가 마른침을 삼켰다.

"미경씨 만나면 꼭 물어볼 거야."

"........."

"어떻게 나한테 이럴 수 있는지. 친동생처럼 생각했는데. 우리 애 병원비 때문에 한푼이라도 나한테 얼마나 절실한지 잘 알면서. 그 마음 이용해서 어떻게 마지막까지, 그토록 철저하게 회사 입장에서 움직일 수 있느냐고. 우리가 나눴던 마음은 뭐냐고. 다 거짓말이었냐고."

이번에는 내가 마른침을 넘겼다. 이 아줌마는 이 와중에도 사람 사이의 마음에 대해 따지고 있었다. 거짓과 진실에 대해 분노하고 있었다.

"내 앞의 빚까지 책임져달라는 건 아니야. 내 욕심도 컸으니까. 하지만 우리 애 퇴원해야 되는데 더이상 꼼짝달싹할 수가 없어. 통장에 단돈 만원도 없어."

 아줌마가 울기 시작했다. 처음에는 눈물을 글썽이더니 곧이어 처절하게 흐느꼈다. 내가, 졌다. 울음이 그칠 때까지 나는 발치만 내려다보았다.

 "내 사정 제일 잘 알면서 어떻게 자기 혼자만 숨어버릴 수 있는지, 만나서 내가 꼭 물어봐야겠어. 꼭. 꼭."

 여자는 눈물 콧물 범벅이 된 얼굴로 몇번을 반복했다. 여자에게 그런 날이 꼭 오기를 나도 바라 마지않았다. 황황히 일어서면서 그녀는 삐삐 번호와 은행 계좌 번호가 적힌 메모지를 남겼다. 혹시 엄마와 연락이 되면 전해달라는 말을 잊지 않았다. 나는 그 여러개의 숫자들을 손으로 쓸어보았다. 돈만이 사람 사이의 마음을, 거짓과 진실을 판가름하고 측정할 수 있는 도구인지도 몰랐다.

 "어디 갔다 왔어?"

 다른 반으로 갈리고도 늘 도시락을 들고 우리 반에 찾아오는 지혜가 신경질을 냈다.

 "응, 잠깐 좀."

 "잠깐 나갈 일이 뭔데? 너 요즘 비밀이 왜 이렇게 많아?"

 "미안."

 "밥이나 먹자."

 지혜가 주섬주섬 싸온 것을 펼쳤다. 밀폐용기에 미역국이 들어 있었다. 한 숟가락 입에 넣었는데 어쩌자고 고깃결이 보들보들했다. 거기서 왜 난데없이 눈물보가 터졌을까. 내가 또 한번 졌다. 나는 매번 지기만 했다. 이성으로 조절할 수 없는 슬픔 속에서 나는 두 손으로 얼굴을 가리고 오래오래 울었다.

수업이 끝나고 야간자율학습을 제쳤다. 생리통이 심하다는 핑계에 담임이 "넌 한달에 두번 하냐?"라고 쏴붙였다. 그러면서도 "오늘만이다"라고 덧붙였다. 관심이 없으면 포기가 쉬운 법이다.

따라붙으려는 지혜에게 할머니가 편찮으시다고 둘러댔다. 완전한 거짓말은 아니었다. 할아버지가 갑자기 돌아가신 뒤 할머니는 자주 아팠다. 할아버지에 대한 사랑이 유난히 지극했기 때문은 아니리라. 할머니에게 할아버지와 함께하는 생활은, 아침에 세수를 하다가 콧구멍 밖으로 삐져나온 코털을 족집게로 잡아 빼는 행동처럼 너무도 익숙하게 몸에 밴 습관이었다.

"이따 꼭 만나는 거야! 우리 생일날 단 한번도 그러지 않은 적 없었잖아. 음성 꼭 남겨."

지혜가 시무룩하게 신신당부했다. 학교를 나와 은행으로 갔다. 그동안 모아둔 돈의 절반을 아까 받은 메모지의 계좌 번호로 송금했다. 보내는 사람 이름을 기입하는 곳에 엄마 이름 석 자를 정성 들여 썼다. 내가 할 수 있는 최선이었다.

은행 화장실에서 옷을 갈아입었다. 성우 오빠는 내가 교복 차림으로 나타나는 걸 질색하곤 했다. 신촌의 커피전문점에서 삐삐를 쳤다. 늘 내가 먼저 그에게 연락하고 늘 내가 먼저 그를 찾아갔다. 처음부터 그랬다. 내가 연락하지 않으면 그에게서는 먼저 연락이 오지 않았다. 한시간을 넘게 기다려서야 그를 만날 수 있었다. 성우 오빠는 나를 발견하곤 멀리서부터 손을 번쩍 치켜들고 싱글싱글 웃으며 걸어왔다. 뾰족이 곤두섰던 마음이 스르르 녹았다. 우리는 밥을 먹고 비디오방으로 갔다.

오늘 그는 유독 영화를 오래 골랐다. 「중경삼림」은 이미 두번이나 본 영화였으나 내색하지 않았다. 실내는 어두침침했다. 영화 타이틀이 시작되고 나서 얼마 지나지 않아 그가 내 어깨에 팔을 둘렀다. 조금 뒤 본격적인 키스가 시작되었다. 혀가 입안으로 쑥 들어와서 휘젓는 조심성 없는 키스였다. 나는 그가 하는 대로 맡겨두었다. 그의 숨소리가 점점 빨라지고 심장박동이 쿵쿵 울렸다. 내 숨소리도 차츰 커졌다. 그의 목에다 코를 박고 쿵쿵 냄새를 맡았다. 그가 팽팽하게 곤두서는 감각이 고스란히 전해졌다. 나 때문에 누군가가 고통스러워하는 느낌, 이 한순간 내게 절실히 매달리고 있다는 느낌이 나를 달아오르게 했다. 장난이어도 되고 게임이어도 괜찮았다. 같이 있다는 것보다, 혼자가 아니라는 것이 나는 기뻤다.

브래지어를 들추고 손가락으로 젖꼭지를 만지고 입술로 비틀고, 그러고 나면 늘 거기서 끝이었다. 숨을 헐떡이면서도 그는 절대로 더이상의 행동은 하지 않았다. 영화가 끝나면 그가 내게서 몸을 떼어냈다. 그때마다 나는 설명할 수 없는 기분에 사로잡히곤 했다. 배려받고 있다는 느낌하고는 달랐다. 그건 우리가 더 멀리까지 같이 갈 수 없다는 사실을 새삼 확인하고 확인받는 절차 같은 거였다.

비디오방 밖으로 나가기 전에 그가 옷매무새를 가다듬었다. 진지한 표정이었다.

"오늘 내 생일이에요."

나는 불쑥 말했다. 그는 약간은 당황한 듯했다.

"아, 뭐 받고 싶은 거 있어?"

"이따 친구들하고 파티할 건데, 같이 가줘요."

"그거야? 어렵지 않아."

너무도 가볍게 승낙했으므로 나는 시시해졌다.

"그리고, 같이 자요."

그날 밤, 모두 모여 생일 케이크를 자르려고 할 때 준모가 밖으로 나가 돌아오지 않았다. 실수투성이기만 한 삶이 믿기지 않았다.

2

할아버지가 없어진 한남동은 급작스러운 은퇴 후 한꺼번에 확 늙어버린 스모 선수 같았다. 할머니 역시 마찬가지여서 갑자기 열살쯤 늙은 것처럼 보였다. 희끗희끗한 새치를 염색하지 않아서이기도 했다. 카랑카랑한 목소리로 집 안팎에서 존재감을 과시하던 할머니가 저렇게 처져 골골대고 있으니 안 그래도 무거운 집 안 공기가 착 가라앉았다.

할머니가 또 머리가 아프다며 싸매고 드러누운 어느 일요일 오후, 안방에서 나오는 아빠와 정면으로 마주쳤다. 할아버지의 장례식을 기화로 아빠는 심심하면 이 집에 출몰했다. 혼자일 적도 있었고, 그 옷 못 입는 여자와 함께일 적도 있었다. 처음 그 여자를 데려왔을 땐 "아빠 친구야. 인사드려라"라며 금방 들통날 뻥을 쳤다. 나는 그때보다 더 차갑게 고개를 돌렸다. 일부러 그런 건 아닌데 고개가 회까닥 돌아갔다.

"샘!"

아빠가 나를 해묵은 애칭으로 불렀다. 대답하지 않을 것이다. 아빠가 내 팔을 향해 성큼 손을 뻗었다.

"만지지 마!"

가능했다면 더 높은 옥타브로 소리쳤을 것이다. 주방에서 순천댁 아줌마가 뛰어나왔다. 손에 부엌칼을 쥔 채였다.

"네가 오해를 하는 것 같은데."

들을 필요도 없었다. 나는 그의 곁을 총총 지나쳐 이층으로 올라갔다. 계단 아래 남겨진 아빠는 어쩌면 또 질질 짜고 있을 것이다. 중요한 순간이면 으레 그래왔듯이.

고모는 결혼 후에 한남동에 잘 들르지 않았다. 고모를 만나려면 서초동 법원 앞에 있는 그녀의 신혼집으로 가거나 밖에서 따로 약속을 잡아야 했다. 결혼 후에 고모는 쇠꼬챙이처럼 빼빼 말라갔다. 백화점에서 만나던 날, 그녀는 가지색 렌즈의 썬글라스를 쓰고 흰색 민소매 원피스를 입고 나왔다. 몸에 붙을락 말락 물처럼 흐르는 옷의 썰루엣이 마른 몸매와 잘 어울린다고 생각하다가 불현듯 불안해졌다.

"고모, 나이트 끊었잖아? 그치?"

내가 기어이 확인하자 그녀가 모처럼 만에 생기있게 웃었다.

"그 재밌는 걸 왜 끊어야 되는데?"

"고모!"

"아, 자주는 안 가. 집 비는 날에만 가지."

고모부가 외박하는 날을 의미했다. 생각보다 그런 날이 잦은 것 같았다.

"걱정돼? 부킹이라도 하다가 딱 걸릴까봐? 걸려서 쫓겨나기라도 할까봐?"

"그래도."

"걱정 마. 놀러 가는 거 아니야. 춤추러 가는 거지."

노는 것과 춤추는 것이 어떤 차이가 있는지 내가 알 턱이 없었다. 고모가 제 가슴께를 가리켰다.

"여기가 답답하고 얹힌 것처럼 속이 메슥거릴 때는 다른 즉효약이 없거든. 뭐 다른 거 알면 나 좀 가르쳐줘라."

고모가 눈썹을 찡긋거렸다. 모든 게 옛날로 돌아간 것 같았다. 옛날,이라는 말 속에는 무조건 그리워지게 만드는 특수 페로몬이라도 들어 있는 걸까. 고모의 결혼식 이전, 우리가 함께했던 삶이 아주 오래전 일인 것처럼 막막했다. 안 그러려고 해도 예전 일이 자꾸 생각났다. 할아버지가 새벽에 귀가하는 고모의 안면부를 강타해 난리가 났던 게 일년 전이었다. 일년은 어떤 시간일까. 참기름을 발라 막 찜통에서 쪄낸 바람떡처럼 윤기가 자르르하던 한 아가씨의 낯빛이 잿빛 그늘로 뒤덮이기에 충분할 만큼 긴 시간이었다.

"믿을게. 그렇지만 안 들키게 조심해."

정확히 뭘 믿는다는 건지도 모르면서 나는 충고했다. 착한 조카 딸처럼 고모가 고개를 끄덕였다.

"엄마는 어떠시니?"

"음, 여기저기 아프신가봐."

"그렇구나."

고모가 오렌지주스를 쉼 없이 들이켜고 나서 말했다.

"넌 모르겠지만, 너라도 거기 있어서 다행이라는 생각 들어. 안심이 돼. 넌 요즘 어때?"

"나? 나는……"

말문이 막혔다. 나는 요즈음 어떤가. 나의 초여름은. 석차는 여전히 중간을 맴돌고, 뺨에 때 아닌 여드름 두개가 불거졌고, 키가 일 센티미터쯤 자란 것 같다. 담임은 삼십대 중반의 과학 선생이었는데 학기 초부터 확고한 원칙을 고수하고 있었다. 지난번 시험의 반석차에 따라 자리를 배정하는 것이었다. 학기 초 나는 22등의 책상에서 출발해 6월 현재는 27등의 책상까지 밀려났다.

"반 평균 깎아먹는 것들은 교실 안에서 숨도 쉬지 마."

그래서는 아니지만 학교에서는 크게 숨이 쉬어지지 않았다. 합법적으로 자퇴를 한 준모가 자주 떠올랐다. 부럽다는 의미는 아니었다. 피시통신은 거의 하지 않고, 바보 삼총사처럼 붙어 다니던 친구들과도 거의 한자리에 모이지 못했다. 지혜는 부모의 성화대로 본격적인 입시 준비에 돌입해 늦게까지 학원 수업을 받았고, 준모에게 치는 무선 호출은 응답이 없었다. 지혜도 나도 준모의 이름을 먼저 꺼내지 않았다. 둘 다 준모를 걱정하고 있는 건 분명했지만 우리는 각각 삼각형의 다른 끝에 매달려 대롱거리고 있었다.

고모에게 성우 오빠 얘기를 털어놓으려다 관두기로 했다. 일곱 살 많은 대학 복학생과 만나고 있다는 말을 듣고 나서 고모가 보일 반응이 두려웠다. 아니, 남들에게 설명할 때 우리가 과연 어떤 관계라고 해야 하는지를 모르겠기도 했다. 손까지 흔들어 고모와 헤어지고 나서야 오늘 단 한순간도 그녀의 눈동자를 보지 못했다는 사실을 깨달았다. 고모는 실내에서 내내 썬글라스를 벗지 않았다.

후텁지근하고 무더운 나날이 계속되었다. 학교에서 한 정거장 떨어진 거리의 백화점이 무너졌다는 소식이 며칠 후 온 도시를 강타했다. 고모와 함께 오렌지주스를 마셨던 그곳이었다. 뉴스가 학교에 전해졌을 때는 정규수업이 끝나고 저녁 자율학습이 막 시작되려던 참이었다. 교정에 두개뿐인 공중전화 부스에 줄이 수십 미터 늘어섰고 자율학습은 취소되었다. 옥상에 올라가 바라보니 정말로 멀리서 거대한 먼지구름이 피어오르고 있었다.

"엄마가 연락이 안돼. 우리 엄마 거기 자주 간단 말이야."

지혜는 안절부절못했다. 엠이 아니라 엄마라고 하는 걸 꽤 오랜만에 들어보았다.

"6월 18일에는 지하 빵집에서 식빵과 곰보빵, 마들렌을 사왔고, 6월 7일에는 사촌조카 돌날 선물할 아기 원피스를 사왔어. 흰색 공단에 퍼프소매, 밑단에 분홍색 리본 테이프를 두른 옷이야. 날짜를

봐. 11일마다 한번씩 갔잖아. 확률상 오늘이라고. 거기 갇힌 게 분명해."

집도 연구실도 전화를 받지 않았기 때문에 그녀는 거의 초주검 상태가 되었다.

"넌 전화 안해?"

지혜를 따라 전화 부스 앞에 선 나에게 누군가 물었다. 교복 치마 주머니 속에서 삐삐가 연달아 진동했다. 한남동 집과 고모 집 번호였다. 일단 할머니와 고모는 별일 없다는 증거였다. 석양이 질 무렵, 무너진 콘크리트 건물로부터 쏟아져나온 분진이 하늘을 뒤덮었다. 추가 붕괴의 위험이 있을지도 모르니 전교생은 서둘러 집으로 귀가하라는 교감의 특별방송이 있었다. 인근 도로가 전부 아수라장이었다. 경광등을 켠 구급차들이 줄지어 달려갔다. 간신히 한강을 건너 한남동에 도착했다. 온통 북새통인 강남과 달리, 유엔빌리지는 괴이쩍을 정도로 과도한 정적에 잠겨 있었다.

할머니는 텔레비전의 긴급 뉴스 속보를 보고 있었다. 늦가을에나 입을 것 같은 두꺼운 털 카디건을 잠옷 위에다 걸친 채였다.

"어딜 돌아다니다 온 거냐?"

할머니가 다짜고짜 소리를 질렀다. 텔레비전 화면에 무너진 분홍색 건물 더미가 비쳤다. 갑자기 헛구역질이 솟았다. 나는 화장실로 뛰어가 변기에 고개를 박았다. 흰 침만이 끊어지지 않고 길게 이어져나왔다.

"그놈의 삐삐에 답도 없고! 어떻게 너는 휴대폰도 없이 다니니?"

할머니가 성마른 음성으로 화를 냈다. 당혹스러웠다.

"죄, 죄송해요."

"어딜 가 있는지 알 수가 있어야지, 원."

"저는 학교에, 있었는데요."

"내일 당장 전화기부터 하나 사라."

"학교에는 못 가지고 다니는데."

"아니, 왜?"

할머니는 진심으로 의아해했다.

"가지고 가면 선생님들이 압수해요."

"그런 법이 어디 있어? 자기들이 사준 것도 아니면서."

할머니가 계속 화를 냈다. 거대한 사고 앞에서 할머니가 나를 걱정하고 있었다는 사실이 놀랍기도 하고 왠지 슬프기도 했다. 여기가 어디인지, 내가 어디를 살고 있는 것인지 나는 점점 더 알 수가 없어졌다.

"있을 수도 없는 일이 일어났습니다. 이것은 참혹한 인재입니다, 인재!"

뉴스 속보의 앵커가 전율하고 있었다. 할머니가 미동도 없이 화면을 응시했다. 할머니의 옆모습은 그저 벙벙해 보였다. 그녀를 가격한 흉기는 날카롭고 예리한 칼날이 아니라 둔중한 무쇠냄비 밑바닥 같은 것이었다.

"세상이 정말 망하려나보다. 신호가 온 거야."

할머니가 혼잣말을 했다. 전화벨이 울렸다.

괴란 아이

김려령 외 지음, 박숙경 엮음 | 208면 | 9,500원 | 2013년

'진짜' 청소년소설이란 이런 것이다!

7인의 대표 작가가 선보이는 청소년문학의 일곱 가지 스펙트럼

이번에 모인 작품은 결코 만만하고 소소한 이야기가 아닙니다. 무대는 중학교 교실부터 미래의 우주 공간까지 넘나들고, 주인공으로 등장하는가 하면, 주제도 인생 그 자체의 핵심으로까지 파고들어 갑니다. 예상보다 훨씬 단단하고 깊은 이야기들이 모였습니다. 해설 중에서

옷장 속의 세계사

이영숙 지음 | 200면 | 11,000원 | 2013년

"오늘은 어떤 세계사를 입으셨나요?"

청바지에서 비키니까지, 옷에 얽힌 세계사 사건들

예술복학 옷은 청소년들에게 반드시 권하고 싶은 책이다. 단순히 관련 사항을 나열하는 것이 아니라, 매우 설득력 있는 문장으로 읽는 이를 순식간에 끌어들인다. 문화일보

창비 팟캐스트 라디오 책다방 radio.changbi.com

책 속에 사람이 있다 · 길이 있다 · 즐거움이 있다 · 감동과 재미 · 바라이어티 북토크쇼

창비
베스트셀러

안녕, 내 모든 것

정이현 장편소설 | 252면 | 12,000원 | 2013년

"오래 간직하고 싶은,
쓸쓸하고 단단한 소설"

천천히 빛나던, 돌이키고픈 청춘에 전하는
정이현의 특별한 안부

90년대를 겪은 세대가 전적으로 동감할 수 있는 질문한 고백, 짙은 세대의 삶과 고민을 담백한 필치로 포착한다. 문화일보

문단의 맏이이자 정이현의 역량을 만든 90년대에 대한 애정이자, 아무도 연하지 않는 그 시대를 향한 호명인 동시에 작별이기도 하다. 동아일보

너를 봤어

김려령 장편소설 | 204면 | 12,000원 | 2013년

"2013년, 당신의 심장을
두드리는 최고의 소설"

지독한 사랑, 뜨거운 반전
『완득이』작가 김려령의 놀라운 변신

강도가 세다. 아픔고 삭막한 삶에 찾아온 단 한 번의 연인. 그 사랑을 애틋하면서도 격렬하다. 한겨레

인생의 아픔을 아는 사람 이야기. 중앙일보

여행

정호승 시집 | 128면 | 8,000원 | 2013년

사랑하는 당신의 마음속으로
여행을 떠납니다

등단 40주년을 맞은
시인 정호승의 특별한 시집

절벽에 매달려서도 끝내 꽃구기를 포기하지 않는 준재의 아름다움이여, 한 시인이 시를 일으며 30년 세월을 훌쩍 지났다, 내 생의 단 한 행복이 이름이다. 문재구(시인)

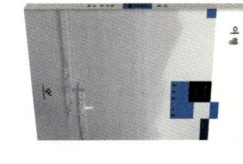

키스를 원하지 않는 입술

김왕택 시집 | 120면 | 8,000원 | 2013년

욕망의 시대에 맞서는
진정한 서정의 힘

시인은 순수 이면 무소유로 돌질적 욕망에 포섭돼 삶의 진정한 가치와 원칙 행복에서 멀어져가는 시대를 통렬하게 일갈한다. 서울신문

깊은 사유를 여겨주는 시집이다. 새로운 시적 갱신에 성공하고 있다는 경애서 이번 시집이 가지는 각별하고 할 것이다. 국민일보

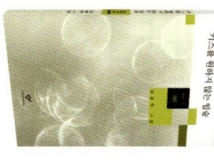

창비아동문고 대표동화 35

권장연령 외 동화 | 사전선 외 그림 | 각권 150~450면 양장
각 권 8,000~12,000원, 세트 315,000원 | 2013년

어린이책의 결정판!

권장부터 황선미까지, 한국아동문학 최고의 걸작선

1977년 출범한 창비아동문고 270여 권 가운데 대표동화를 골랐으니 이 동화들만 잘 읽어도 아이들은 미래의 주역으로 성장할 수 있을 것이다. 한기호(한국출판마케팅연구소장, '학교도서관저널' 발행인)

창비아동고에서 엄선한 이 책들은 우리 아이들을 위한 미래의 문학교과서로 손색이 없는 동화집이 될 것이다. 김제곤(아동문학평론가, 초등학교 교사)

내 이름은 구구 스니커즈

김우경 동화 | 오정택 그림 | 92면 | 9,000원 | 2013년

2013년 창비 '좋은 어린이책' 기획부문 대상 수상작

빼빼 홈스타킹을 신은 사랑스러운 꼬마의 탄생!
배추머리 구구의 신통방통 모험담!

작품 전체를 관통하는 유쾌하고 시원한 에너지가 읽는 아이에게도 쏟아낼 듯하다. 춤추고 가로지르고 엎어지고 뒤집히는 가운데 구구 스니커즈의 모험담은 한결같이 청량한 매력으로 다가가지 않을까, 당당하고 색깔 '한국의' 빼빼 홈스타킹이 탄생이다. 한겨레

기호 3번 안석뽕

진형민 장편동화 | 한지선 그림 | 152면 | 9,500원 | 2013년

2013년 창비 '좋은 어린이책'
고학년 장작부문 대상 수상작

새 학교 만드는 기호 3번 안석뽕,
재래시장 지키는 떡집 아들 안석뽕!

재래시장 떡집 아들 안석진의 좌충우돌 전교 회장 출마기가 유쾌하게 펼쳐지면서 재래시장 앞에 들어선 대형 마트 문제를 함께 담았다. 한국일보

아이와 함께 자라는 부모

서천석 지음 | 332면 | 14,800원 | 2013년

우리 시대 대표 육아멘토
서천석의 신간

사춘기 아이 때문에 고민인 아내에게
아이에게 미안한 마음뿐인 남편에게

이 책은 육아에 대한 프레임을 제시한다. 먼저 아이 부모들을 점차하지 않는다. 그저 지금 이 자리에서 할 수 있는 일부터 천천히 시작해보자고 부모들에게 손을 내민다. 한겨레

창비 그림책, 한국 최초 라가치상 대상 2회 수상!

눈

이보나 흐미엘레프스카 글·그림 | 이지원 옮김 |
80면 | 16,000원 | 2012년

2013년 라가치상 픽션 부문

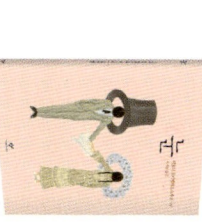

마음의 집

김희경 글 | 이보나 흐미엘레프스카 그림 |
64면 | 12,000원 | 2010년

2011년 라가치상 논픽션 부문

진정한 인간다움에 이르는 길을 보여 주는 책이다. 실사구

행복 스트레스

탁석산 지음 | 248면 | 13,000원 | 2013년

"그래서 당신은 지금 행복하십니까?"

우리 시대를 대표하는 대중 철학자 탁석산이 행복 중독사회, 대한민국을 해부한다.

'시대의 멘토들이 내세우는 '행복 만트라'를 비판하고 대안을 제시한다. 자신도 모르게 강요당하는 '행복 스트레스'를 개념화한다. _경향신문_

그 노래는 어디서 왔을까

공선옥 장편소설 | 264면 | 13,000원 | 2013년

그 분노 우리를 대신해 울어주던 여자가 있었다

아픈 세상에 들려주는 불꽃 같은 노래

공선옥의 이 소설에 어떤 '주의'라는 이름을 붙일 수 있다면 그것은 여성주의라기보다는 '약자주의'가 될 것이다. _황경신_

악한 이들의 노래에 귀를 기울이는 작가, 북 녘에 무관심한 사회에 북을 말하는 작가, 그의 소설은 허구가 아니라 기억의 집적물이다. _경향신문_

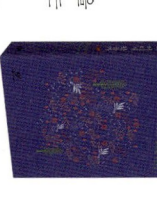

330만 독자의 선택 대한민국에서 가장 널리 읽힌 인문서

인간과 역사와 예술이 어우러진 기행 인문학의 백미

전국적인 답사 신드롬을 불러일으키며 인문서 최초의 밀리언셀러를 기록한 『나의 문화유산답사기』가 300만부 판매를 돌파한 데 이 어, 2013년 출간 20주년을 맞았다. 2012년 출간된 제7권 '돌하르방 어디 감수광'까지 전권이 함께 읽는 우리 문화의 이야기 『나의 문화유산답사기』 는 생생하고 흥미진진한 우리 문화유산의 세트로 구성되었다. 이 답사기의 명성과 답사 열풍을 경험했던 세대는 물론 이후의 세 대들에게도 우리 국토와 문화유산에 대한 인문과 인문지식을 돋우 어 줄 것이다.

1~6권 각권 값 16,500원 / 7권 값 18,000원

소장하고 싶은 책·선물하고 싶은 책

제1권	남도답사 일번지
제2권	산은 강을 넘지 못하고
제3권	말하지 않는 것과의 대화
제4권	평양의 얼굴 개었습니다
제5권	다시 금강을 예찬하다
제6권	인생도처유상수
제7권	돌하르방 어디 감수광

문명의 빛은 한반도부터!

그 빛을 받아 화려하게 피어난 일본 문화의 꽃

2013년 여름, 『나의 문화유산답사기』 일본편 1·2 출간!

유홍준의 새로운 인문학적 신드라마를 풀기 위한 인문학의 핵심을 말한다. 불행한 과거사에서 신드러블을 풀기 위한 인문학적 도전이 시작된다.

『나의 문화유산답사기』, 일본편

제1권 규슈: 빛은 한반도로부터
제2권 아스카·나라: 이소카미 들판에 백제꽃이 피었습니다

행복을 파고드는 통찰력 이 책은 그것이 무엇인지 일본 문화에서도 유홍준에게 진답이 아닐까. 우리 일본 근대문화유산답사기 지식경영에서도 스시처럼 그리고 건축적 지체를 책 화한다. _안현식(건축가)_

책 읽기의 즐거움을 넘어서 가슴 뭉클 감동을 느끼 게 되는 것이다. 책장을 덮고 나면 한편에 마무리 되는 깨달음이 남는다. _임수정(배우)_

"나다. 괜찮지, 그럼."

나는 이층으로 오르려다 걸음을 멈추었다. 할머니의 목소리로 미루어 누구의 전화인지 짐작이 갔다.

"내가 대낮에 쇼핑하러 돌아다닐 정신이 어디 있나. 그래, 세미도 멀쩡하다. 그럼 애가 그 시간에 학교에 있지, 백화점에 왜 가 있겠냐."

수화기를 내려놓으려다 말고 할머니가 한마디 덧붙였다.

"느이 댁도 별일 없지?"

아빠가 그 여자와 함께 산다고는 예상했었다. 하지만 할머니 입에서 공식적으로 '댁'이라는 호칭이 나오자 마음이 걷잡을 수 없이 요동쳤다. 지혜네 엄, 아니 엄마는 백화점이 아니라 싸우나에 있었다고 했다.

"말도 마. 미치겠어. 목욕탕에서 때 미느라고 까맣게 몰랐대. 아무튼 제정신이 아니야."

지혜의 목소리가 새털처럼 가벼웠다. 다행이었다. 나는 삐삐를 공연히 만지작거렸다. 엄마가 살아 있다면, 그 가정 앞에서 목이 메었다. 엄마도 어디선가 이 뉴스를 들었을 것이다. 나를 잊지 않았다면, 나를. 삐삐에 남아 있는 번호들을 다 지웠다. NO PAGE. 성우 오빠한테서는 역시 아무 연락도 없었다. 내가 죽기라도 해서 먼저 연락을 하지 않는다면 그는 영원히 내 안부를 확인하지 못할 것이다. 각진 얼음 조각을 억지로 삼킨 듯 목구멍이 아렸다. 자정께 받자마자 끊는 전화가 한통 걸려왔다. 엄마도, 성우 오빠도 이 집 전화번호를 알 리 없었다. 서툰 희망이 생 전체를 서서히 좀먹어가게 놔둘 수는 없었다. 단호하게 체념하는 법을 배우기에 적절한 밤이었다.

3

백화점 붕괴 현장으로부터 분진이 날아들었다. 검은 가루 같은 먼지는 허공을 떠돌아다니다가 교실의 창틀 틈새에 다닥다닥 내려앉았다. 학교에서는 이틀이 멀다 하고 대청소를 시켰다. 마른걸레로 박박 문질러도 미세먼지는 잘 닦이지 않았다. 물을 흠뻑 적신 천 조각에 소금을 묻혀 닦으면 된다는 정보가 전해졌다. 굵은 소금이 가득 담긴 양동이가 각 학급당 하나씩 배당되었다. 아무도 안 볼 때에 나는 검지 끝으로 소금 알갱이를 찍어 입술 안쪽에 대보았다. 소금은 짰다. 눈물의 맛과 비슷했다.

자율학습 대신 소금걸레로 창문을 닦던 아침, 고모한테서 8282가 붙은 호출이 왔다. 불길한 기운이 심장을 훑고 지나갔다.

"세미야, 너 수업 언제 끝나니?"

무슨 일이 있구나,라고 대번에 예감할 수 있는 어투로 그녀가 물었다. 그게 다였다. 아침 8시 반이었다. 맹장이라도 터지지 않는 한 학교에서 빠져나갈 방법은 없었다. 나는 무기력하게 교실로 돌아왔다.

점심시간이 지나 5교시는 문학 시간이었다. 늘 무릎 위에 찰랑거리는 치마를 입는 젊은 여교사가 들어왔다.
"휴, 애들아."
선생이 코를 감싸쥐는 시늉을 했다.
"환기 좀 하고 살자, 제발."
오후 수업에 들어오는 교사들은 으레 냄새를 지적하곤 했다. 교실에서는 항상 냄새가 났다. 도시락 반찬통의 배추김치 조각이 교실 바닥에 떨어진 채 삭아가는 냄새, 누군가의 생리대에 묻은 선혈이 실온의 공기와 만나 부패되는 냄새, 제대로 빨지 않고 사물함 속에 처박힌 체육복의 겨드랑이에 고인 냄새. 그 여러 형태의 냄새들이 무질서하게 뒤섞여 새로이 만들어진 지독한 악취가 교실을 둥둥 떠다녔다.
"창문 좀 열어."
"안돼요. 먼지 들어온다고 담임샘이 절대 열지 말랬어요."
웃음소리가 꼭 닫힌 유리 창문 너머, 멀리까지 새어나갔을 것이다. 그 생각을 하자 나는 무심코 웃다 말고 이상한 두려움을 느꼈다. 지역사회가 안정될 때까지 당분간 보충수업과 자율학습 없이 정규수업만을 한다는 학교 방침이 전해졌다. 아이들이 환호성을 질렀다. 3시였다. 예상보다 빨리 고모에게 달려갈 수 있을 것 같았다. 지혜가 팔짱을 껴왔다.
"영화 보러 가자."
그애는 극장별 현재 상영작을 읊기 시작했다.

"씨네하우스 1관 당신이 잠든 사이에, 2관 뮤리엘의 웨딩, 3관 엄마에게 애인이 생겼어요."

"안돼, 오늘은."

"왜? 나 오늘 학원도 쉬는 날이란 말이야."

"고모한테 좀 가보려고."

"또 고모야?"

"응, 무슨 일이 좀 있나봐."

"야, 정말 고모 만나는 거 맞아?"

나는 지혜를 무척 좋아한다. 열살부터 시작된 나의 십대에, 지혜가 옆에 없었다면 맨발로 얼음 연못 위를 쭉쭉 미끄러지는 아이처럼 두렵기만 했을 것이다. 그렇지만 가끔은 스케이트를 팽개치고 멀리로 도망가고 싶어진다. 준모가 학교를 떠난 이후 나에 대한 지혜의 집착은 점점 심해졌다. 속내를 다 털어놓을 정도는 아니어도 나는 반 아이들 몇몇과는 쉬는 시간 매점에 같이 가서 이런저런 가벼운 수다를 떨 정도의 친분을 유지했다. 이런 나와 달리 지혜는 한 학기가 거의 다 가도록 새 학급에서 새 친구를 사귀기는커녕 아예 입도 뻥긋하지 않는 것 같았다.

"아무도 새로 알고 싶지 않아. 충분히 머리가 터질 것 같다고."

지혜의 단골 레퍼토리였다.

"정말 고모라면, 나도 같이 갈래."

한남동 집이라면 데려가기 부담스러우나, 오십평짜리 고모네 집이라면 피차 부담 없이 친구와 같이 갈 수도 있었다. 어릴 때부터 아파트에서 자란 우리에게 아파트는 좀 넓어도 그러려니 하고 마는 주거공간일 뿐이었다. 내 눈으로 가늠하기 어려운 으리으리한 공간 앞에서는 일단 주눅이 들었지만 깜냥으로 대충 평수가 예측되는 아파트에서는 그게 좀 덜했다. 지혜가 눈동자를 반짝이며 내 대답을 기다리고 있었다. 나는 고개를 절레절레 저었다.

"미안, 아무래도 오늘은 안되겠어."

지혜가 금방 샐쭉해졌다.

"알았어."

지혜가 짜증스럽게 내뱉었다. 지혜는 집 안에서만 키우는 새끼고양이 같았다. 낯선 상대를 향해서는 뾰족한 발톱을 세우지만 알고 보면 몰캉몰캉하고 감정도 변화무쌍했다. 어떻게 해야 할지 몰라서 나는 눈만 끔벅거렸다. 지혜가 양미간을 확 찌푸렸다.

"나 먼저 간다."

나는 반사적으로 지혜의 뒤를 따라 교문을 나섰다. 침묵은 깨지기보다 아슬아슬하게 유지되기가 더 어려웠다. 먼저 등을 보인 쪽은 지혜였다.

"안녕."

"그래, 안녕."

교문 앞에서 우리는 하나 마나 한 인사를 나누고 반대 방향으로 갈라졌다. 날이 흐렸다. 습습한 바람이 불어왔다. 감색 교복의 플레어스커트 자락을 펄럭이며 지혜는 멀어져갔다. 지금이라도 크게 이름을 부르면 그애가 못 이기는 척 뒤돌아설 것임을 알았다. 그러나 나는 그애의 이름을 부르지 않을 것이다. 더 머뭇대지 않고 나는 고모를 향해 걸음을 옮겼다.

고모는 침대에 반듯이 누워 있었다. 나는 처음에 고모가 숨을 쉬지 않는다고 생각했다. 손에 잡히는 걸 모조리 방바닥에 투척했는지 방바닥은 각종 가재도구가 널브러져 엉망진창이었다. 고모는 얼굴 전체가 시푸르뎅뎅했다. 팔과 다리도 멍투성이였다.

"어, 어떻게 된 거야?"

말이 막 떨려 나왔다. 고모가 나를 안았다.

"나도 모르겠어."

"맞은 거야? 그 사람한테? 고모, 이게 말이 돼?"

"아니, 안돼. 말이 안돼."

"어떻게 할 거야?"

"헤어질 거야, 빨리."

그러나 좀 진정이 된 뒤에 고모는 다른 소리를 했다.

"그쪽도 만만치 않게 맞았어."

숫제 쌍방과실이라 주장했다.

"둘 다 다혈질이라 그래. 스치기만 했는데도 바로 이러네. 내가 원래 피부가 약하잖니."

차마 들어줄 수 없는 변명을 늘어놓는 그녀의 심리상태를 나로서는 이해하기 힘들었다.

"고모, 일단 집에 가자. 가서 할머니한테 말하고 무슨 조치를 취해야지."

"세미야, 나 안 가. 못 가."

"왜?"

"엄마가 결혼 준비할 때부터 탐탁지 않아 했잖아. 엄마가 자기 말 틀린 적 없다며 큰소리치는 모습 보기 싫어. 걱정 끼치기도 싫어."

"그럼 경찰서를 가든가."

"그러려고 너 부른 거 아니야."

고모가 제법 어른처럼 말했다.

"어려운 부탁인 거 아는데, 너 말고는 부탁할 사람이 없어."

고모는 나에게 임신 테스트기를 사다달라고 했다.

"내가 이 꼴로 사러 갈 수는 없잖아. 근데 불안해서 못 기다리겠어."

고모를 위해 그동안 약국에 꽤 여러번 갔다. 술 깨는 약, 생리통 약, 모기 물린 데 바르는 연고 심부름을 한 적도 있었다. 나는 속이 답답해서 참을 수가 없었다. 미성년자로서 엉뚱한 오해를 살까봐서가 아니었다. 그딴 건 하나도 중요하지 않았다.

나는 냉장고를 뒤져 얇은 생고기를 꺼냈다. 안심으로 추정되는 핏빛 고깃점을 얄따랗게 펼쳐 비닐 랩으로 감싼 뒤 시푸르뎅뎅한 상처 부위에 살며시 붙였다. 어디 가서 대놓고 할 만한 자랑은 아니지만 부부싸움이 잦은 집에서 자라나면 이 정도는 자연스럽게 할 줄 알게 된다. 할아버지에게 쥐어터진 고모 얼굴에 생고기를 붙였던 때가 차라리 낭만적으로 느껴질 지경이었다. 고모에게 따뜻한 녹차를 타주고 가재도구들을 대강 정리한 다음 약국으로 갔다. 임신 테스트기 두개와 멍 빨리 빠지는 약을 주문했다. 약사는 내 얼굴을 흘긋 무성의하게 쳐다보고는 그것들을 내주었다. 약봉지를 가방 안 깊숙이 집어넣었다.

고모의 결과는 양성, 나의 결과는 음성이었다.

4

불행은 틈을 주지 않고 들이닥친다. 해석하거나 납득하려 들 필요는 없다. 해석되지도 납득되지도 않는 것, 그것이 불행이 가진 본성이니까. 이상한 낌새를 채고 어, 어, 어쩌지, 하는 순간에 불행은 토네이도처럼 사정없이 휘몰아친다. 정신을 차려보면 움푹 꺼진 구덩이와 그 주변에 어지러이 널린 일상의 잔해뿐이다. 잔뜩 물때가 끼어 있는 불투명 욕실 슬리퍼 한쪽. 그런 것만이 우리가 간신히 목격할 수 있는 불행의 실체이다. 끊임없이 사건 사고를 일으키던 부모 덕분에 나는 일찍이 그것을 깨우쳤다.

만 열일곱인 나도 짐작하는 것을 한남동 식구들은 몰랐다. 무지는 무시에서 비롯되는지도 모른다. 고모는 병원에도 가지 않고 아무한테도 말하지 않고 그저 배 속의 아이를 방치했다. 태아는 점점 자라나고 있을 것이다. 손가락도 생기고 발가락도 생기고 눈도 입도 코도. 그 상상을 할수록 나는 조급해졌다. 더 늦기 전에 빨리 어떻게 해야 할 텐데. 걱정이었다.

  할머니의 경우는 더 심했다. 지난 몇달 사이 이 집에 연속적으로 일어난 불행들에 대한 할머니의 태도는 확실히 독특했다. 무조건 시치미 떼기로 일관한 것이다. 할머니는 마치 아무 일도 일어나지 않았다는 듯이 행동했다. 할아버지가 돌아가신 뒤 할아버지 회사의 재무구조가 실은 엉망진창이라는 사실이 드러났다. 그 와중에 장남이랍시고 아빠가 끼어들어 어설프게 권리를 행사하려 했고, 다른 주주와 경영진들이 이를 받아들이지 않아 분쟁이 일어났다고 했다. 나로서는 알 수 없는 민사소송들이 시작되었다. 그러나 할머니는 그 모든 일을 모르는 척했다.

  불운 앞에서 겸손해지라는 말은 할머니에게는 통하지 않았다. 할머니는 겸손은커녕 불운의 존재조차 무시하기로 작정한 모양이었다. 그녀는 자신의 인생에 행운의 빛이 아닌 컴컴한 그림자가 드리우려 한다는 자체를 받아들일 수 없는지도 몰랐다. 실제로 할머니의 삶은 겉보기에 크게 달라지지 않았다. 밖에 나갈 때는 여전히 기사가 운전하는 쎄단의 뒷자리에 앉았고 가정부의 손으로 지어진 밥을 먹었다. 특이점이라면 새로운 운전기사는 대개 열흘, 새로운 가정부는 보름을 버티지 못하고 짐을 싼다는 점이었다. 역시 고용인들이 가장 눈치가 빨랐고 집에 있는 가정부보다 외부와 접촉하는 기사가 정보 습득 면에서 훨씬 유리한 것 같았다. 할머니는 개의치 않고 새로운 인력을 속성으로 구해다 빈자리를 채웠다.

  "어디 진득한 사람 없나?"

이즈음 할머니 방에서 새나오는 통화 소리를 엿들어보면, 마치 가까운 장래에 직업소개소를 차릴 작정으로 시장조사 중이라는 착각이 들 정도였다.
"엉덩이 무겁고 입 무겁고 깔끔한 사람. 그래, 그래. 아무튼 요즘은 하나같이 배들이 불러서는."
순천댁 아줌마가 나간 뒤 한달 새 가정부가 두명이나 바뀌었다. 며칠 전 새로 온 아주머니마저 그만두었다. 취직부터 퇴직까지의 기간이 사흘이니 이례적으로 짧았다.
"집이 너무 커서 힘드셨죠?"
그래도 학생에게는 정이 들었다며 작별 인사를 하는 아주머니한테 슬쩍 물어봤다.
"그것도 그렇지만……"
아주머니가 말끝을 얼버무렸다. 그녀가 현관 앞의 물소 머리통을 가리켰다.
"저 대가리 때문에 그래. 들락날락할 때마다 오장이 다 내려앉는 것 같아. 눈을 감고 다닐 수도 없고."
"저거 진짜 머리 아닌데요."
"알아. 누가 모르나, 말이 그렇다는 거지. 내가 원래 건강한 사람인데 이상하게 이 집 들어오고 나서 자꾸 여기저기가 아프네. 불면증이라곤 없었는데 여기 와서부턴 잠도 잘 안 오고 꿈자리도 뒤숭숭하고."
제깟 것, 관두라지. 그게 할머니의 반응이었다.

"그까짓 것, 아무것도 아니다."

무슨 일이 새로 터질 때마다 할머니가 아무렇지 않게 하는 말이었다. 오늘 아침, 남색 점퍼를 맞춰 입은 사내들이 몰려와 집 앞에 자리를 까는 광경을 목격하고도 그렇게 말했다.

"뭘 그런 데다 신경을 쓰나. 동네 개들 짖는 소리에 일일이 쳐다봐줄 필요 없어."

우리 아빠의 이사 선임을 반대하는 쪽에서 보낸 사람들이라고 했다.

"여기가 제일 만만하니까 이리 떼처럼 몰려온 거야. 회장님 살아계실 때 입은 은혜를 원수로 갚는 것들. 짐승보다 못한 것들."

할머니의 개탄은 진심이었다. 바깥에서 구호 외치는 소리가 들려왔다. 명분 없는 경영승계 중단하라! 중단하라!

"흥, 우리 집안에 검찰이 몇인데."

몇이긴. 달랑 그 알량한 말단 검사이자 폭력범인 김태식 하나뿐이었다. 이랬다저랬다 하는 할머니의 현실감각이란 종잡을 수가 없었다. 할머니는 고모부가 소송 문제뿐 아니라 우리 집안의 모든 재앙을 해결해줄 해결사인 양 이야기하고 있었지만 실상 그가 패밀리 비즈니스에 얼마나 개입하고 있는지는 불확실했다. 일단은 강 건너 불구경하듯 관망하고 있다는 게 맞을 터였다. 고모부는 할아버지의 장례식과 그 직후엔 그나마 코빼기라도 보이더니 그뒤로는 아니었다. 아빠가 슬그머니 장자의 권리를 주장하며 집안일에 앞장을 서기 시작한 시점과 관련이 있을 것이다. 어른들의 문제는 굉장히 복잡해 보이지만 까놓고 보면 꼭 그렇지만도 않았다.

아침 일찍 몰려온 사내들은 집 앞에서 떠날 줄 몰랐다. 학교에 가려면 그 길을 지날 수밖에 없었다. 철대문이 열리자 담벼락 앞에 일렬로 앉아 있던 아저씨들이 일제히 돌아보았다. 그냥 지나가기도 애매해서 나는 슬며시 목례를 했다. 나와 얼핏 눈이 마주친 남자 두엇이 놀라며 같이 눈인사를 했다. 그들이 들고 온 피켓에는 '명분 없는 경영승계 절대 반대!!' '회장 일가 부당이득 환수하라!!' 등의 구호가 적혀 있었다. 느낌표가 기본 두개씩이었다. 틀린 말은 하나도 없었다. 뺨이 홧홧해졌다. 나는 묵묵히 그들 곁을 지나쳐 학교로 갔다. 그들은 다시 구호를 외치기 시작했다. 세상 사람들 모두 각자의 일을 하는 아침이었다.

집에 돌아왔을 때는 그들이 보이지 않았다. 퇴근을 한 것 같았다. 할머니는 종일 텔레비전만 보았다. 찾아오는 사람도 없고, 전화를 걸어오는 사람도 없었다. 저녁 8시 반이 되자 나는 주방으로 들어갔다. 냉장고는 텅텅 비어 있었다. 김치통과 계란 몇알이 굴러다니는 게 전부였다. 선반 어딘가에서 아주머니들이 먹으려고 놔둔 라면을 본 기억이 났다. 삼양라면 두 봉지가 남아 있었다. 냄비에 뜨거운 물을 올려 라면 사리와 계란을 삶고, 냉장고 바닥에서 시들어가는 양파와 당근 반개를 꺼내 채 썰었다. 준모와 지혜와 우리 집에 모여 종종 해 먹던 음식이었다. 완성된 라볶이를 메두사 문양이 화려한 접시 두개에 나눠 담으니 꽤 근사한 요리 같아 보였다. 할머니가 미간을 오므렸다.

"이게 뭐냐."

"저녁 드시라고요."

"아, 저녁."

저녁 먹을 시간이 지났다는 걸 잊어버린 것 같았다.

"치워라. 이런 건 애들이나 먹는 거지."

말은 그렇게 하면서도 할머니는 젓가락으로 시뻘건 사리 가닥을 집어올렸다.

"에휴, 뭐 이리 달아."

뉴스에서 기획특집으로 삼풍백화점 사고의 총체적 진단과 사후 재발 방지를 위한 대책을 보도했다. 할머니와 나는 텔레비전을 보면서 각자의 접시를 천천히 비웠다. 조용한 저녁식사였다.

"발견 안되는 게 낫지."

사건 현장에 아직도 발견되지 않은 시신들이 많다는 기자의 멘트를 듣고서 할머니는 진저리를 쳤다.

"얼마나 끔찍하니. 죽은 것도 억울한데 시신이 이 밝은 세상에 죄 까발려지다니."

아침에 일어나면 먼저 머리칼에 헤어 롤을 말고 눈썹을 그리는 할머니, 집에서도 잇세이 미야케 주름스커트와 캐시미어 니트를 입는 할머니, 아르마니 돋보기를 콧등에 걸치고 깡마른 등을 꼿꼿하게 세운 채 조간신문을 정독하는 할머니. 그녀라면 그럴 만도 했다. 왠지 고개가 끄덕여졌다.

"나는 정말 싫다."

그녀가 단호하게 선언했다. 얼떨결에 "네"라고 대답해버렸다.

여름방학식 날, 친구들과 오랜만에 한자리에 모이기로 했다. 지혜와 교문을 나서는데 옆구리에 분홍색 아이스크림콘이 그려진 승합차가 우리 앞에 와 멈추었다. 지혜가 반색을 하며 차 문을 열었다. 운전석에 앉아 있는 남자는 준모 같았다. 고속버스 기사들이 쓰는 얼굴 절반을 가리는 검정 썬글라스를 쓰고 있어서 확실치는 않았다. 준모의 입이 아니라 다른 부위가 가려진 건 처음 보았다. 나는 "어, 어, 안녕?"이라고 더듬대며 인사했다. 그가 익숙한 동작으로 썬글라스를 벗었다. 준모가 맞았다.

"어디 갈래? *씨팔, 씨팔, 씨팔.*"

"아무 데나!"

지혜의 마음이 내 마음이었다.

"근데 너 면허 언제 땄어?"

내 물음에 지혜와 준모가 동시에 웃음을 터뜨렸다.

"무면허야. 근데 무사고이기도 하니까 걱정은 마. *씨팔, 씨팔, 씨팔.*"

요새 준모의 틱은 하나의 욕설을 세번씩 반복하는 패턴으로 진행 중인가보았다.

"야, 이러면 안되잖아. 이거 어머니 가게 차 아니야? 설마 훔친 거야? 아니지?"

"야야, 숨 좀 쉬고 물어봐라."

지혜가 나를 말렸다.

"집에서도 알아. 알면서 적당히 모르는 척해. *씨팔, 씨팔, 씨팔.* 이젠 대중교통을 이용할 수가 없으니까. *씨팔, 씨팔, 씨팔.*"

나는 입을 다물었다. 준모는 과연 운전을 잘했다. 바르고 절도있는 운전이었다. 횡단보도의 금을 밟기 전에 부드럽게 멈춰 서고, 완전히 초록 신호등이 들어온 다음에야 움직였다. 누가 먼저 건드리지만 않는다면, 습격당하지만 않는다면 그는 쎄렝게티 초원의 기린처럼 아무한테도 해를 끼치지 않는 존재였다. 지혜도, 나도 마찬가지였다. 우리는 언제까지 이렇게 초식동물인 척 살 수 있을까? 차는 다른 차들이 아주 빠르게 달리는 신호 없는 도로로 접어들었다. 모르는 길이었다. 하긴 이 도시에서 내가 아는 길은 몇개 되지 않았다. 준모가 물었다.

"무슨 음악 들을래? *씨팔, 씨팔, 씨팔.*"

"그냥, 지금 이대로가 좋아."

내가 대답했다.

5

성우 오빠에게서 음성 메시지가 왔다. 자정이 넘은 시간이었다. "자니? 오빠 술 한잔 했다. 우리 세미 보고 싶은데, 잘 지내지?" 나는 2번을 눌러 메시지를 지웠다. 내 손가락이 뜻밖에 장한 일을 한 것처럼 느껴졌다. 고모의 배는 빠르게 불러왔다. 비밀을 알고 있는 나한테만 그렇게 보이는지는 몰라도 고모가 워낙 가냘픈 체격이라서 도톰해진 복부가 더 도드라졌다. '김 의원'이 떠올랐다. 엄마의 화장대 거울 앞에 스카치테이프로 꼭 붙어 있던 종이 한장. 거기 남아 있던 여섯 자리의 아라비아숫자. 아무리 머리가 나쁜 아이라도 매일같이 십년 넘게 봐온 숫자는 죽어도 잊을 수 없는 법이다. 여섯 자리의 전화번호들은 진즉에 일곱 자리로 바뀌었다. 114에 전화를 걸어 바뀐 번호를 알 수 있는지 물어보았다. 안내원은 난색을 표했다. 그녀는 옛 국번으로 추정컨대, 지금은 영등포구의 전화번호인 것 같다고만 알려주었다. 나는 할아버지 서재에서 두꺼운 전화번호부를 꺼내와 영등포구 김 의원을 찾아보았다. 열 곳이 넘었다. 일일이 전화를 걸었다.

"혹시 산부인과도 하나요?"

"어디가 불편하신데요?"

"아기를 지울 건데요."

수화기 너머에서는 대개 짧은 정적이 돌아왔다. 아니라는 의미였다. 일곱번째 번호로 걸었을 때 여자가 무뚝뚝한 목소리로 "오세요"라고 했다. 병원에 가자는 말에 고모는 "가보긴 해야 할 텐데……"라고 남의 얘기 하듯 대꾸했다. 나는 우격다짐으로 고모를 찾아갔다. 고모는 의외로 순순히 나를 따라나섰다.

"마음 단단히 먹어야 돼."

나는 고모를 향해 중얼거렸다. 고모는 낙낙한 원피스를 입었다. 치마 밑으로 드러난 종아리가 잘못 쪼개진 중국산 나무젓가락처럼 앙상했다.

"그냥 알아보는 거야, 일단."

그건 내가 아니라 자신한테 하는 말처럼 들렸다. 고모의 운전은 준모보다 거칠었다. 그녀는 백미러나 싸이드미러는 보지 않고 오로지 앞만 바라보며 운전했다. 구멍이라곤 전혀 없이 빡빡한 밀도의 실내 공기가 버거웠다.

"고모."

나는 문득 그녀를 불렀다.

"응?"

"나 어렸을 때 제일 많이 들었던 말 1위가 뭐였게?"

"너 지금도 어리면서, 뭘."

"아니, 더 어릴 때. 아기였을 때."

아기이던 나.

"유치원 다닐 때, 초등학생일 때, 그때 말이야."

유치원생이던 나, 초등학생이던 나. 그 시절의 젊은 엄마와 아빠가 기억의 회전문을 밀고 나오려 했다. 이젠 그 정도에는 코가 맹맹해지지도 않는다.

"1위는 '금방 올게', 2위는 '지금은 안돼'. 되게 이상했어. 금방이란 언젠가 오기는 오는 시간이란 건 알겠는데, 지금은 안된다는 말은 도무지 모르겠더라고. 지금이 아닌 때가 언제인지, 지금으로서는 알 수가 없으니까."

고모가 내 말을 이해했을까. 묵묵부답이었다. 나는 '김 의원'의 설명대로 그린 약도를 내려다봤다. 몇개의 선과 몇개의 점으로 삐뚤삐뚤 그려진 그림은 실제 길과는 많이 달랐다. 국민은행 담벼락을 끼고 우회전한 뒤 독일제과와 해운대암소갈빗집을 지나면 나오는 빨간 벽돌 건물 삼층이라고 되어 있었는데, 달리다보니 국민은행이 왼쪽에 나왔다가 오른쪽에 나왔다가 다시 왼쪽에 나타났다. 우리는 같은 자리를 뱅뱅 돌고 있었다.

"몇살이에요?"

잔머리 한 올 없이 뒤로 꽉 조여 묶은 여자가 상담실장이었다. 내 전화를 받은 여자인가보았다. 무뚝뚝한 음성처럼 별로 눈치가 빠르거나 유능한 편은 못되었다. 고모가 아니라 나를 향해 나이를 물었으므로.

"얘가 아니라 저예요. 만 스물여덟이고요."

고모가 어른답게 상황을 수습했다. 우리는 창문 없는 작은 방으로 안내되었다. 에어컨의 온도가 너무 낮았다. 나는 팔뚝에 돋아난 자디잔 소름을 다른 손바닥으로 문질렀다. 고모의 팔뚝도 다르지 않을 것이었다. 고모는 여자를 따라 의사가 있다는 진료실로 들어갔다. 나 혼자 방에 남겨졌다. 벽에 액자를 걸 못 하나 붙어 있지 않고, 병원 특유의 알코올 휘발되는 냄새도 나지 않는 방이었다. 처음 온 곳인데 이상하게 낯설지 않았다. 언젠가 와본 적이 있다면 엄마 배 속에 담겨서일 것이다. 십팔년 전 엄마는 김 의원에 와보았을까. 그걸 지금껏 왜 궁금해하지 않았을까. 이제 나는 단 한가지만은 안다. 나한테 솔직히 고백하지는 않았지만 엄마는 망설이고, 망설이고, 또 망설였을 것이다. 망설임도 의사표현의 하나라면 나는 그녀가 당시 내렸던 결정을 존중한다. 그러나 내 운명에 개입할 수 있었다면 나는 적극적인 반대의사를 표명했을 것이다. 절대 낳지 말라고 충고했을 것이다. 낳아주어서 하나도 고맙지 않았다.
　잠시 후 고모가 돌아왔다. 상담실장이란 여자가 물었다.
　"오늘 하시겠어요?"
　"아, 저, 그게, 제가 운전을 하고 와서……"
　"쉬었다 가시면 크게 상관은 없어요."
　고모가 입술을 잘근 깨물었다. 나는 애가 탔다.
　"16주 넘어가면 큰 수술 됩니다. 시간 많지 않아요."
　그녀는 아직 아무것도 결정하지 못했다. 그렇게 영원히 어물댈 것이다. 밖에는 엄청난 기세로 비가 쏟아지고 있었다. 우리는 비를 쫄딱 맞으며 차까지 뛰어갔다.
　"아기가 비교적 작대. 콩알만하대."
　차에 타자마자 헉헉 숨을 몰아쉬면서 고모가 말했다. 나는 푹 젖은 티셔츠 앞자락을 손으로 움켜쥐고 꾹 짰다.
　"그러면서 의사가, 다행이라고 하더라. 은근히 빈정 상했어."
　고모를 속상하게 한 건 '다행'이었을까, '작다'였을까. 단체로 노란 우비를 맞춰 입은 한 떼의 유치원생들이 텀벙텀벙 빗속을 걸어갔다. 고모가 후회할 거라고 확신하는 내가 끔찍해졌다.

세상의 모든 비밀처럼

1

후회해!

고모가 울부짖었다.

"세미야, 네 말 들을걸. 나 정말로 후회해."

몇달 뒤, 신사동의 대형 산부인과 분만대기실에 누워 고모가 흐느꼈다. 이미 양수가 터진 뒤였다. 뒤늦어도 너무 늦은 후회였다. 나는 고모의 손을 꼭 잡았다. 식은땀으로 축축했다. 달리 떠오르는 말이 없었으므로 나는 이렇게 위로하고 말았다.

"잘될 거야, 고모. 힘내."

나라는 아이의 상투성이 속상했다. 고모를 태운 이동식 침대는 분만실 안으로 사라졌다. 아기는 열두시간 만에 태어났다. 남자아이였다. 2.6킬로그램의 작은 아이였다. 병원 신생아실 유리창 밖에서 아기를 보았다. 팔과 다리, 눈과 코와 입이 모두 제자리에 붙어 있었다. 강보에 싸인 아기는 인형처럼 조그마했다. 세게 끌어안으면 똑 소리를 내며 뼈가 부러질 것 같았다.

고모와 아기는 한남동으로 퇴원했다. 서초동으로 가는 것은 내가 참을 수 없었다. 고모와 아기의 한남동행을 가장 강력하게 반대한 사람은 우리 아빠였다.

"세미 공부해야지. 이제 고3인데."

지나가던 개가 웃을 이유였다. 할머니는 찬성도 반대도 하지 않았다.

"오고 싶으면 오든지."

그게 끝이었다. 고모를 결혼시킬 때만 해도 대한민국에 존재하는 모든 혼수를 바리바리 공들여 사 모으던 할머니가 아닌가. 그때의 할머니와 지금의 할머니가 같은 사람이라고 믿기 어려웠다.

"오지 말라는 뜻 아니니?"

고모는 못내 서운한 것 같았다. 나는 아닐 거라고 극구 부인했다. 과장법을 사용하여 내가 그들 모자와 함께하는 삶을 얼마나 기대하고 있는지를 알렸다. 내 목표는 오직 한가지였다. 고모와 아기를 김태식과 한집에 둘 수는 없다는 것. 고모는 처녀 적 쓰던 자기 방에 짐을 풀었다. 내 옆방이었다.

돌이켜보면 할머니는 그 무렵부터 조금씩 변했다. 우선 급격하게 말수가 줄었다. 신중한 성품으로 변모한다는 느낌이 아니라 내

면이 둔탁해지고 있다는 느낌에 가까웠다. 팔다리의 움직임도 미묘하게 느려졌고 깡말랐던 몸피에 살이 붙기 시작했다.

할머니는 두통과 불면증을 호소했다. 병원에서는 수면장애로 인한 우울증이 의심된다고 했다. 저녁녘이면 한움큼의 수면제를 입안에 털어넣었다. 아기가 도착하고 며칠 지나지 않은 밤, 책상에 엎드려 설핏 졸다가 아기 울음소리에 깨어났다. 고모가 달래는 소리가 나고 울음은 곧 잦아들었다. 목이 말랐다. 물을 찾아 계단을 내려왔다. 깜깜한 일층 거실에서 인기척이 느껴졌다. 본능적으로 비명을 질렀다. 할머니가 거기 암흑 속에 앉아 있었다.

할아버지가 주로 앉던 일인용 안락의자에 꼿꼿하게 허리를 편 채 다만 가만히 앉아 있었다.

"왜 안 주무시고요?"

"내가 못 자는 걸 몰라서 그러니."

할머니는 낮고 딱딱한 음성으로 읊조렸다. 고모의 아기에게는 곧 완이라는 이름이 생겼다. 완은 고집이 세고 입이 짧았다. 철분과 미네랄이 풍부하다는 미제 분유를 좀체 목구멍으로 넘기려 들지 않았다. 고모는 아주 자주 한숨을 내쉬었다.

"힘들어. 모성애는 타고나는 게 아닌가봐."

눈두덩이 거뭇거뭇하고 머릿결은 푸석했다. 완은 안 그래도 자주 바뀌는 도우미들을 거들떠도 보지 않았다. 그가 원하는 건 오로지 제 엄마뿐이었다. 잘 나오지도 않는 고모의 젖꼭지만을 한사코 파고들었다. 고모는 나날이 수척해졌다. 할머니 표현에 의하면 뼈가 긁아갔다. 완이의 등장과 함께 이 적적하던 집 안에 감돌기 시작한 묘한 활기와 느른한 평화가 나는 싫지 않았다. 인문계 고등학생에게 그런 숙제를 내주는 학교가 있을 리 만무하지만 만약 가족사진이라는 걸 가져오라는 미션을 받는다면 나는 별 저항감 없이 고모와 완을 향해 셔터를 누를 것이다. 사진 한옆에 꾸벅꾸벅 졸고 있는 할머니가 찍혀도 그러려니 하겠다.

고모는 할머니의 예순다섯번째 생일을 뻑적지근하게 준비했다. 장안에서 제일 유명하다는 출장 요리사를 섭외하여 메뉴를 짜느라 며칠 전부터 분주했다. 내가 이 집에 들어온 이래 고모가 할머니의 생일에 이렇게 관심을 쏟는 모습은 처음이었다. 나는 선물 대신 케이크를 샀다. 제과점 점원이 초가 몇개 필요하냐고 묻기에 손가락을 하나하나 꼽아보았다. 초는 열한개 필요했다.

"좀 많죠?"

포장을 기다리며 괜히 한번 해본 말에 점원이 활짝 웃었다.

"뭘요, 열한살이랑 똑같은데요."

열한살 아이와 예순다섯살 노파의 공통점은 생일 초 갯수만이 아니라 생일을 가족과 함께 보낸다는 것도 있을 것이다. 가족이 없는 열한살과 예순다섯살은 그런 날을 어떻게 보낼까. 저녁식사 자리에 제일 먼저 나타난 손님은 고모부였다. 내가 현관문을 열었다. 나는 콧날을 찌푸렸으나 그는 그 따위엔 아랑곳없이 성큼성큼 안으로 들어섰다. 고모가 심혈을 기울여 선정한 요리사는 중국음식 전문이었다. 요리사의 조수는 거실의 테이블을 한옆으로 치우고

안녕, 내 모든 것 191

자신들이 가지고 온 기다란 좌식 식탁을 놓았다. 흰색 리넨 테이블보를 깔고, 크리스털 꽃병에다 새빨간 장미를 한아름 꽂아 테이블 세팅을 마쳤다.

"엄마, 이거 완이 아빠가 다 준비한 거예요."

고모가 느닷없이 이상한 소리를 했다. 완이가 제 아빠를 보고 울음을 터뜨렸다. 김태식이 완이를 엉거주춤 품에 안았다. 완이는 저러다 숨이 넘어가지 않을까 걱정될 만큼 격정적으로 울어젖혔다.

훈김이 피어오르는 게살 샥스핀 수프를 막 한 입 떠먹었을 때 초인종이 울렸다. 아빠와 그의 아내였다. 아빠는 이미 밥상 한가운데 펼쳐놓은 것과 똑같은 모양의 케이크를 들고 왔다. 여자는 황금색 여우털 코트에 희한한 꽃장식이 달린 초록색 치마를 입고 있었다. 어색한 인사 끝에 그들이 엉거주춤 밥상 말미에 끼어 앉았다. 음식이 차례로 나왔다. 모든 음식이 조금씩 양이 모자랐다. 고모가 주문한 음식은 딱 사인분씩이었다. 아빠네 커플의 등장을 전혀 예측하지 못했다는 증거였다. 고모부와 아빠, 고모와 여자가 각각 일인분의 요리를 나눠 먹어야 했다. 찹쌀가루를 묻혀 튀긴 새우를 먹다 말고 아빠가 더는 못 참겠다는 듯 신경질적으로 젓가락을 놨다.

"엄마!"

나이 마흔의 남자가 아직도 엄마였다. 느릿느릿 어금니로 음식을 씹던 할머니가 멀뚱히 아들을 바라보았다.

"결정하셨어요?"

아빠의 질문은 단도직입적이었다. 그 순간, 이것이 할머니의 생일파티이며 주인공은 할머니라는 최소한의 명분이 깨끗이 사라졌다. 그 순간을 시작으로 모두들 가면을 한 꺼풀 벗었다. 할머니는 무언가 질긴 것을 우물우물 씹고만 있었다.

"엄마!"

아빠가 버럭 소리를 질렀다.

"아직 귀 안 먹었다."

할머니가 대꾸했다.

"그 땅요, 용인. 작자 나섰다니까요."

"네, 어머님. 부동산에서도 그러잖아요. 덩치가 있어서 쉽지 않을 줄 알았는데 마침 이렇게 딱 맞춘 듯 임자가 나타났다고요. 하늘이 도왔다고요. 망설이다 놓치면 다신 이런 기회 없을 거래요."

아빠의 아내는 전직 보험설계사 출신인지 보통 현란한 말재주를 지닌 게 아니었다. 둥글둥글하고 순한 인상이 착시효과를 주었을 뿐 집요하기가 이를 데 없었다. 아까부터 밥은 안 먹고 돌아가는 판세를 면밀히 지켜보던 고모부가 고모의 옆구리를 쿡 찔렀다. 반사적으로 고모 입에서 긴 한숨이 새어나왔다.

"휴……"

분위기가 심상치 않았다. 나는 얼른 내 몫의 마지막 새우를 입에 넣었다.

"오빠가 지금, 엄마한테 그런 얘기를 할 상황은 아니지 않나?"

미리 외워둔 대사처럼 고모가 말했다. 고모는 훌륭한 배우는 못 되었을 것이다. 대사 처리가 어색하기 그지없었다.

"너는 빠져라."

아빠 또한 배우의 유전자는 타고나지 않았다. 감정 처리가 미숙했다.

"좋은 말 할 때 저기 가서 먹던 거나 마저 먹어. 너하고 상관없는 얘기 중이야."

"나랑 왜 상관이 없어?"

"출가외인."

"오빠가 이렇게 나오는 건 누가 봐도 뻔뻔한 거 아니야?"

고모는 흥분하면 종종 넘지 말아야 할 선을 넘었다. 마지막 말은 덧붙이지 않는 편이 모두를 위해 나을 뻔했다. 별로 다혈질이랄 수도 없는 아빠를 그 말이 한껏 자극했다. 아마도 찔려서일 것이다.

"끼어들지 말라고 했지?"

"엄마 일이잖아. 엄마 불쌍하지도 않아? 죄송하지도 않아?"

"뭐?"

"오빠가 그동안 우리 집에 한 일을 생각해봐!"

"우리 집? 이게 얻다 대고 우리 집이야?"

"그럼 여기가 남의 집이야?"

"야이 씨, 너 내가 이럴 줄 알았어."

아빠가 주먹으로 밥상을 쾅 쳤다. 못 보던 새 난폭해지기만 했다.

"애 하나 앞세워 밀고 들어올 때부터 수상했어. 어디서 이래라저래라야? 어디다 숟가락 얹으려고?"

"저, 실례지만."

김태식의 저음이 끼어들었다.
"애를 앞세워 먼저 밀고 들어온 게 누군데 그러십니까?"
아연실색한 건 우리 아빠만은 아니었다. 나는 새우살 대신 혀끝을 씹을 뻔했다. 불시에 지목당한 '애'는 바로 나였으므로.
"뭐? 야! 넌 또 뭐냐?"
"그렇지 않습니까. 해미를 계속 이 집에 두시는 이유가 대체 뭡니까? 프락치도 아니고."
나는 두가지 점에서 놀랐다. 먼저, 내 이름조차 잘 모르는 주제에 나를 걸고 넘어졌다는 점, 그리고 그가 아빠를 지나치게 과대평가하고 있다는 점. 아빠가 나를 이 집에 밀어넣고 지금껏 찾아가지 않은 게 그렇게 정밀한 계산속일 리 없었다. 원래 제 안의 두려움이 상대를 커 보이게 하는 법이다. 김태식이 아빠를 반드시 넘어야 할 산으로 인식하고 있다는 증거였다.
"야! 너, 처음부터 재수 없었어. 네가 뭔데 감히 내 딸을 건드려?"
모르는 사람이 보면 그가 건드린 게 내 엉덩이나 가슴인 줄 알 것이다.
"쟤, 불쌍하고 미안한 내 딸이야…… 씨팔, 건드릴 게 따로 있지."
아빠는 채 말을 다 잇지 못했다. 눈물을 훌쩍일 타이밍이었다. 그러나 아빠는 달라졌다. 나이가 들어가면서 사람은 누구나 변한다. 손가락질당할 일도 부끄러워할 일도 아니다. 그저 순응할 일이다.

물론 타인에게 피해를 주지 않는다는 가정하에서의 얘기다. 아빠는, 이제 타인에게 대놓고 피해를 주는 사람이 되었다.

그는 갑자기 벌떡 일어나더니 장식장에서 할아버지의 위스키를 한 병 꺼냈다. 유리잔에 있던 물을 접시에 따라버리고 거기다가 술을 철철 넘치게 부었다. 그 잔을 단숨에 들이켰다. 한 잔, 두 잔, 세 잔. 짜증스러움과 불안함으로 그를 지켜보았다. 상대적으로 김태식의 차분함이 돋보였다. 고모부는 금테 안경을 추켜올리며 할머니 옆에 바싹 다가앉았다.

"어머님, 냉철한 판단이 필요한 시기입니다."

현직 검사님의 언변도 전직 보험아줌마 못지않았다.

"제가 조사해본 바에 의하면, 1995년 겨울 현재 경기도 용인 근처 임야의 평당 거래가는……"

그가 숫자들에 대해 길게 늘어놓았다.

"야! 입 안 닥쳐?"

아빠였다. 아빠는 막 다섯 잔째의 위스키를 입에 털어넣은 참이었다.

"네가 뭔데? 무슨 자격으로, 뭘 알아봐?"

"흥분하지 마십시오. 취하셨습니다."

"이 새끼 진짜 나쁜 놈이네. 감히 누구한테 취했대? 이 새끼가 겁도 없이 그냥 확."

아빠가 허공에 주먹을 흔드는 시늉을 했다. 나는 직감했다. 아빠는 상대를 잘못 골랐다. 아빠는 손에 쥐고 있던 유리컵을 허공에 던지고, 눈앞의 적을 향해 펀치를 날렸다. 유리 파편이 사방으로 튀었다. 꺄아아. 여자들이 내지른 새된 비명에 묻혀 모든 게 뒤죽박죽이 된 듯했지만, 실제로 그것은 하나로 이어진 행동이 아니었다. 분명히 간발의 시간차를 두고 일어난 별개의 행동이었다. 김태식이 눈가를 움켜쥐고 주저앉은 것과 동시에 마룻바닥 한켠의 이불에 누워 자고 있던 완이가 민방위 싸이렌처럼 울기 시작했다. 아기의 이마에서 붉은 핏물이 줄줄 흘러내렸다. 완이를 들어올리는 고모의 얼굴은 사색이 되었다. 고모부는 비교적 침착했다.
"지금, 영아를 향해 폭력을 사용하신 것 맞습니까?"
피의자를 심문하는 것처럼 고모부가 재차 물었다.
"맞느냐고 물었습니다."
"아니, 나는 그냥……"
아빠가 얼마나 당황하고 있는지 나는 잘 알았다. 급한 대로 수건으로 아기의 이마를 꾹꾹 눌러 지혈하면서 나는 확신했다. 오늘 우리 아빠가 배설한 수많은 말들 중에 귀담아들을 가치가 있는 건 거의 없었지만 한가지만은 아주 정확한 것 같았다. 이 새끼 나쁜 놈이네. 그렇다고 아빠가 좀 덜 나쁜 놈이라는 건 아니다. 고모는 새하얗게 질린 얼굴로 아기를 얼렀다. 꺽꺽대던 아기의 울음소리가 조금씩 잦아들었다.
"한가지 더 묻겠습니다. 지금 흉기를 사용하셨습니다. 인정하십니까?"
"야, 이 새끼 봐라. 그게 무슨 흉기야? 실수지. 아, 인정 못한다면? 네가 어쩔 건데?"

"부인하셨습니다. 알겠습니다. 완이 엄마!"

고모부가 짐짓 부드럽고 작위적인 어투로 고모를 불렀다.

"일단 철수하지."

고모가 머뭇거리자 음성 데시벨을 조금 낮췄다.

"가자. 당신, 설마 여기 계속 있을 거야?"

고모가 완이를 품에 꼭 끌어안고 몸을 일으켰다. 어디서 났는지 고모부는 까만 비닐봉지를 들고 와 깨진 유리컵 파편을 하나하나 주워담았다. 이 모든 소동의 가운데에서 할머니는 단 한마디도 하지 않았다. 할머니의 시선이 닿는 곳에 뭐가 있는지 알 수 없었다. 눈 깜짝할 새 고모네 식구들이 사라졌다. 딱 십분 후 경찰이 도착했다. 아빠는 폭행 및 상해 혐의로 현장에서 연행되었다. 아빠의 여자가 허둥허둥 뒤따라나갔다. 커다란 집에 다시 할머니와 나만 덩그마니 남겨졌다.

2

완이 얼굴의 상처는 소아응급실에서 급히 봉합했고, 향후 커가면서 어떻게 상처가 남을지 경과를 지켜봐야 한다고 했다. 아빠는 어린 아기에게 도구를 사용하여 상해를 입힌 점에서 죄질이 나쁘고 반성의 기미가 없다는 판단을 받았다. 아빠는 자칫하면 구속될

위기에 놓였다.

"어머님, 이게 말이 되나요? 도구를 사용해서 죄질이 나쁘다는데 그깟 컵이 무슨 무기가 되나요? 일부러 준비한 것도 아닌데, 어머님."

여자가 할머니를 찾아와 하소연했다. 어머님,이라는 말을 거푸 사용했다. 중간에서 어떻게 좀 해달라는 의미일 터였다. 그 여자만은 어쨌든 확실한 아빠 편이었다. 나쁜 일은 아니었다. 세상에 단 한 사람이라도 완전한 내 편이 있다는 것 말이다. 그런 의미에서 아빠는 적어도 완벽히 실패한 인간은 아니었다.

"감옥이야 가겠나."

할머니가 적극적이지 않아서 여자는 더 애가 타나보았다. 여자가 나를 향해 몸을 돌렸다.

"고모한테 어떻게 말 좀 잘해줘."

반말이 맘에 걸렸지만 참기로 했다. 완이를 생각하면 가슴이 아팠으나, 아빠에게 고의가 없었던 건 맞을 것이다. 공중에서 산산조각난 유리 파편은 모두의 이마빡에 떨어져 박힐 수 있었다. 그런 운명의 방향은 인간이 정할 수 있는 게 아니다. 만약 내가 심청이 같은 효녀였다면 아빠를 구하기 위해 물귀신 작전을 사용할 수 있을지도 몰랐다. 가정폭력을 저지르는 검사의 실명을 온 천하에 밝혀버리는 거다. 어디다 밝혀야 되는지는 물론 몰랐다. 고모와 완이가 머물던 방에서 공갈젖꼭지를 발견했다. 갑자기 떠나느라 놓고 간 소소한 짐이 꽤 되었다.

"버려."
수화기 너머에서 고모가 말했다.
"근처 갈 일 있을 때 챙겨가서 줄게. 완이도 보고 싶고."
"세미야, 있잖아."
고모가 어렵게 운을 뗐다.
"있잖아, 네가 완이 보러 오는 걸 완이 아빠가 불편해해…… 이해하지? 내 마음 알지? 미안해."

고모는 정말로 미안해하고 있었다. 미안해 어쩔 줄 모르는 사람에게 화를 낼 만큼 나는 강심장이 못되었다. 아니, 고모는 내 쪽에서 먼저 미안하다고 말하기를 기다리고 있었을지도 모른다.

그 겨울, 전직 대통령 두명이 차례로 구속되었다. 하지만 그들이 형장의 이슬로 사라지리라 믿는 사람은 거의 없었다. 은성하고 당당한 말년을 보내리라 차마 믿는 사람이 없던 것처럼. 그 겨울은 '허를 찌르다'라는 말뜻을 곱씹은 계절로 기억되었다. 나는 이 세계에 늘 허를 찔렸다. 국어사전에는 '허를 찌르다'는 '약하거나 허술한 곳을 치다'라고 풀이되어 있었다. 일주일에 한번씩 엄마에게 전화를 걸었다. 벌써 이태 전의 번호였다. 지난주만 해도 아무도 받지 않았는데 갑자기 잘못된 번호라는 안내가 영어로 나왔다. 손바닥을 왼쪽 가슴께로 가져다댔다. 심장이 여기쯤일까. 오른쪽이었던 것도 같다. 왼쪽에서도 오른쪽에서도 엇비슷한 속도의 박동이 느껴졌다. 언젠가 한번쯤은 나도 이 험상궂은 세계의 허를 찌르게 될까.

운전기사가 또다시 그만두었기 때문에 겨울방학 보충수업은 버스를 타고 다녀야 했다. 아침이면 전기밥솥의 밥을 퍼서 간소한 마른반찬과 함께 먹고 설거지통에 넣어두었다. 입주 가정부 대신 일주일에 세번 파출부가 왔다. 오리털 파카의 지퍼를 턱 밑까지 꼭 잠근 채 집을 나섰다. 더 추운 날엔 콧등까지 올라오는 큰 마스크를 썼다. 마스크로 얼굴을 가리고 걸으면 어김없이 준모가 보고 싶었다. 언덕 아래까지는 매일 다녀도 똑같이 머나먼 길이라는 생각이 들었다.

어느날 학교에서 돌아와보니 언제나 굳건히 닫혀 있던 대문이 반쯤 열려 있었다. 빗장이 잠겨 있지 않았다. 가슴이 덜컥했다. 정원 한가운데, 나에게 등을 보인 자세로 한 사람이 우두커니 서 있었다. 할머니! 하고 부르려다 멈칫했다. 저물녘이었다. 꼬리가 긴 붉은 바람이 흔들리듯 불어와 할머니의 그림자를 흐릿하게 지웠다. 붉은 바람이 할머니의 영혼에서 무언가를 빼내 허공에 흐트러뜨렸다.

타협안을 들고 나타난 건 고모부였다. 밤 10시가 넘은 시간이었다. 그는 반코트를 벗지도 않고 소파에 앉았다.

"아시겠지만, 저쪽에서 자꾸 합의를 요구합니다."

이건 협박일까, 무엇일까. 그가 말을 멈추더니 내 쪽을 불편한 눈초리로 흘깃거렸다.

"세미는 올라가 있거라."

할머니가 가라앉은 음성으로 말했다. 그들 사이에 어떤 내용의 협상이 오갔는지 나는 아는 바 없다. 고모부는 득의양양한 표정으로 돌아갔고 할머니는 급격히 지친 듯 보였다. 혈색이 진흙빛이었다.

"괜찮으세요?"

"좀 어지럽구나."

"물 한 잔 드릴까요?"

"그러자."

우리는 식탁의 끝과 끝에 말없이 한동안 마주 앉았다.

"덥구나."

보일러의 온도를 높이지 않아 실내는 한기를 면할 정도였다.

"더워 죽겠어."

할머니는 얄따란 홑겹 실내복 차림으로 연신 손부채질을 했다. 염색을 하지 않은 곱슬머리가 많이 자라 어느덧 백발에 가까웠다. 할로겐 전등 밑에서 보니 대리석 식탁 여기저기가 얼룩덜룩했다. 행주질을 깨끗이 하지 않아서일 것이다. 조금씩 방치된 부주의는 곧 더는 숨길 수 없게 된다. 빈 나뭇가지들이 밤바람에 뒤흔들리는 소리가 들렸다. 할머니가 손부채질을 멈추고 왼손으로 자신의 오른쪽 어깨를 꾹꾹 눌렀다. 나는 할머니의 등 뒤로 가 어깨를 주물렀다. 할머니의 목에서 어깨로 이어지는 근육은 놀랄 만큼 딱딱하고 뻣뻣했다.

"아, 아프다."

할머니가 흐리터분한 신음을 뱉었다. 여기 살기 시작한 지 이년

여가 지났다. 어느새 우리 집,이라고 자연스레 표현하게 됐다. 단 한 순간도 할머니를 좋아한 적 없지만 끔찍하게 미워한 적도 없었다.

며칠 뒤에 낯선 이들이 찾아왔다. 집 구경을 왔다고 했다.

"네?"

나는 펄쩍 뛸 듯이 놀랐다. 빨간색 넥타이를 맨 사내가 부동산 중개업자고, 삼십대로 보이는 두 남녀가 고객이었다.

"널찍하고 고급스럽게 잘 지었죠? 유엔빌리지 안에서도 이 정도면 최상급입니다."

빨간 넥타이 사내가 너스레를 떨었다.

"십년 전엔 그랬겠죠."

여자가 차갑게 평가했다.

"크기는 한데 너무 낡았네요."

남자가 밉살스럽게 거들었다. 속이 상했다. 멋대로 지껄이지 말아요,라거나 당신들이 뭘 알아요,라고 쏴붙이지 못했다. 내게는 그럴 만한 자격이 없었다. 집을 보러 오는 사람들이 사나흘에 한 팀씩은 있었다. 사람들이 다녀가면, 그들이 매의 눈으로 샅샅이 재빠르게 훑고 지나간 것이 이 집이 아니라 내 배 속이기라도 한 듯 허기가 졌다. 바늘만한 구멍이 뚫려 점점 허룩해져가는 설탕 자루를 질질 끌며 돌아오는 가난한 가장처럼 나는 자꾸만 헛헛했다.

아빠는 폭행 및 상해 혐의에 대해 피해자 측과의 합의서를 경찰에 제출하고 무혐의 처분을 받았다. 이면합의서가 있을 테지만 공증이라도 받아놨는지 아니면 구두로 약속했는지 나는 모른다. 어느 쪽이든 아빠는 앞으로도 고모부의 적수가 되지 못할 것이다. 무사히 풀려난 걸 기념이라도 하려는지 아빠가 별안간 저녁을 사주겠다고 했다.

"우리 둘이 먹자, 둘이서."

그 말을 하도 강조해서 얄밉기도 하고 빙충맞아 보이기도 했다. 실내에 폭포가 있는 고급 갈빗집이었다. 다시는 꼴도 보지 않으리라, 말도 섞지 않으리라 다짐했던 아빠와 마주 앉아 있으니 기분이 착잡했다. 자라면서 아빠와 단둘이서만 외식을 하러 나온 적이 있던가. 적어도 이런 비싼 식당에서 가족 외식을 한 적은 없다.

"뭐 먹을래?"

아빠가 물었다. 겸연쩍은 목소리라서 그나마 안도가 되었다.

"냉면."

"촌스럽게. 여기는 주물럭이나 생등심이 최고야. 고기 먹어. 그래야 힘내서 공부하지."

"아니, 냉면 먹을 건데."

나는 고집스럽게 입술을 다물었다. 아빠는 주물럭 이인분과 물냉면을 시켰다. 소주 한 병과 콜라 한 병도 시켰다.

"어떻게 할래?"

"뭘?"

나는 진짜 몰라서 되물었다.

"수험생 되는 거잖아. 너만 괜찮으면, 우리 집 와서 학교 다녀도 돼."

아빠의 우리 집이란, 그 여자와 같이 사는 집이었다. 나는 픽 웃었다.

"그 사람도 동의했어."

"나는 동의하지 않아."

내 기세에 아빠가 꼬리를 내렸다.

"그럼 학교 근처에 작은 집 하나 얻을래? 만일 너 혼자 지내는 게 괜찮다면 말이야."

오랫동안 바라던 꿈이었다. 한남동에 들어가면서부터 나는 언젠가 혼자 지내는 날이 오기를 소원했었다. 개량한복을 입은 젊은 종업원이 고기를 알맞게 굽고 잘라 앞접시에 놔주었다. 나는 고깃점은 거들떠보지도 않고 물냉면만 먹었다. 아빠도 소주만 마셨다.

"한남동 집 정리되는 데 오래 걸리진 않을 거야."

아빠가 한남동 집의 매매 문제에도 관여하고 있는지는 몰랐다.

"그러면 숨통이 좀 트이겠지."

"할머니는?"

"응?"

"할머니는 그럼 어디 사시냐고."

"살기 편하게 아파트로 알아봐야지. 압구정 현대나 뭐 그 근처에."

"할머니가 그러겠대?"

"그럼, 맘대로 하라고 했으니까 내가 이러는 거지, 인마."

냉면 국물이 너무 차서 이가 시렸다.

"나도 그냥 있을게."

"뭐라고?"

"그냥 지금처럼 있겠다고."

"괜찮겠어?"

아빠는 영 못 미더워하는 눈치였다.

"알았어. 그럼 일단 학교 가까운 데다 넉넉한 평수로 아파트 하나 얻을게. 아줌마 하나 두고 셋이 있어."

나는 고개를 끄덕였다.

"그런데 할머니 요새 이상한 거, 알아?"

"늙어서 그렇지 뭐. 아버지 돌아가시고 일이 좀 많았냐."

대수롭잖다는 반응이었다.

"제정신으로 나도 힘든데, 하물며 노인네가 오죽하겠어. 이게 다 그 검산지 검샌지 그 새끼 때문이야."

"………"

"미안하다, 본의 아니게 너한테 짐 지우는 모양새가 돼서."

아빠는 할머니를 짐에 비유하고 있었다.

"넌 아무 걱정 말고 대학만 가. 대학만 딱 들어가면 말이야, 아빠가 가구 다 있는 멋진 오피스텔 얻어줄게. 스포츠카도 한대 쫙 뽑아주고. 빨간색으로, 오케이?"

허풍은 나이가 들수록 부풀어오르는가보았다.

"아빠, 그거 다 할머니 돈이야. 잊지 마."

"오, 우리 딸 다 컸네."

"일을 벌이더라도 제발 생각을 좀 해가면서 해. 감당할 수 있는 선을 그으라고."

아빠가 허허 웃었다.

집은 아빠의 장담만큼 쉽게 나가지 않았다. 아빠의 장담은 평생 그런 식이었으므로 별로 놀랍지도 않았다. 3월이 되면 나는 고3이 될 것이다.

출장 정원사의 손길이 닿지 않은 정원은 나날이 황량해졌다. 감나무 가지 꼭대기에 채 떨어지지 않은 홍시 한개가 매달려 위태로이 흔들렸다. 봄은 절대로 오지 않을 것 같지만, 고집스럽게 천천히 진군하여 온 세상을 점령할 것이다. 해마다 그랬던 것처럼. 그때가 오면 나는 여기를 떠나 또 새로운 곳에 뿌리를 내려야 할 것이다. 뿌리라는 게 내게 있기나 하던가. 반포 주공아파트를 떠나왔던 때와 마찬가지로 언젠가는 먼 곳에서 여기 한남동을 그리워하리라는 예감이 들었다. 감나무에 홀로 매달린 열매 하나는 채 떨어지지 않은 것이 아니었다. 긴 겨울을 살아남은 것이었다.

3

할머니가 쓰러졌다. 고3 개학식 아침이었다. 거실에 내려가보니 할머니가 거실 소파에 누운 채 몸을 뒤틀고 있었다. 제대로 호흡하지 못하고 들숨만을 꺼억꺼억 토해냈다. 반쯤 벌린 입에서 거품 섞인 흰 침이 연신 흘러나왔다.

"할머니! 할머니!"

나는 정신없이 할머니를 불렀다. 그녀의 어깨를 세게 흔들었다. 할머니는 사지를 움직이지 못했다. 게슴츠레 눈을 뜨는 걸로 보아 아예 의식이 없지는 않은 것 같았다. 전화기 버튼을 누르는 내 손가락이 와들와들 떨렸다. 119 구급대원들이 십여분 만에 도착했다. 뇌졸중 같다고 그들이 말했다. 응급실로 아빠와 그 여자, 고모와 그 남자가 왔다. 젊고 피로해 보이는 의사가 그들 가운데 서서 설명했다.

"뇌졸중입니다. 중풍, 아시죠? 환자분께는 일단 혈전 용해제를 투여할 겁니다. 그런데 약이 독해서 위장출혈이나 뇌출혈을 유발할 수 있습니다. 잘못하면 그걸로 돌아가실 수도 있고요. 원하지 않으면 안해도 됩니다. 안하면 평생 이런 상태로 계시는 겁니다. 물론 오래는 못 버티시죠."

MRI를 찍는 동안 가족들끼리 의논하여 결정하라고 했다. 네명, 나까지 다섯명이 응급실 옆 대기실에 오종종 모여 앉았다. 아빠가 침묵을 깼다.

"도둑놈 같은 새끼들."

의사 욕이었다.

"이래도 문제, 저래도 문제, 도대체 어쩌라는 거야."

그는 어려운 숙제를 받아들고 선생님을 원망하는 초등학생 같았다.

"무슨 소리야. 빨리 살려야지."

고모가 소리쳤다.

"누가 뭐래? 근데 위험할 수도 있다잖아!"

"위험하다는데 굳이 그거를 할 필요가 있을까요?"

아빠의 여자가 어눌한 척하면서 제법 또렷하게 제 의사를 표현했다. 나는 그녀를 쏘려보았다. 나중에 아빠가 저렇게 되면 그녀 앞에서 나도 똑같은 말을 해주리라. 고모부는 남의 동네 반상회에 참석한 사람처럼 팔짱을 끼고 가만 앉아 있었다.

"야, 넌 왜 아직 여기 있어? 빨리 학교 가."

교복 차림의 나를 뒤늦게 발견하고서 아빠가 채근했다. 할머니의 몸속에 정맥주사로 혈전 용해제가 흘러들어갔다. 상태가 급속히 호전되었다. 발견이 빨랐던 게 불행 중 다행이라고 의사가 말했다.

"그럼 다시 멀쩡해지시는 건가요?"

아빠의 여자가 물었다.

"무슨 말이 그래요?"

고모가 신경질을 냈다.

"멀쩡해지지 않기를 바라는 사람처럼."

"아니, 그게 무슨. 제가 왜 그러겠어요?"

"모르죠, 속으로 무슨 꿍꿍이가 있는지."

여자 대신 아빠가 고모를 잡아먹을 듯이 노려보았다. 참 안팎으로 눈물겨운 부부애였다. 그들은 다시 편을 갈라 싸우기 시작했다.

어떻게 하면 겉으로 드러나는 핏방울 없이 상대의 마음을 손톱으로 할퀴고 송곳으로 긁을까 연구해온 사람들처럼 현란한 기술을 구사했다. 어리어리한 윤씨 남매들보다 그 배우자들의 활약이 눈부셨다. 할머니는 창가의 침대에 누워 있었다. 병원에선 창문으로 비쳐드는 햇살마저 밍밍하고 싱거웠다. 할머니는 여러개의 주삿바늘에 무력하게 팔뚝을 내맡긴 채 꼼짝하지 않았다. 본인의 육신에 대해 할머니 자신에게는 단 한톨의 의사결정권도 없었다. 그 사실이 부당하게 느껴졌다. 할머니의 뼈를 바스러뜨리면 가루가 한 줌도 안 나올 것 같았다. 할머니의 턱이 살짝 움직였다. 그들 모두는 거기에 아무 관심도 없는 듯했다.

"경과는 한마디로 예측하기 어렵습니다. 감쪽같이 좋아지는 분들이 있고, 몸에 후유증이 남아 불편해지는 분들이 있고 그렇죠."

복불복이라는 뜻인가. 그 견해에 따르자면 할머니는 전자도 후자도 아니었다. 그 중간 어디쯤에서 멈추었다. 세로로 몸의 절반을 딱 쪼갰을 때 왼쪽에만 마비 증상이 온 것이다. 숟가락이나 찻잔을 들면 왼손이 더얼더얼 느리게 떨렸고 걸을 때 왼쪽 다리를 절룩였다. 언어중추에 손상을 입었으나 말을 완전히 잃은 것은 아니었다. 쉬운 단어도 한참 생각해야 했고 어금니 사이로 발음이 샜지만 표현이 불가능한 정도는 아니었다. 전문가들은 이만하면 중증보다 경증에 가깝다고 했다. 밥을 먹을 수 있고 물건을 집을 수 있고 걸을 수 있고 기본적인 의사표시를 할 수 있는 게 어디냐는 것이었다.

인간의 몸이란 우리가 막연히 짐작하는 것보다 더 대단한 게 아닐지도 모른다. 육체는 나름의 방식으로 작동하는 여러 기관들의 조합이었다. 할머니의 언어를 담당하는 기관은 조금 고장났고, 생명을 관장하는 기관은 아직까지는 무사했다. 여하튼 살아 있다는 것, 그것이 핵심이었다.

"이동 중인 시한폭탄 다룬다고 생각하시면 됩니다."

일상에서 항상 조심하라는 의미일 터였다. 잘 관리하면 이삼십 년 건강하게 더 사는 경우도 적지 않다 했다. 인간 군상 사이를 떠돌던 모종의 은밀하고 야릇한 흥분은 확 가라앉았다. 요양병원으로 옮길 것인지 집으로 퇴원할 것인지를 두고 신경전이 벌어졌다.

"언제까지가 될지도 모르는데 멀리 바라봐야죠. 거동이 어려운 시점에서 입원해도 늦지 않습니다."

고모부의 의견이 설득력을 얻었다. '언제까지가 될지 모른다'는 예측 불가능성이 그들의 표정을 어둡게 한다는 걸 알았다. 요양보호사 자격증이 있다는 건장한 체격의 여자가 채용되었다. 할머니가 퇴원하던 날은 일요일이었다. 여자는 휠체어에 앉은 할머니를 거친 동작으로 들어 안방 침대에 옮겼다.

"엄청 불친절하네. 그깟 자격증 한장 있다고 돈도 많이 받으면서."

그녀가 자리를 비우자 아빠의 여자가 투덜거렸다. 아빠가 쉿, 하는 시늉을 했다. 할머니는 아무것도 안 들린다는 듯 가만히 눈을 감고 있었다. 나는 할머니의 흰 베개에 붙은 바퀴벌레만한 잿빛 먼지 뭉치를 떼어냈다. 삶이 공평하지 못하다는, 아니 어쩌면 삶이 공평하다는 문장이 떠올랐다 증발되었다.

4

한남동 집이 팔렸다. 매수인은 맨 처음 보러 왔던 삼십대 부부였다. 그들은 이 집을 부수고 외국인 임대 전용의 고급 빌라로 재건축할 예정이라고 했다. 정원을 갈아엎더라도 감나무는 베지 않았으면 좋겠다고 생각했다.
"나 곧 떠나."
준모가 남긴 음성 메시지는 짧았다. 새로 피었던 꽃들이 진즉 져버린 늦은 봄날이었다. 고3 생활도 그와 비슷한 데가 있었다. 의무적으로 강제되던 자율학습이나 보충수업 같은 학교의 공식일정은 작년보다 느슨해졌다. 8학군의 고3 교실에서는 대학 합격이라는 대전제 앞에서 학생 개개인, 즉 그 부모의 전략적 선택이 최우선이라는 분위기가 지배적이었다. 모두가 공부를 했으므로 나도 공부를 했다. 딱히 다른 할 만한 일이 없었기 때문이다. 대학생이 된 내 모습을 상상할 수 없기는 마찬가지였다.
할머니의 요양보호사는 일주일에 한번씩 토요일 저녁에 외출하여 일요일 저녁에 돌아왔다. 아빠와 그 여자는 격주로 얼굴을 비치다가 한달쯤 지나자 슬그머니 간격이 벌어졌다.

"속이 상해서 못 보겠다."

입이라도 좀 다물면 좋으련만 한시간 만에 일어나면서 아빠는 꼭 그렇게 덧붙이기를 잊지 않았다. 아빠보다는 가끔일지언정 전복죽이라도 들고 오는 고모 쪽이 더 진정성 있어 보였다.

"내가 마음은 안 그런데 완이 때문에 너무 정신이 없어서."

고모는 말끝을 흐렸다. 고모의 말은 거짓이 아니었다. 고모는 완이가 옆에 있을 때나 없을 때나 아이라는 존재에 옭매여 살고 있었다. 완이를 버거워하고 또 그만큼 사랑했다. 부모가 자식을 무조건적으로 사랑한다는 명제는 참이며, 그렇다고 해서 그게 꼭 부모가 행복하다는 뜻은 아님을 나는 알게 되었다.

나는 아침에 등교할 때와 저녁에 돌아올 때 할머니 방에 들렀다. 간단한 인사만 하고 나오기도 했고, 발치에 앉아 할머니가 틀어놓은 텔레비전 프로그램을 같이 들여다보는 척하기도 했고, 나무토막 같은 종아리를 주무를 때도 있었다. 아무도 오지 않는 일요일엔 내가 할머니의 아침과 점심을 챙겨야 했다. 소금기 전혀 없는 국과 질척하게 지은 밥을 할머니는 천천히 오래 씹어 먹었다.

할머니는 눈물을 보이지도 않았고, 기필코 건강해지리라는 의지를 불태우지도 않았다. 나는 할머니가 아무도 안 기다리는 척하면서 실은 간절히 기다리는 게 아닐까 의심했다. 어느날 신기루처럼 사라져버린 모든 것을 말이다. 그 안에는 사그라져버린 욕망도 포함되어 있을 것이었다.

어느 저녁, 방문을 열고 잘 다녀왔다는 인사를 하려는데 할머니가 가까이 오라는 손짓을 했다. 할머니의 입술 틈에서 알아듣기 힘든 소리가 갈라져 나왔다. 나는 할머니 곁에 귀를 가져다댔다.

"나, 는, 사, 다, 더, 쓰, 믄, 도, 켔, 구, 나, 아, 무, 도, 모, 드, 게."

나는 사라졌으면 좋겠구나. 아무도 모르게. 내가 제대로 들었다면 그런 문장이었을 것이다. 요양보호사의 말에 의하면 그날도 아무도 왔다 가지 않았다고 했다. 어떤 일도 일어나지 않았다고 했다. 이사 날짜가 점점 다가오고 있었다.

나는 준모가 남긴 음성 메시지를 여러번 반복해서 들었다. 떠난다고만 했을 뿐 그는 가는 곳이 어디이며 언제 가는지는 말하지 않았다. 하긴 그건 방 안에 앉아 홀로 삐삐에다 녹음할 만한 내용은 아니었다. 한국어를 사용하지 않는 곳, 한국어 욕설을 알아듣는 이가 아무도 없는 곳에 갈 거라던 준모 목소리가 귀에 선했다. 우리가 매일 만나고 붙어 다니던 시간이 어제인 듯도 하고 까마득히 아련하기도 했다.

다 함께 만날 시간을 잡기가 수월치 않았다. 지혜가 가장 바빴다. 언젠가부터 학교에서 지혜 얼굴 보기가 쉽지 않았다. 지혜는 학교 정규수업을 마치자마자 곧바로 봉고차에 실려 대치동의 학원으로 직행했다. 주중에는 매일 새벽 1시, 주말에는 밤 10시가 되어야 일과가 끝난다고 했다. 그렇게 말하는 지혜의 목소리는 편도선염을 앓는 사람처럼 쉬어 있었고 끝이 갈라졌다. 온갖 글자들과 숫자들, 기억들이 낱낱이 담긴 용광로가 머릿속에서 부글부글 끓는다는 지혜였다. 그애가 그 무지막지하게 쏟아지는 학습 정보의 대공세를 어떻게 견디고 있을지 이제야 새삼 걱정스러웠다.

"아, 다음 토요일 저녁! 과탐이 하루만 쉬거든."

선택의 여지가 없었다. 시간은 정해졌고 장소가 남았다. 준모가 떠나고 나면 당분간 셋이 모일 일은 없을 것이다. 당분간이란 잠깐과 얼마나 비슷한 단어이고 또 다른 단어일까. 얼마의 틈을 당분간이라고 하는 걸까. 그 당분간이 지나간 뒤에 우리가 다시 모인대도 우리가 하나의 선으로 이어진 길 위를 나란히, 서로의 등을 밀며 걷게 되리라는 보장은 없었다.

이 한해가 지나면 준모와 지혜 그리고 나는 정말로 먼 타인이 될지도 몰랐다. 그 느낌은 나를 쓸쓸하고 감상적으로 만들었다. 영원히 마지막이 될 이 집에, 당분간 마지막이 될 친구들을 초대하고 싶었다. 친구들에게 진짜 내 모습을 보여주고 싶었다. 단 한번만이라면 괜찮지 않을까, 나는 욕심을 냈다.

토요일 6시, 요양보호사가 할머니의 저녁식사를 식탁에 차려놓고 퇴근했다. 평소보다 약간 이른 시간이었다.

"이따 깨시면 좀 부탁해. 아까 간식 드셔서 시장하진 않으실 거야."

서너시간 전에 할머니는 찐 고구마를 두개나 드셨다고 했다. 7시 반쯤, 할머니 방을 살며시 노크해보았다. 인기척이 없었다. 살짝 방문을 열어보았다. 커튼이 쳐진 방 안은 어둑했고, 할머니는 침대에 하늘을 보는 자세로 누워 있었다. 깨워서 식사를 드시게 해야 하나 잠시 망설이다 그만두었다. 곧 친구들이 올 것이다. 할머니와 마주치게 하고 싶지 않았다.

준모와 지혜는 8시 좀 넘어서, 아이스크림 차를 타고 왔다. 내가 대문 앞까지 마중 나갔다. 친구들은 집의 규모에 놀란 듯도 했지만, 대놓고 감탄사를 연발하거나 눈을 휘둥그레 치켜뜨거나 하지는 않았다. 친구들의 덤덤한 척하는 반응이 우리 사이가 예전만큼 스스럼없지 않다는 증거로 느껴져서 마음이 이상했다.

"이층으로 올라가자. 일층엔 할머니 때문에."

"우리 인사 안 드려도 돼? *씨팔, 에이 쌍, 좆같아.* 아, 안되겠다. 죄송하지만. *쌍.*"

"어차피 주무셔."

쿡 웃음이 터지는 걸 어쩌지 못했다. 준모도 지혜도 다 소리 나지 않게 웃었다. 우리는 이층 거실의 소파에 자리를 잡았다. 친구들과 이 집에서 이렇게 마주 앉아 있다니 실감이 나지 않았다. 준모가 배낭에서 무언가가 가득 든 비닐봉지를 꺼냈다. 맥주캔 여러개가 나왔다. 과자도 몇 봉지 있었다. 준모가 부러 그러는 듯 쾌활하게 말했다.

"내가 말이야, 씨팔, 씨팔, 막 중얼거리면서 계산대에 가면 아무리 간 큰 알바라도 민증 보여달라는 소리는 못하거든. 그래서 홧김에."

"참, 나도 줄 거 있다."

지혜는 가방에서 투명 비닐로 포장한 장미꽃 두송이를 꺼냈다. 하나는 내 손에, 하나는 준모 손에 쥐여주었다.

"학원 앞 꽃집에서 비싸도 너무 비싸게 팔더라고. 그래서 나도 홧김에."

말은 그렇게 했지만 송별회에 술과 꽃을 들고 온 친구들의 마음이 짚이는 것도 같았다. 맥주와 새우깡 봉지, 장미꽃이 아무렇게나 놓인 파티 테이블은 꽤 그럴싸했다. 우리는 건배도 없이 각자의 맥주캔을 땄다. 우리는 하루하루 스무살에 가까워져가고 있었다. 지혜는 오늘 유난히 말이 없었다. 우리만 보면 제 안의 모든 이야기를 토해낼 듯 수다스러워지던 모습이 온데간데없어 낯설었다.

"지치네. 요즘엔 긴 의자만 보면 일단 눕고 싶다."

말은 그렇게 하면서도 남의 집이어서인지 소파에 눕지는 못하고 등받이에 뒤통수를 비스듬히 기댔다.

"넌 어디로 가는 거야?"

내가 준모에게 물었다.

"덴마크, 일단은. *씨팔*."

덴마크. 물거품이 된 인어공주의 나라. 내가 아는 건 그게 거의 전부였다.

"왜 하필?"

"공주 때문에. *좆같아*."

그가 한쪽 눈을 찡긋했다.

"인어공주?"

준모가 어이없다는 듯 커다랗게 웃었다. 그게 아니라, 덴마크는 입헌군주국인데 공주가 무척 예쁘다고 했다.

안녕, 내 모든 것 217

"수도는 코펜하겐. 노르웨이, 스웨덴과 더불어 스칸디나비아 삼국 중 하나지."

지혜가 아까보다는 생기있게 중얼거렸다.

"어, 스칸디나비아 삼국은 노르웨이, 스웨덴, 핀란드 아니야?"

내가 소심하게 이의를 제기하자 지혜가 미간을 찡그렸다.

"1989년 소년중앙 10월호에 그렇게 나왔어."

"그새 바뀌었나보지. *씨팔.*"

준모가 얼른 수습했다.

"지혜야, 덴마크엔 또 뭐가 있어? *쌍.*"

"안데르센."

지혜가 부루퉁해하면서도 기계적으로 대답했다.

"덴마크 제2의 도시 오덴세는 한스 크리스티안 안데르센의 고향이야. 안데르센은 1805년 구두수선공 아버지와 세탁부 어머니 밑에서 외아들로 태어났어. 가정형편이 어렵고 성격이 내성적이라 유년 시절엔 늘 집에서 혼자 지냈지."

"그래서 안데르센은 어떻게 되었는데?"

"응? 몰라. 살아가다가 죽었겠지."

지혜가 습득한 정보는 또 거기까지인가보았다. 제아무리 안데르센이라도, 살아가다가 죽었겠지. 그것은 틀릴 리 없는 정답이었다.

"어학연수부터 하는 거야?"

내가 묻자 준모는 손에 들고 있던 캔을 내려놓았다.

"그렇게 될 것 같아. *쿵.*"

"거긴 어떤 말을 써?"

"덴마크어."

"덴마크어가 따로 있구나."

나는 새삼스레 감탄하며 친구를 보았다.

"응, 나도 이번에 알았어. *쿵쿵*."

"미리 공부 좀 하고 있어?"

"그냥 조금."

"덴마크어로, 안녕은 뭐야?"

준모는 어쩐지 망설이는 것 같았다.

"음, 파르벨."

"하이?"

"아니, 굿바이."

그는 천천히 덧붙였다.

"하이는 '고다그'야."

"그렇구나."

이번엔 지혜가 물었다.

"대학도 거기서 갈 거야?"

"어머니의 바람은 그래. *씨팔*. 사실은, 거기 나 같은 증상의 환자들한테 유명한 병원이 있나봐. *쌍, 쌍, 씨팔*."

준모가 쓴웃음을 지어 보였다. 코펜하겐이라는 도시는 어떤 곳일까. 낯선 거리에서 랭귀지 스쿨과 병원을 오가는 준모의 모습을 떠올려보았다. 입에서 한국어로 된 욕을 폭포수처럼 쏟아낸대도 덴마크 사람들은 무관심하게 제 길을 갈까. 거기서라면 준모는 영원히 자유로울까. 우리는 깜빡 잊고 있었다는 듯 각자의 맥주캔을 허공에서 부딪쳤다. 조그맣게 '건배'를 외쳤다. 한모금 넘겨보았다. 술의 맛은 나에게 여전히 찝찔하고 건건했다. 그럼에도 저항감 없이 목 안으로 흘러들어갔다. 하루하루 스무살에 가까워진다는 게 간혹 두렵기도 하다. 연거푸 몇모금을 마시자 기분이 서서히 나아졌다. 이런 느낌을 취기가 오른다고 표현하는지도 모른다. 아무리 두려워도 엄살은 떨지 않을 것이다. 두 발이 바닥에서 삼 센티미터쯤 가볍게 둥실 떠오르는 것도 같았다.

"음악 틀어도 돼?"

거실 한켠에서 미니 오디오를 발견하고 준모가 물었다.

"응."

준모가 제 씨디플레이어에 있던 음반을 오디오로 옮겼다. 내 모든 걸 당신께 말해주고 싶어 작은 마음 드리리라 나는 항상 그대의 마음 곁에 있어 소중한 건 너이기에 난 YO! 언제나 너에게 말을 하지 못하고 그대 눈빛이 마주칠 땐 고개 돌리며 다른 얘길 하네 내 YO! 발가락을 꼼지락거리며 나는 기억해냈다. 언젠가 이런 시간이 우리에게 왔다 갔다. 똑같은 박자, 똑같은 템포, 똑같은 리듬, 똑같은 비트, 똑같은 친구들, 똑같은 웃음. 그러나 똑같은 시간은 아니었다. 지나간 시간들은 가늠할 수 없는 공간으로 소멸되었으며, 새로운 시간들이 천연덕스러운 눈빛으로 출몰할 것이다. 경이로운 일이었다. 이 순간 우리는 각자 한없이 고요했다.

5

 잠깐 눈을 떴을 때는 사방이 환했다. 나는 누워 있었다. 눈을 껌뻑여보았다. 시간 감각이 사라진 것 같았다. 창밖에는 암흑만이 완강했다. 머리맡에 손을 뻗어 삐삐를 찾았다. NO PAGE. AM 1:45. 친구들은 곁에서 자고 있었다. 지혜는 제가 입고 온 스프링코트를 이불처럼 덮은 채 소파 위에 사지를 오그리고 누웠고, 준모는 공벌레처럼 몸을 동그랗게 말고서 마룻바닥에서 잠이 들었다. 둘 다 무척 불편한 자세인데 참 잘 자네. 나는 부지불식간에 생각했다. 아주 어릴 적, 엄마 아빠 사이에 끼여 잠들 때처럼 안심이 되었다.
 다시 정신없이 잠이 쏟아졌다. 잠과 꿈의 경계에서 라면에 대해 생각했다. 커다란 양은냄비에 팔팔 물을 끓여 라면 세개와 수프를 차례로 부숴 넣은 다음, 나무젓가락으로 면발을 휘젓는다. 불, 센 불이 가장 중요하다. 계란 세알을 까넣고 흰자와 노른자를 마구 뒤섞어야지. 내가 싫어하는 다진 파는 넣지 않겠다. 밥상 한가운데 냄비를 가져다놓고 젓가락 세벌과 넓적한 대접 세개를 차린다. 그리고 잘 익은 배추김치 한 접시. 입속에 침이 고였다. 죽음보다 깊은 잠이 휘몰아닥쳤다.
 얼마나 잤을까. 머리가 지끈거렸다. NO PAGE. AM 4:25. 천장을 보며 가만히 누워 있었다. 현기증이 목뼈를 타고 올랐다. 저 높은 곳에서 또다른 내가 내 몸을 내려다보고 있는 느낌이 들었다. 입이 바짝 말라서 참을 수가 없었다. 준모가 눈을 떴다. 그도 퍽 당황한 모양이었다.

"며, 몇시야?"

준모의 목소리는 아주 낮고 피로했다.

"4시 반."

"새벽? 아, 세상에."

그가 상체를 일으켰다. 두 손으로 마른세수를 하다 멈추었다. 우리는 한동안 아무 말도 하지 않았다.

"준모야."

준모의 이름을 오랜만에 불러봤다.

"응, 세미야."

"어디 가서든, 아프면 안돼."

그가 고개를 한번 끄덕였다.

"우리 잊어버리면 안돼."

"그래."

작별인사인데 왜 나는 '안돼'라고만 했을까. 행복해야 돼, 건강해야 돼,라고 하지 않았을까. 할로겐 전구가 뿜어내는 노란 불빛이 마룻바닥에 떨어져 어지러이 흩어졌다. 창밖은 여전히 신비로운 어둠이 점령하고 있었으나, 차차 묽어지다 곧 희붐하게 밝아올 것이다. 날이 밝고 나면 그때 우리는 우리가 살았던 내일에 대해, 다시 도달하지 못할 어제에 대해 조금쯤 더 알게 될까. 생의 비밀을 푸는 열쇠를 발견했다고 거짓 고백이라도 할 수 있게 될까. 나는 준모를 향해 오른손을 내밀었다. 준모가 내 악수를 맞받았다. 우리는 아주 잠시 닿았다가 떨어졌다.

"어, 몇시야?"

지혜의 목소리가 들렸다. 아직 혓바닥이 꼬여 있었다.

"미치겠다."

지혜는 허둥지둥 겉옷을 걸쳤다.

"가려고, 지금?"

"그래야지."

"독서실에서 밤 샌다고 했다며?"

"그러니까, 독서실로 가야지, 빨리."

지혜가 서두르자 준모도 따라서 급히 움직였다. 우리는 계단을 뛰듯이 내려왔다. 일층 거실에 고인 어둠이 낯설었다. 대문 앞에서 헤어지면서 덴마크 가기 전에 꼭 다시 만나자는 인사를 나누었다. 나는 말을 하면서도 그것이 불가능한 바람인 줄을 알았다. 바람 한 점 없는 이슥한 새벽이었다. 친구들이 아이스크림 차에 올라탔다. 나는 손을 흔들었다. 대문을 닫으면서 하나의 세계가 닫히는 것 같다는 생각을 했다.

정원을 가로질렀다. 발에 꿴 슬리퍼를 벗으며 불현듯 할머니가 떠올랐다. 아까 우리가 냈던 부주의한 발소리가 할머니의 새벽잠을 깨웠을지도 몰랐다. 안방 쪽으로 다가가는데 갑자기 이상한 느낌이 스쳤다. 안방 문 너머는 적막했다. 귀를 대도 아무 소리도 들려오지 않았다. 살며시 문을 열어보았다. 어둠 속에 휑뎅그렁한 방

안의 씰루엣이 드러났다. 퀸 싸이즈의 침대에는, 아무도 없었다. 나는 벽을 더듬어 불을 켰다. 아무도 없었다.

찌릿찌릿한 감각이 온몸으로 쫙 퍼졌다. 안방에는 문이 하나 더 있었다. 욕실로 통하는 문이었다. 손잡이를 세게 잡아당겨도 그 문은 열리지 않았다. 나는 온 체중을 실어 문 한복판으로 몸을 던졌다.

욕실 한가운데, 변기와 욕조 사이에 할머니가 고꾸라져 있었다. 잠옷 바지는 내리다 만 듯 무릎께에 걸려 있고, 입가에는 게거품이 말라붙어 있었다. 나는 주춤주춤 할머니에게 다가갔다. 할머니의 쓰러진 모습은 두번째 보는 것이었다. 침착하자, 침착하자. 속으로 되뇌었다. 할머니의 팔로 손을 뻗다가 움찔 물러섰다. 서늘했다. 사람의 온도가 어떻게 이럴 수 있지. 퍼뜩 정신이 들었다. 할머니의 몸은 마른 나무토막처럼 뻣뻣하게 굳어 있었다. 언제였을까. 내가 맥없이 곯아떨어졌던 시간, 아니 들뜬 열기에 싸여 술을 마시고 있던 시간인지도 모른다. 할머니 옆에 멍하니 선 채 나는 눈을 감았다가 뜨는 행동만을 반복했다. 그것 말고는 달리 뭘 어떻게 해야 하는지 판단이 서지 않았다. 실은 무릎이 후들거려서 꼼짝할 수가 없었다.

친구들은 어디쯤 가고 있을까. 언덕 아래를 다 내려갔을까. 이미 한강을 건넜을까. 여기에 나 혼자뿐이라는 실감이 또렷해졌다. 간신히 전화기로 다가갔다. 119 대신, 준모의 삐삐 번호를 눌렀다. 딱 한번 정말 필요한 순간에 달려오겠다던 약속을 준모는 기억하고 있을까.

잠시 뒤 전화벨이 울렸다.

"왜? 무슨 일 있어?"

"할머니가, 쓰러졌는데……"

뒷부분은 온전히 이어지지 못했다. 현관 앞에 쪼그려 앉아 친구들을 기다렸다. 고양이처럼 몸을 한껏 웅크리고 무릎에다 고개를 파묻었다. 머릿속이 텅텅 울렸다. 친구들이 왔다. 준모가 점퍼를 벗어 등을 덮어주었다. 지혜가 바닥에 무릎을 꿇고는 내 몸 전체를 부둥켜안았다. 나는 한동안 말없이 날숨만을 내쉬었다. 채 날아가지 않은 알코올 냄새가 내 숨에 뒤섞여 나왔다. 친구들의 의아한 눈빛이 이마 위로 쏟아져내렸다. 나는 더듬더듬 입을 열었다.

"그래서 지금 너희 할머니가 돌아가셨다는 거야? 저 안에서?"

지혜가 높은 옥타브로 외쳤다. 쉿! 나도 모르게 입가에 검지를 가져다댔다. 지혜가 꿀꺽 침을 삼켰다. 준모가 안방으로 들어갔다.

"어어, 저기, 세미야."

이윽고 준모가 내 이름을 부르며 나왔다. 낯빛이 새하얬다. 그애가 침착하기 위해 결사적으로 애쓰는 중이라는 걸 알 수 있었다.

"세미야, 아, 아."

무슨 말부터 해야 할지 모르는 것 같았다.

"정말, 숨을 안 쉬시네. ……머리를 바닥에 부딪쳤나봐."

"세상에! 웬일이야!"

지혜는 아무래도 믿기지 않는가보았다.

"야, 설마, 진짜야?"

"……그런 것 같아."

세미가 한껏 낮춘 음량으로 묻는 소리, 준모가 대답하는 소리가 귓가를 멍멍하게 스쳐갔다.

"전화기, 전화기 어디 있어? 빨리 119 불러야지."

지혜는 안절부절못했다.

"아, 119 맞지? 112 아니고?"

천하의 이지혜가 119와 112를 헷갈리고 있었다.

"잠깐만."

준모가 지혜를 막았다.

"저, 세미야, 아까 네가 할머니 쓰러진 거 처음 봤을 때부터 저렇게 계셨던 거, 맞지?"

준모는 지극히 조심스러웠다. 그의 조심스러운 음색에서 묻어나는 희끄무레한 불안의 기색을 나는 눈치채고 말았다. 준모는 무엇이 궁금한 걸까. 알 것도 모를 것도 같았다.

"괜찮아. 솔직하게 말해봐. 대체 무슨 일이 있었던 거니?"

준모의 눈동자가 이렇게 깊고, 선연하게 맑았던가. 아무 일도 없었다고 하려다가 나는 그만 입술을 깨물었다. 정말, 아무 일도 없었던 걸까. 이 집에서.

"모르겠어."

지혜가 푹 수그린 나의 어깨를 다시금 감싸안았다. 그애의 자그마한 어깨뼈에 이마를 묻고서 나는 목구멍을 떨며 울었다. 슬픈 것도, 먹먹한 것도 정확한 감정은 아니었다. 울음이 울음을 불러왔다.

세상에 태어나 이렇게 절실하고 간절하게 울어본 건 처음인 것 같았다. 곡진한 울음 속에서 내 영혼의 무언가 작고 단단한 것, 한알의 호두 같은 것이 엄청난 힘에 의해 반으로 쪼개졌다.

"119 부르면 경찰에서도 오나? 그런 일 있을 동안 한집에서 뭘 했느냐고 묻겠지?"

지혜가 주저하며 물었다.

"우리는 어떡하지?"

한순간, 정적이 흘렀다.

나는 사라졌으면 좋겠구나. 아무도 모르게.

할머니가 내게 남긴 마지막 말이 그때 왜 떠올랐는지 모르겠다. 암흑 속에서 발견한 가느다랗고 뾰족한 불빛처럼, 그 말만이 유일한 주문(呪文)이 되어 나를 붙잡아 흔들었다.

"할머니를 조용히 보내드리고 싶어."

친구들이 나를 쳐다보았다.

"아무도 찾지 못하도록. 더이상 모욕당하지 않도록."

친구들의 눈빛에서 일렁이던 짙은 구름을 보았다. 나는 이 순간을 죽어도 잊지 못하리라 예감했다.

모두들 할머니가 제 발로 집을 나갔다고 믿었다. 집 안의 금품이 없어지지도 않았고, 납치범의 협박전화 같은 것도 전혀 걸려오지 않았기 때문이다.

"정신이 온전치 않으셔서."

아빠가 남들 앞에서 말하는 걸 들으면 가슴이 아팠다. 할머니는 돌아가실 때까지 정신이 온전치 않은 적이 단 한번도 없었다.

"우리 잘못이야. 이 집을 떠나야 하는 걸 못 받아들이신 거야."

고모는 할머니가 집에 돌아올 때까지 이사를 미뤄야 한다고 주장했다. 계약서라는 게 그렇게 만만한 건 줄 아느냐고 고모부가 지청구를 주었다. 고모부가 가출신고와 실종신고의 차이에 대해 조목조목 설명했다. 실종신고 후에 오년이 지나면 사망으로 간주된다고 했다. 아빠는 재빨리 실종신고를 했다. 어쩐 일인지 그들은 갑자기 손발이 척척 맞는 듯했다. 시간이 흘러, 서류를 정리하는 시점이 닥치기 전까지는 그러했다.

이사는 예정대로 진행되었다.

할머니에게 비밀을 선물한 댓가로, 우리 셋은 비밀을 공유하게 되었다. 우리만의 완벽하게 은폐된 비밀. 아무하고도 나눌 수 없는 것을 나는 친구들과 꼭 나누고 싶었는지도, 그랬는지도 모르겠다.

비밀은 지켜졌고, 나와 지혜와 준모는 다시 모이지 않았다. 우리는 마침내 뿔뿔이 흩어질 수 있었다. 내가 끔찍이도 두려워했던 것은 혼자 남겨지는 게 아니었다. 이 세상에 혼자인 사람이 오직 나 혼자뿐인 거였다. 준모도 지혜도 어딘가에 혼자 있을 거라 생각하면 아무리 우스운 영화를 봐도 웃음이 나오지 않았다. 어른들은, 어른이 되면 원래 다 그런 거라고들 말했다.

'너의 아이가 살고 있는 아침의 집에 너는 꿈에도 들어가지 못하리라.'

서른을 며칠 앞둔 어느날, 책에서 이런 구절을 읽었다. 나는 나직하게 중얼거려보았다. 안녕, 아침의 집. 안녕, 내 모든 것.

달에서 온 편지

1

"지혜야, 너는 그냥 가."

준모가 나를 향해 말하던 순간 이 이야기는 시작되었다. 준모의 표정은 처음 보는 것이었다. 턱은 굳건했고 눈빛은 출렁였다.

"싫어."

나는 대답했다. 준모와 나의 눈빛이 공중에서 맞부딪쳤다. 짧은 동안이었다. 준모가 먼저 시선을 피했다. 나는 그때 내가 이겼다고만 생각했다. 준모가 내민 마지막 기회를 내 발로 차버린 줄은 몰랐다. 나까지 휘말리게 하고 싶지 않다는 게 친구들의 진심이었을 것이다. 나까지. 배척의 의미였다.

내가 휘말려든 건 바로 그 이유 때문이다.

"그래, 지혜야. 넌 빨리 가."

세미가 거드는 소리는 이미 귀에 들어오지 않았다.

"아니, 나도 같이 있을 거야."

자꾸 혀가 말렸지만 나는 또박또박 발음하려고 애썼다. 나 역시 진심이었다. 진심이라는 단어에 영원성이 내포되어 있지 않다는 걸 그때는 몰랐다. 그때의 나에게 그런 것은 전혀 중요하지 않았다. 그와 비교할 수 없이 중요한 건, 혼자만 배제되는 것이었다. 비겁하다고 낙인찍히는 것이었다.

1996년 5월 19일 일요일 이른 새벽, 날씨는 청량한 편이었고 기온은 5월의 여느 날과 비슷했다. 특별할 것 없는 휴일 하루가 막 시작되려 하고 있었다. 몸을 완전히 숨길 만큼은 아니어도 적당히 눈속임할 수 있을 만큼은 어둡기를 바랐는데, 날은 이미 환했다. 우리는 정원으로 나왔다. 준모가 휠체어를 밀고, 세미와 내가 차례로 뒤를 따랐다. 의지와 상관없이 걸을 때마다 자꾸 발이 휘청거렸다. 바깥 공기를 마시자 잠시 잊었던 취기가 급격히 치받쳐올랐다. 속이 메슥거리고 눈썹뼈와 관자놀이가 욱신댔다. 둔하고 무거운, 생경한 통증이었다. 차에서 나는 오래 숨을 참았다. 차는 길의 방향대로 성실하게 흔들렸다. 세 친구와 할머니를 실은 네개의 바퀴는 길 밖으로 미끄러지지도, 튕겨나가지도 않았다.

혹시 꿈이었을까. 집에 돌아와 하루 내내 자다 일어난 뒤부터, 나는 의심하기 시작했다. 그 새벽의 세부 풍경들이 낱낱이 기억난다고 해서 꿈이 아니라는 증거는 아닐 터였다. 나는 희망을 버리지 않았다. 교정 저 멀리서 세미가 걸어오는 모습을 보면 가슴이 조마조마해졌다. 슬그머니 다른 쪽으로 방향을 틀었다. 나도 모르게 기어코 세미에게 할머니 안부를 묻고 말 것 같아서, 세미가 꿈이 아니었다고 내 눈동자를 똑바로 쳐다보며 이야기할 것 같아서 나는 어찌할 바를 몰랐다.

준모에게서 딱 한번 전화가 왔다.

"나 내일 떠나. *씨팔, 좆같아, 썅.*"

우리가 친구로 지내온 여섯해 동안 그애의 욕설 틱이 귀에 거슬린 것은 처음이었다.

"저, 지혜야."

준모가 무슨 말인가를 더 하려는지 머뭇거렸다. 나는 겁이 났다. 황급히 그의 입을 막고 싶었다.

"잘 가. 그리고 마지막으로 얘기하는데, 나한테 욕하지 마."

준모는 한 음절씩 뚝뚝 끊어 "미, 안, 해"라고 했다. 일초의 틈도 없이 전화가 끊어졌다. 나는 그대로 잠들었다. 깨어보니 한 손에 수화기를 들고 있었다. 그즈음부터였을 게다. 나는 틈만 나면 잤다. 잠이 그냥 그렇게 왔다. 꿈 없는 새까만 잠이었다. 누워서만 자는 게 아니었다. 학원 책상, 독서실 책상을 가리지 않고 무작정 엎드렸다. 엠이 펄펄 뛰었다. 자고 있는 내 등을 후려치거나 손톱으로 목덜미를 꽉 누르기도 했다.

"현실도피하는 거니? 그래봐야 도망갈 데가 있는 줄 알아? 지금 이러는 만큼 나중에 너 감당할 몫이 커지는 거야. 재수, 삼수 해봐야 피눈물 흘리면서 정신 차리지!"

틀린 말은 아니었다. 친구들이 없으니 철없는 참새처럼 지저귈 일도 없었다. 학교에서나 집에서나 단 한마디도 입을 떼지 않는 날이 늘었다. 여름이 되자 대부분의 날들을 그렇게 보냈다. 걸을 때는 땅만 내려다보았다. 맥을 놓고 걷다가 자동차에 몇번 치일 뻔했다. "미친년아!" 흰색 크레도스 운전자인 중년 남자는 다짜고짜 소리를 질렀고, 자주색 엘란트라 운전자인 중년 남자는 다친 데 없느냐고 걱정을 했다. 비슷하게 생겼더라도 사람은 다 달랐다. 나는 몸피가 습자지처럼 얇아졌으면 좋겠다고 생각했다. 휙 구겨져 아무 데나 버려지기 쉽도록.

엠의 저주는 현실이 되었다. 나는 대학에 떨어졌다. 수능을 보다 말고도 엎드려 잤으니 당연한 결과였다. 부모는 노량진의 재수학원에 등록시켰다. 노량진은 해가 떠 있는 동안에도 어두웠다. 안개처럼 자욱한 먼지 더미가 허공을 날아다녔다. 세미가 서울에 있는 한 여자대학교에 합격했다는 소식을 같은 학원에 다니는 고등학교 동창에게 들었다. 3학년 때 세미와 한반이던 김지선이었다. 1학년 7반, 2학년 3반, 3학년 1반. 미도아파트에 살고 어머니가 유력한 정치인의 쎄컨드라는 얼토당토않은 소문이 있던 아이였다.

"윤세미랑 그렇게 붙어 다니더니. 너희 싸운 거야?"

진정성 없는 호기심을 노골적으로 드러내는 타인에게 대답해야 할 의무는 없었지만 나는 가만히 고개를 저었다. 경광등을 밝히고 달리는 경찰차보다 골목 어귀에 숨은 듯 정차한 경찰차를 보았을 때 더 겁이 났다. 사체유기라는 죄목의 존재를 알게 되었다. 사체를 다른 곳에 내다버림으로써 성립하는 죄. 매장하거나 화장하지 않고,라는 단서가 붙었다. 그날, 매장을 하지 않은 것은 아니니 죄가 성립하는지 아닌지 가늠하기 어려웠다.

두번째 수능 시험장에서는 엎드려 자지 않고 문제를 풀었다. 꼭 대학에 가고 싶어서는 아니었다. 내년, 후년, 그다음 해, 어쩌면 영원히 노량진에 남아 있을 수는 없다는 생각이 들었기 때문이다. 수리와 외국어는 중상 정도의 점수를 받았고, 언어영역과 사탐, 과탐은 만점이었다. 웬만하면 원하는 곳에 갈 수 있는 성적이라고들 했다. 내가 원하는 곳이 어디인지 아무도 모른다는 것이 문제였다. 담임이 골라준 학교에 원서를 넣었다. 학원에서는 일년 동안 수능 점수가 수직상승한 모범사례로 내 이름을 홍보 카탈로그에 넣겠다고 알려왔다.

3월은 춥고 을씨년스러웠다. 세상의 모든 언어들이 사라지고 IMF라는 단어만 남은 것 같은 날들이었다. 그래도 캠퍼스 잔디밭에는 이유 없이 왁자한 웃음소리가 시시때때로 메아리쳤다. 봄은 더디게 왔다. 노량진에서나 대학 교정에서나 어깨를 구부정하게 수그리고 걷는다는 점에서 나는 그대로였다.

지하철에서 우연히 김지선을 만났다. 그녀는 눈가에 초록색 아이섀도우를 칠하고 굽이 팔 센티미터는 될 듯한 힐을 신고 있었다. 대학 생활이 이렇게 지루할 줄은 몰랐다고 투덜거렸다. 현역으로 들어온 동급생들과 말이 통하지 않아 짜증스럽다고도 했다.

"참, 나 며칠 전에 윤세미 봤다."

"........."

강남역의 나이트클럽에서라고 했다. 자정, 술에 엉망으로 취한 여자애가 화장실 세면대에 물을 콸콸 틀어놓은 채 마냥 서 있더라고 했다. 거울 너머로 흘깃 쳐다보았는데 그 여자 얼굴이 세미 같더라고 했다.

"얼마나 마셨는지 눈이 완전히 풀렸더라고. 마스카라 다 번지고 머리는 산발이고."

나는 아무 대꾸도 하지 않았다.

"아 근데, 사실 나도 만취여서, 어쩌면 걔 아니었을지도 몰라."

김지선이 혀를 쏙 내밀었다. 나는 술을 단 한 방울도 마시지 않았다. 술에 취하면 또다시 치명적인 실수를 할까봐, 그리고 자칫 방심하여 그 새벽의 일을 어딘가에 털어놓을까봐 두려웠다. 모든 게 꿈속의 일이었다는 헛된 희망은 더이상 품지 않았지만, 혹시 땅에 파묻힌 것이 세미의 할머니가 아니라 마네킹이었는지도 모른다는 얼토당토않은 의혹이 들었다. 마네킹이거나 죽은 할머니이거나 시든 장미꽃이거나, 혹시 세미는 비밀이 묻힌 깊은 구멍 하나쯤 누구에게나 있다고 믿는 걸까.

휴학계나 자퇴서를 내려면 반드시 보호자의 도장이 필요하다고 했다. 보호자가 등록금을 내주는 사람이라는 의미라면, 나의 보호자는 부모였다. 입장을 바꿔보면, 일말의 권리를 주장하고 싶은 그들의 마음이 이해되지 않는 것도 아니었다. 부모는 자퇴는커녕 휴학에도 완강히 반대했다.

"재수를 해서 가뜩이나 늦었는데 더 늦으면 어쩌려고? 이십대에 일이년이 얼마나 중요한데."

왜 중요한지에 대해서는 엠도, 디도 말하지 않았다. 그들도 모르기 때문이었다. 이 세상에 내 부모가 모르고 사는 것이 얼마나 많은지 깨달아갈수록 삶은 쓸쓸해졌다. 나는 휴학도 자퇴도 하지 않았지만 수업에는 들어가지 않았다. 한 학기가 지나자 출석 미달로 전과목 낙제 처리되었다는 통보가 왔다. 나를 투명 벌레 취급하는 것으로 부모는 자신들의 실망감을 표현했다. 그들을 원망할 마음은 없었다. 그들도 화사한 미니스커트를 입고 데이트를 하러 가는 귀여운 여대생을 딸로 가지고 싶었을 것이다.

어느날 학교 문방구에서 스프링노트 한권을 샀다.

첫 장을 펼치고, 아무 문장이나 써내려가기 시작했다. 소설도 산문도, 픽션도 논픽션도 아니었다. 세미와 준모가 곁에 있었다면 그들에게 떠들어댔을 이야기였다. 내 안의 구덩이에 뒤죽박죽으로 저장되어 있다가 별안간 용솟음쳐오르는 기억의 파편들. 그 파편들을 되는대로 잡아채 줄줄 써내려갔다. 튀어나오는 대로 다 붙잡고 싶은데, 손의 속도가 기억의 속도를 따라가지 못했다. 손의 속도는, 기억의 속도보다도 말의 속도보다도 느렸다. 그 틈새에 깃든 고요함에 대해 나는 아주 천천히 인식하기 시작했다.

교수 부부의 외동딸이 아니라면 나는 인물이 보잘것없는, 흔하디흔한 한명의 젊은 여자에 불과했다. 내가 어떤 존재인지를 먼저 명확하게 받아들여야 했다. 친구들의 소식은 바람결에도 들려오지 않았다. 그들이 그립거나, 그립지 않았다. 그 새벽에 대해 언젠가는 쓸 수 있을까. 아직 자신이 없었다. 오래전의 구덩이 같은 것, 모두가 잊은 척 미끈히 덮고 살더라도 움푹 파였던 흔적은 사라지지 않는다. 그것은 내게 오직 하나로 족했다.

2

"쌤, 누가 찾아오셨는데."
 네시간째의 수업을 마치고 돌아와 냉수 한모금을 입에 머금었을 때 부원장이 나를 불렀다. 습관적으로 몸을 일으켰다. 상담을 원하는 학부모일 터였다. 교무실 문을 나서면 학원 출입문까지 짧은 복도였다. 거기 누군가 내게 등을 보인 자세로, 꼿꼿이 서 있었다. 여자였다. 작고 말랐다는 느낌을 주는 뒷모습이었다. 여자가 천천히 뒤로 돌았다.
 이런 날이 올 줄 왜 몰랐을까. 머릿속에서 의미 없는 문장들과 의미 없는 숫자들이 엉망진창으로 뒤엉켰다.
 "너, 똑같다."
 세미가 던진 첫마디였다. 그녀는 종아리까지 내려오는 치렁한 검정 모직코트에 목에는 비둘기색 머플러를 단정히 맨 차림이었다. 머리카락을 하나로 낮게 빗어 묶었고, 얼굴에 한 듯 만 듯 옅은 화장을 했다. 윤세미가 맞았다. 그녀에게 기다리라는 말도 하지 못하고 나는 교무실로 휘청휘청 걸어왔다. 다른 강사들이 의아한 눈으로 쳐다보았다.

"사회쌤, 어디 아파요?"

누군가 물었다. 그렇다고 했는지 아니라고 했는지 모르겠다. 나는 겉옷과 가방을 들고 밖으로 나왔다. 이 일을 시작한 후 처음으로 하는 무단조퇴였다.

어디로 가야 하지. 어디로 가야 하지.

세미와 함께 계단을 내려오면서 나는 그 생각에만 골몰했다. 머릿속이 하앴다. 반갑다는 감정도, 당혹스럽다는 감정도, 두렵다는 감정도 들지 않았다. 초강력 진공청소기가 뇌의 주름 사이사이를 빨아들이는 것처럼 머리가 멍하다는 느낌뿐이었다. 밤이었다. 행인들은 어둠과 구별되지 않는 무채색 외투를 입고서 어깨를 웅크린 채 빠르게 걸어갔다. 건조하고 바람이 찼다. 우리는 함께 그 속으로 발을 내디뎠다. 뺨이 시렸다.

"왜 이렇게 말랐어?"

세미가 물었다. 내가 그녀를 보고 느낀 것과 같은 의문이었다.

"너도 그래."

내가 대답했다. 세미가 웃어 보였다.

"밥은 먹었어?"

나는 고개를 저었다. 우리는 묵묵히 걸었다. 늘 나보다 조금 작은 줄만 알았는데 세미의 눈높이는 나와 똑같았다. 스무살이 지나고도 키가 자라는 사람은 몇이나 될까. 고등학교 1학년 신체검사에서 그녀의 키는 156.5센티미터, 내 키는 159.2센티미터였다. 3학년 때에도 내가 삼 센티미터는 더 컸다. 우리는 서로의 스무살 이후를 알지 못한다.

모퉁이를 돌자 낯익은 분식 체인점이 보였다. 몇번 들렀던 곳이다. 무표정한 주인 여자가 유리창 가의 형광등 불빛 아래 앉아 종일 김밥을 말았다. 근방에 갈 만한 다른 식당이 떠오르지 않았지만 그냥 지나쳤다. 아는 사람의 눈에 뜨일까봐서가 아니었다. 오롯이 둘만 있고 싶어서였다. 그래야 할 것 같았다. 더디게 큰길로 접어드는 동안 우리가 밟아온 보도블록 위에 차츰 밤안개가 내렸다. 어느덧 지하철역 앞에 다다랐다. 썬글라스를 쓰지 않고 여기까지 온 건 처음이자 마지막일 것이다.

"저기 어때?"

십오년 동안 무얼 먹으러 가야 할지만 고민한 사람처럼 세미가 손가락으로 간판 하나를 가리켰다. 호프집이었다. 가본 적 없는 곳이었다. 오래도록 술집 같은 곳에 갈 일 없이 살아왔다. 우리가 함께 술집에 들어간 건 딱 한번뿐이었다. 둘이 아니라 셋이었다. 중학교 연합고사가 끝난 겨울이었고, 종일 스산한 비가 내리던 날이었고, 우리는 아무렇지도 않게 무모했다. 입구에서부터 대놓고 미심쩍은 눈길을 보내던 종업원이 우리가 자리에 앉기도 전에 다가와 신분증을 보여달라고 요구했다. 아 됐어요. 우리가 이렇게 보여도 나이 많거든요. 여기 말고 다른 데 가자! 쫓겨나서야 우리는 소

안녕, 내 모든 것 241

심하게 킥킥 속삭거렸다. 사실 우리는 그때 술을 한 방울도 마셔본 적 없는 처지였다. 호프집의 이름은 '우산속'이었다. 빨간 바탕에 흰 글씨로 흘려 쓴 간판 한옆에 앙증맞게 그려진 우산 그림이 아직도 생생하다.

갇혔던 기억들이 수문이 열린 것처럼 일제히 쏟아져내린다.

"아니, 별론가."

그녀가 다시 말했다. 공중에 흰 입김이 동그랗게 피어올랐다.

"저런 데는 밥이 없겠다, 그치?"

너무도 익숙한 말투라 나는 걸음을 멈추었다. 그녀의 음성은 예전과 달라진 데가 없는 것 같았다. 우리는 일식주점에 마주 앉았다. 조도가 낮고 칸막이가 있는 공간이었다.

"생각했어, 자주."

전골냄비가 팔팔 끓었다. 나는 술병을 들어 그녀의 잔과 내 잔을 차례로 채웠다. 그날 이후 처음이라는 걸 그녀는 모를 것이다. 찬술을 입술 끝에 가져다댔다. 아무런 향도 맡아지지 않았다.

"우연이란 게 정말 있구나, 살다보니까. 친구 집에서 우연히, 광고지에 있는 네 얼굴을 봤어."

학원 원장은 새 학기나 방학특강 등을 시작하기 전에 종종 광고지를 만들곤 했다. 신문지 사이에 끼워져 근처 아파트 단지에 배달될 것이었다. 과목별 강사들의 프로필이 쭉 나열되어 있는 맨 하단에 실린 내 얼굴과 이름을 발견하고 그녀는 무슨 생각을 했을까. 그녀는 우연이라는 표현을 연거푸 사용했다. 그녀에게 서로의 집을 방문하곤 하는 친구가 있다는 것, 어쨌든 그런 삶을 살고 있는 것만은 분명했다. 다행이다. 반사적으로 허공에 준모의 얼굴이 떠올랐다. 냄비의 국물이 천천히 졸아드는 동안 그녀도 나도 먼저 숟가락을 들지 않았다.

"지혜야."

그녀가 나직하게 내 이름을 불렀다. 나는 사기 재질로 된 술잔을 두 손으로 감싸쥐었다. 세미가 잠시 숨을 멈추었다. 그녀의 입에서 흘러나올 말들을 아주 오래전부터 알고 있었던 것만 같았다.

"고마워."

그녀의 고개가 살며시 꺾였다. 나는 아무 대꾸도 하지 못했다.

"꼭 한번은 말해야 할 것 같았어. 덕분에 할머니 편하게 모실 수 있었어."

편하게,라는 부사가 목에 걸렸다. 그것은 누구에게 편한 시간이었을까.

"거기, 한번 가보지 않을래?"

"........."

"한번 가봐야 한다는 생각이 들었어, 기일이 되면 언제나. 그런데 어디인지 혼자 찾을 자신이 없더라. 전부 다 아스라하기만 해."

혹시 내 입에서 나올 말이 두려워서일까. 그녀는 쉬지 않고 말했다.

"너는 나하고 다르잖아. 너는 뭐든지 다 기억하니까. 하나도 남김없이. 그렇지?"

오렌지색 알전구 밑에 드러난 세미의 얼굴은 적이 피로해 보였다. 눈가와 입가에 가느다랗게 팬 낯선 표정주름들이 우리가 따로 건너온 시간을 증언했다. 나는 가지런히 정리된 그녀의 속눈썹을 바라보았다. 속눈썹이 아까부터 가늘게 떨리고 있었다.

세미가 차를 가지고 왔다. 국산 중형차였다. 실내는 적당히 따뜻했다. 바깥에 있는 사람에게 죄책감을 느끼지 않을 만한 온기였다. 조수석에 앉자 세미가 오백 밀리리터 플라스틱 생수병을 건넸다. 조수석 바로 뒷자리에 카시트가 장착되어 있었다. 아이가 있었구나. 우리가 충분히 그럴 만한 나이가 지났음에도 나는 먹먹한 기분이 되었다.

"여섯살이야. 이제 주니어용으로 바꿔줘야 하는데 내가 게을러서."

"........."

"여자애야."

더 묻지 않았다. 도로 양쪽으로 지나치는 산등성이마다 희끗희끗하게 눈이 쌓여 있었다. 올겨울은 눈이 잦고 유난히 추웠다. 어쩌면 매해 겨울을 지낼 때마다 그런 예보를 들었던 것도 같다. 평일 오후 도시 외곽도로를 타고 교외로 나가는 삼십대의 두 여자. 남들 눈에는 한가롭고 평화로운 나들이로 보일 것이다. Y시는 남한강 유역을 따라 널따랗게 펼쳐져 있었다. 우리는 키 낮은 상가들이 늘어선 작은 시내를 통과했다. 그 밤에도 여기를 지났다. 스쳐가며 내 눈에 각인된 간판들이 지금은 남아 있지 않았다.

"수형사로 가야 해. 수, 형, 사."

나는 그날 이후 한번도 입 밖에 내보지 않은 이름을 말했다.

"어, 이상하다? 나는 수경사인 줄 알았는데. 수, 경, 사."

세미는 비슷하지만 전혀 다른 이름을 댔다.

"수형사야."

"음, 내가 좀 전에 인터넷에서 찾아봤는걸. Y시에 분명히 수경사가 있어. 다시 찾아봐."

세미가 제 스마트폰을 내밀었다. 나는 더듬더듬 웹 검색을 했다. 수경사. 신라 신덕왕 때 봉원대사가 설립한 고찰. Y시 시청에서 좌측으로 20.5킬로미터 떨어진 곳에 수경사라는 이름을 가진 절이 존재했다. 세미의 기억이 옳을지도 모른다. 하지만 수경사의 존재가 수형사의 존재 없음에 대한 증거가 되지는 않을 것이다. 나는 용기를 내어 중얼거렸다.

"기차 건널목을 지났어."

"그랬나?"

"응, 그다음에 두번째 사거리에서 미장원 간판을 끼고 왼쪽이었어."

"나는 하나도 기억이 안 나."

구불구불 이어진 일차선 도로를 아무리 달려도 기찻길 같은 것은 나오지 않았다. 이러다 우리는 세계의 끝까지 달려갈 것 같았다. 세미가 도로 한쪽에다 차를 세웠다. 이상하게 텅 비어 있는 한낮이었다. 지나가는 이는 없었다. 한참을 기다리자, 멀리서 자전거를 탄 남자가 천천히 다가왔다. 낡은 운동모자를 쓴 늙수그레한 사내였다. 세미가 차창을 내리고 그에게 말을 붙였다.

"저기, 기차 건널목으로 가려면 어디로 가야 하나요?"

사내가 모자챙에 손을 얹곤 눈을 끔뻑끔뻑 했다.

"누가, 여기 그런 게 있다고 하나요?"

세미도 나도 답할 수 없는 질문이었다. 사내가 다시 자전거의 페달을 밟기 시작했다. 그가 가없이 펼쳐진 길을 따라 서서히 멀어지는 풍경을 나는 망연하게 바라보았다. 세미도 먼 곳을 응시했다. 어쩌려고 우리는 여기 당도했는가. 짓궂은 신이 불가사의한 미소를 띠고 내려다보는 것 같았다. 정말 그런 일이 우리에게 있었을까? 아니, 나는 이제 그조차 믿을 수가 없다.

"잡지에서 그린란드에 사는 남자 이야기를 읽은 적이 있어."

돌아오는 길, 말없이 운전대를 잡던 세미가 갑자기 말했다.

"아무도 살지 않는 북쪽 끝의 빙하지대에 혼자 사는 동양인이 있대. 전기도 안 들어오고 라디오도 없는, 북극과 가장 가까운 마을이라고 했어. 물오리를 사냥하고 물개 가죽을 말려서 덮어. 멀리서 찍힌 사진이 있는데 수염투성이라 확실하지는 않지만 눈매가 준모와 비슷한 것도 같았어."

"그린란드가 덴마크령이니까."

나는 천천히 대답했다.

"다큐멘터리 채널에서 사하라 사막을 횡단하는 트럭을 봤어. 트럭 짐칸에 백명은 될 것 같은 사람들이 짐과 함께 빽빽이 올라타 있었지. 튀니지의 가난한 사람들이 석유가 나는 리비아로 일자리를 찾으러 가는 거래. 가는 데만 이주나 삼주가 걸린대. 숨 쉬기도 힘들 것 같은데 카메라를 가져다대니 그 사람들 다 활짝 웃고 있더라. 운전기사가 화면에 언뜻 지나갔어. 썬글라스를 쓰고 있었지만 틀림없이 동양인이었어. 미스터 파크. 굿 드라이버. 굿 맨. 사람들은 그를 그렇게 부른대."

"그럼, 좋은 사람이고말고."

그것만은 확신할 수 있었다. 차는 계속 시속 백 킬로미터로 달려갔다. 뿌옇던 하늘에 구름이 조금씩 걷히기 시작했다.

그런데 요즈음 너의 삶은 어떠니.

오랜만에 만난 옛 친구에게, 나는 어쩌면 이제야 그것을 물을 수도 있을 것 같았다.

*

할머니를 휠체어에 싣고 정원을 가로지른다. 한때 아름다웠을 정원이다. 휠체어를 밀고 정원의 감나무 앞을 지나면서 세미가 다시 훌쩍인다. 그녀는 할머니를 짐칸에 태울 수 없다고 주장한다. 꼭 의자에 제대로 앉혀야 한다는 것이다. 세미를 이해한다. 할머니는 어른이니까. 나는 할머니를 둘째 줄에 앉히기로 한다. 운전석 옆 조수석에는 지혜가 앉고 할머니 옆에는 세미가 앉는다. 죽은 사람은 무겁다. 내가 상체를 들고 세미와 지혜가 다리 하나씩을 맡는다. 날이 벌써 환하다. 이 동네는 거대한 애드벌룬 속처럼 몹시 고요하다.

"안전벨트 꽉 매."

나는 옆자리의 지혜에게 당부한다. 나는 알고 있다. 살아 있는 동안 평생, 오늘을, 지금 이 선택을 후회할 것이다. 룸미러로 흘낏 세미의 얼굴을 보았다. 세미는 눈을 꼭 감고 있었다. 표정에 미동도 없었다. 나는 가속페달을 깊이 눌러밟았다. 후회할 일조차 없었다는 후회보다는 이쪽이 더 나을 것이다. 속도를 높일수록 승차감이 나빠지는 차다. 아이스크림 승합차는 길바닥의 돌멩이 하나, 홈 하나마다 정직하게 반응하며 덜컹덜컹 앞으로 나아간다. 멈추지 않는다는 것만이 중요하다.

"우리 어디로 가?"

세미가 묻는다. 음색이 떨린다. 그녀가 할머니의 손을 꼭 쥐고 있다고 나는 믿기로 한다.

"Y시."

나는 막 떠오른 서울 근교 도시의 이름을 댄다. Y시는 서울의 남쪽이다. 차는 북쪽을 향해 달리고 있다. S시, P시, K시. 내가 아는 도시들의 갯수를 헤아려본다. 전세계의 도시들은 몇개일까. 우리의 목적지가 어디인지 나도 모른다. 아무려면 어떻겠는가. 우리는 어디로든 갈 것이다.

인적 없는 산에 올라 나는 구덩이를 팔 것이다. 구덩이가 깊고 좁은 아가리를 벌리고 나와 세미를, 지혜를 바라볼 것이다. 나는 눈을 뜨고 그것을 똑똑히 내려다볼 것이다. 할머니를 거기 담고, 장미 한송이를 넣은 다음 흙으로 잘 덮을 것이다. 나뭇가지를 부러뜨려 작은 묘비를 만들 수도 있겠다. 봉긋한 봉분 앞에서 우리는 각자의 기도를 할 것이다. 내가 올릴 기도의 제목에 대하여, 언젠가는 털어놓을 수 있게 될까?

차는 계속 시속 백 킬로미터로 달려간다. 우리는 곧 어디엔가 도착할 것이다. 계속, 살아갈 것이다.

작가의 말

증언되지 않은 시대가 있다. 열여덟살, 나는 한명의 인문계 고등학생이었고 매일 밤 학교에 남아 자율학습을 했다. 어느 저녁 문제집에 시선을 처박고 있다가 문득 고개를 들었다. 사방이 희뿌옜다. 내가 몇번 눈을 감았다 뜨는 동안 아무도 움직이지 않았다. 아무 일도 일어나지 않았다. 실내는 지독히 고요했다. 바닥에 볼펜 떨어지는 소리도 들리지 않았다. 시시하기만 한 한순간이었다. 바로 이 순간을, 언젠가 내 손으로 기록하게 되겠구나! 그것이 나의 운명에 대한 첫 예감이었다. 명료하고 쓸쓸했다. 이 소설은 어쩌면 그날 배태되었다. 1990년대의 기나긴 날들을, 무력하기만 하던 이십대를 그 의무감으로 견뎠다. 그것만이 나를 견디게 했다. 오랫동안 품어온 제목 '내 모든 것'에 '안녕'이라는 인사를 붙이자 비로소 소설이 틀을 갖추어가기 시작했다.

한때는 소설을 쓰기 위해 산다고 믿었다. 소설만을 생각했다. '소설'이라는 단어의 대척점에 놓인 것은 '삶'이었다. '삶을 산다'라는 문장을 몰래 '소설을 산다'로 바꿔보기도 했다. 늘 소설을 생각한다고 늘 소설이 잘 써지는 것은 아니므로, 자주 도망치고 싶었다.

2012년 이른 봄부터 2013년 깊은 봄까지 이 소설을 썼다. 바쁘다는 말을 입에 달고 살았다. '소설을 쓴다'를 '삶을 쓴다'로 바꿔보지는 못했다. 그럴 여력이 없었다. 일상인으로 살아가기 위해 얼마큼의 에너지가 필요한지 미처 계산하지 못했던 탓이다. 그런데 나는 어느 때보다 열심히 썼다. 쓰기 위해 산다는 선언이 얼마나 오만했는지 뒤늦게 알게 되었다. 수많은 작가들이 더 치열하게 살아간다는 것도, 내가 운이 썩 좋은 편이며, 어떤 소설도 삶보다 귀하지는 않다는 것도 알게 되었다. 내가 쓰지 않으면 살 수 없다는 것 또한. 그렇다. 나는 살기 위해 쓰는 사람이었다. 아직 모르는 게 더 많다.

이 작품이 현재 나의 최선임을 담담히 인정하고, 조금 자축하고, 또 조금 쑥스러워할 테다. 나는 어느 길 위에 있는가. 짐작과는 다를 게 뻔하므로 예단하지 않겠다. 갈 길이 멀었으면 좋겠다. 차갑게 응시하고 뜨겁게 달려볼 작정이다. 천천히, 끈질기게, 영원토록.

PiZ에게 감사한다. 처음부터 끝까지 독려를 가장한 하이 킥을 날려주었다. 옆에 있어주었다. 편집을 맡은 이상술씨에게도 특별한 인사를 전한다. 작품에 알맞은 질서를 부여하는 예리한 감각에 여러번 놀랐다. 창비에서 내는 첫 책이라 더 기쁘다.

  세 아이들의 이름을 불러본다.
  세미, 준모, 지혜.
  맞서 싸울 절대악조차 없는 속되고 불확실한 세계. 가만히 존재하는 것만으로 오해를 불러일으키는 그들의, 아무도 들여다보지 않는 틈. 내게 베푼 그들의 관용을 오래 기억할 것이다.
  이제 잠시 부풀어도 좋은 시간이다.

2013년 여름,
정이현